El otro Ramfis Trujillo

Sus últimos días de vida

El otro Ramfis Trujillo
Sus últimos días de vida

AÍDA TRUJILLO

© de esta edición Ediciones Unidas del Caribe, 2014
Calle San Luis No. 5, Santa Martha, Manoguayabo.
Santo Domingo Oeste, República Dominicana.
Teléfono: 809.274.3333

Edición: Bismar Galán
Diseño de cubierta y diagramación: Rubén Rodríguez
Fotografías de portada: Colección privada de la autora

ISBN: 978-9945-480-04-7

Impreso en República Dominicana por Editora Búho, C. x A.

Este libro se compuso en caracteres Adobe Garamond

Agradecimientos

Nuevamente, a Lucía Lipschutz de Gabriel, insigne escritora y lingüista, abuela de mi hijo Nicolás, por animarme a continuar escribiendo.

Al también ilustre fotógrafo Frank Luna, que me ha respaldado en este difícil proyecto, asegurándome que es una misión que me ha sido asignada.

Obviamente, a la señora Imbert y al señor Galán, quienes impulsaron la idea de este manuscrito.

A los familiares y amigos que, aunque no estén de acuerdo con este proyecto, no me han dado la espalda por llevarlo a cabo.

A mi madre, q.e.p.d., que me informó de cosas íntimas que nadie puede comprobar.

A mis hijos, mi nuera Mayte y mi nieta Aitana, por haberme hecho sentir que, a pesar de todo, vale la pena seguir luchando.

Quiero agradecer, asimismo, al señor Luis Roberto Zabala, gran amigo y empresario en Cabarete (Puerto Plata), que me ha tendido siempre una mano desinteresada y afectuosa. Con él puedo mantener conversaciones que me enriquecen espiritual y moralmente. Además me ha ayudado a realizar ideas que necesitaban de su buen saber tecnológico.

Muy importante ha sido, y sigue siendo, la ayuda recibida de la familia Suriel Fernández, la del conocido por el nombre de "Cabo Largo" en esta bella localidad de Cabarete. En primer y muy especial lugar a su esposa, Ana, una mujer que piensa más en los demás que en ella misma. Ella me ha estado cuidando, amorosamente, de mi dolencia de la columna vertebral durante mucho tiempo, sin pedir nada a cambio. Pero también a su hija Lila, que día tras día me ha brindado, con cariño, un plato de comida y su amistad.

También quisiera dar gracias a la ayuda prestada por el periodista y escritor José Rafael Sosa. Con sus actuaciones me ha ido demostrando que es un auténtico amigo.

PRÓLOGO

Esta es una novela basada en hechos reales, como lo son la mayoría. El lector se percatará enseguida de que no se trata de un libro de historia. Ni siquiera de un testimonio absoluto, por las muchas circunstancias que mi imaginación ha creado y sigue creando. Por ese motivo elegí ser novelista y no historiadora.

Aunque estuve allí, junto al lecho de muerte de mi padre, este escrito también está colmado de mi fantasía. Acostumbro, no obstante, a indagar, a escudriñar los datos históricos que muchas veces desconozco, o desconocía, y que en muchas ocasiones se contradicen. No obstante, estoy convencida de que casi todas las novelas tienen como base una realidad.

Para mí es bonito y estimulante el saber que muchos de los datos que aporto, por muy bueno que sea en su profesión, a un historiador le resultan imposibles de comprobar. Al haberse producido, o no, "de puertas adentro de casa", nunca podrá tener constancia de ello. Me agrada que sea el que lee mis libros quien decida con lo que quiere quedarse.

Es natural que rememore a mis antecesores con cariño, a pesar de las barbaridades que cometieron o pudieron cometer. Me consta que fueron muchas, aunque me duela.

No quiero, con esta novela, defender la memoria de mi padre. Sé que cometió atrocidades que, para mí, son indefendibles. Deseo y pido humildemente que nadie llegue a pensar que estoy de acuerdo con muchas de las frases que él pronunció antes de su muerte, como se hizo cuando la publicación de mi primer libro. Muchos me las adjudicaron y no, no tienen razón. No pretendo, ni mucho menos, dar la cara por ellas, no tengo que ver con las mismas. Soy, ante todo y sobre todo, demócrata. Estoy en contra de cualquier tipo de dictadura y de violencia.

Sólo pretendo narrar, a mi manera, lo que ocurrió durante los últimos días de mi padre, Ramfis. Y, repito, a mi modo.

Aunque soy consciente de que él fue como lo fue, este tomo recoge circunstancias que nadie conoce. ¿Verdades o mentiras? Repito, soy novelista. El lector, pues, se quedará con lo que mejor le plazca.

Quisiera, con mi escrito, guardar la parte amorosa, aunque no lo hago en todo momento, ¿qué clase de persona sería yo, si, a pesar de los pesares, no sintiese amor por los que me engendraron?

Es verdad que, por entonces, yo creía a rajatabla lo que mi familia me contaba, como se suele hacer a edad temprana.

En mi primera publicación expuse claramente las emociones que me embargan con respecto a mi abuelo. Están manifestadas a lo largo del libro y en una carta que le escribí casi al final del mismo. Redundé en el hecho de que "a las personas hay que quererlas como son". Y no me refería a ellos únicamente sino a todos mis amores y amistades frustradas. ¡Cómo me gustaría haber nacido en el seno de una familia "normal"! Eso no lo sabe, o no quiere entenderlo casi nadie…

Pero de alguno de aquellos amores malparados, a los que menciono, pude separarme, divorciarme, hasta casi olvidarme. Y digo "casi" porque pienso que, a quien se ha querido, de un modo u otro, alguna vez en esta vida, nunca se le llega a olvidar del todo.

De la familia, aunque uno quiera convencerse a sí mismo, sobre todo si es tan allegada como un padre o un abuelo que te dieron todo lo que ellos podían o sabían dar, eso es casi imposible, a mi modo de ver. Esto no significa que uno tenga que estar de acuerdo con sus actuaciones. Tampoco, como muchos creen, que uno esté obligado a seguir sus pasos ni a ver las cosas desde su mismo punto de vista.

A mi entender, el amor verdadero consiste en que, a pesar de discrepar con los seres queridos, uno continúe guardando ese afecto en lo más profundo de su ser. ¡Nos ocurre, con frecuencia, hasta con nuestros propios hijos! ¡Con nuestras madres! ¡Con amigos que se alejaron y nos traicionaron!

¿Acaso los progenitores de afamados asesinos, a pesar de repudiar su forma de actuar, han dejado de amarles?

Sinceramente, lo dudo, contrariamente a que en muchas ocasiones no actuaron de la forma que hubiesen querido que lo hiciesen.

Uno puede enfadarse, estar extremadamente dolido, indignarse, disgustarse, sentirse fracasado, alejarse... Pero siempre queda, oculto en un rincón del corazón, un afecto, un "algo" al que yo llamo Amor, así, con mayúscula.

A pesar de lo duro que sabía que iba a resultar, por sus actuaciones, y lo mucho que iba a volver a sufrir, después de publicar "A la sombra de mi abuelo", en un momento de mi vida tomé una decisión: escribiría sobre mi padre, como me habían propuesto que lo hiciese.

Cuando viajé a Santo Domingo para asistir a la presentación de mi primera novela publicada, la ilustre señora Carmen Imbert me hizo una pregunta que me chocó fuertemente.

–¿Y de tu padre qué? ¿No nos cuentas nada? ¡Parece como si, consciente o inconscientemente, le hubieses esquivado en tu narración!

Ella no tenía el menor atisbo de intención de agredirme. Se le notaba en la voz y en los ojos. Pero logró que volviese a plantearme un sinfín de cosas. Hizo que me preguntase sobre las andadas de mi progenitor. Circunstancias, algunas desconocidas y otras escondidas y/o sepultadas en mi memoria.

Sin embargo, aunque la pregunta de Carmen retumbaba en mi cabeza, intenté olvidarla. Y, durante casi toda mi estadía en mi hermoso país natal, pues entonces aún vivía en España, lo conseguí.

De forma inesperada, otra voz, la del escritor cubano-dominicano que me ha acompañado en el proceso de edición de mis obras, el también ilustre señor Bismar Galán, volvió a plantearme el dilema que me empeñaba en ignorar.

—Este libro ya está publicado y, como quien dice, "finiquitado"… —me dijo para desgracia mía, que estaba terminando de deleitarme con la belleza de mi país–. Ahora hay que empezar a escribir otro.

—Sí, claro… —contesté–. Tengo ya varios en mente y un par de ellos empezados.

—Tienes que escribir uno sobre tu padre… —me interrumpió él.

—¿Qué? ¿Pero tan mal me quieres, Bismar? ¿No habrán sido suficientes once años de sufrimiento? ¡Escribir sobre él, sobre Ramfis, mi padre, sería volver a la congoja que padecí cuando lo hice sobre mi abuelo!

—Así es, Aída, pero esa es mi opinión que, obviamente, no tienes por qué compartir. Y no, no te quiero mal, al contrario. No tienes por qué decidirlo en este mismo momento —prosiguió–. Piénsalo con calma, cuando regreses a Madrid. Es tu decisión, no la mía.

A mi regreso a España, logré archivar en algún lugar recóndito de mi mente lo que aquellas personas me habían planteado. Pero sus voces seguían machacando mi cerebro. Y llegó un momento en el que hasta llegué a sentirme algo culpable y, sobre todo, cobarde.

¿Por qué, si había superado los miles de obstáculos para escribir sobre mi abuelo, me resistía a hacerlo sobre mi progenitor? ¿Qué había detrás de eso? ¿A qué le tenía miedo?

Transcurrido un tiempo, más que razonable, me puse en contacto con Bismar Galán y le confirmé mi decisión. Lo haría. Escribiría sobre Rafael Leonidas Trujillo hijo, más conocido como Ramfis, mi querido padre fallecido muy joven, con cuarenta años de edad.

También pedí permiso a la señora Carmen Imbert para nombrarla y exponer lo que me había sugerido. Sin su consentimiento no lo estaría haciendo mientras escribo estas líneas.

Ya hacía unos meses que había empezado mi relato, aunque iba muy despacio. Me había empezado a "empapar" de ciertas historias y me sentía, en cierto modo, anestesiada de nuevo. Esa es una reacción que cualquier ser humano puede tener para evadirse de la realidad. Pero, durante ese lapso, sucedió lo peor que me ha pasado en la vida: falleció, repentinamente, mi hijo Jaime. Tuve que abandonar la escritura del manuscrito. No tenía las fuerzas para soportar tantos dolores acumulados.

Aunque, en un principio no tenía ganas de nada, haciendo un enorme esfuerzo, surgió la idea de redactar "Más allá de la muerte", que nada tiene que ver con mi familia. No resultó fácil tampoco pues mis días transcurrían inmersos en un llanto que no me dejaba reaccionar. Poco a poco fui superándolo y me dije que a Jaime le habría gustado que siguiese luchando. La escritura de ese tomo llegó a ser un auténtico bálsamo para un pesar que me acompañará hasta la tumba.

En este nuevo libro, que vuelve a tratar sobre temas familiares, he querido plasmar mis sentimientos y mis experiencias con mi padre. Me acerco más a mi país natal y también a él, Ramfis. Se trata de otra catarsis en mi vida que vuelve a quitarme la "venda" que llevé por demasiado tiempo en mi juventud. Durante aquellos años intenté, de forma inconsciente, mantenerla en su sitio. Y es lógico, ya que sufrí mucho por consecuencias del pasado de mi familia y por el presente que empezaba a labrarme lejos de todo aquello que ocurrió.

Aquella madrugada del 17 de diciembre de 1969, Aída despertó muy temprano, asaltada por desagradables ensueños. Ahíta de dar vueltas en la cama, sin lograr volver a conciliar el sueño, decidió levantarse.

No estaba segura, como es lógico, pero creía haber recibido, antes del alba, una extraña visita que, mientras se ponía una bata, pensó había sido el resultado de una de sus pesadillas. Desde el comienzo de su embarazo, el primero, solía padecerlas con bastante frecuencia.

Su médico insistía en decirle, cuando ella se lamentaba, que aquello era algo frecuente en las mujeres que estaban en estado. El natural temor a la posible pérdida de su bebé o a que naciese con alguna tara emergía durante el sueño, enmascarado por cualquier acontecimiento pavoroso.

Pero aquello que ella había sentido le parecía tan real todavía que no era capaz de borrarlo de su mente, a pesar de las afirmaciones del ginecólogo. En la que ella pensaba que había sido una obscura pesadilla, se le había presentado una sombra, más negra que la de su alcoba. A ella no le agradaba la penumbra absoluta y solía dejar las persianas ligeramente abiertas. Detestaba las tinieblas nocturnas y prefería que entrase el leve resplandor de las farolas de la calle.

Eso era algo que le ocurría desde que era pequeña. Muchas veces se había preguntado si esto era debido a que, cuando la castigaban las niñeras que contrataban en su casa, la encerraban, a oscuras, en su habitación. No lo hacían con mala intención, pues, por entonces, existía la creencia de que la mejor manera de corregir a un niño era asustándolo.

Aquella supuesta sombra, pensó mientras se servía un vaso de leche con cacao, le había tocado un hombro. De eso estaba casi segura.

Ese sueño no podía ser irreal del todo, se dijo en silencio. Todavía podía sentir en su piel el insólito y frío tacto de aquel ente. Por más que trataba de quitarse ese absurdo pensamiento de la cabeza, la sensación de su contacto no se le despegaba del cuerpo.

Sobresaltada por ese inesperado toque, Aída se había sentado en el filo de su cama. Con ello pretendía salir de la tenebrosa pesadilla en la que estaba sumida. Contrariamente a lo que hubiese deseado, la sombra, de aspecto humanoide pero sin rostro visible, no sólo no se evaporó sino que tomó asiento en una butaca que estaba situada enfrente de su lecho. Se fue acomodando, con serena parsimonia, hundiéndose en el mullido sillón tapizado en tela floreada.

Transcurrieron unos segundos en los que ambas, sombra y jovencita, se estuvieron escudriñando sin mediar palabra. Aída pensó que "aquello" terminaría desapareciendo, en algún momento, de su borrosa vista, prisionera todavía del breve descanso del que había podido disfrutar. Se frotó varias veces los ojos y consiguió verla con mayor claridad.

Tal era su presuntuosa manera de acomodarse que a cualquiera le hubiese dado la impresión de que tenía la intención de permanecer allí durante un extenso lapso. Como permanecía en silencio y Aída se iba despejando de su soporífero estado, al tiempo que comprobaba que su acompañante no se diluía junto a los vapores del sueño, sintió que debía iniciar una conversación que, si bien se le antojó absurda, disiparía sus dudas de una vez por todas.

—¿Quién eres y qué deseas? —preguntó, susurrando, en voz muy baja, para no despertar a su recién estrenado marido que, ajeno a lo que estaba ocurriendo, seguía durmiendo.

—Nada demasiado especial… por lo menos para mí, ¡ja ja ja! Estoy acostumbrada o acostumbrado, como prefieras, a ello… —contestó el ser.

Al recibir aquella respuesta, la joven se levantó de la cama en donde había continuado inmóvil e intentó acercársele para tocarle y cerciorarse de que realmente estaba allí. Pero una grande e incomprensible fuerza se lo impidió. De modo que se vio obligada a volver a sentarse en el borde de su lecho.

–Entonces, si no tiene importancia, ¿a qué has venido? –volvió a preguntar.

–Tienes muchos amigos "allá arriba", ¿lo sabías? Y ellos me han enviado para que te transmita un mensaje. Es por lo que, aunque me resulta molesta, me he ataviado con esta silueta que parece casi humana… –contestó la entidad, algo contrariada. Parecía como si, aunque deseara deshacerse de su sombrío disfraz, no le estuviera permitido.

–Y –prosiguió–, para que no te alteres en demasía, dado tu estado, me han ordenado que te vaya preparando para una noticia que vas a recibir muy pronto.

Dicho esto, el ente se removió en su asiento, maldiciendo su incapacidad de encontrar una postura cómoda, a pesar de lo mullido del mismo. Se notaba a la legua que no se encontraba a gusto con su peregrino "cuerpo".

–Dentro de algunas horas, a tu padre van a ingresarle en un hospital –continuó impasible.

Al ver que la joven no se alteraba por su presencia, pero sí empezaba a inquietarse por lo que acababa de exponerle, el ente pareció sentir cierta compasión.

–Tranquilízate, chiquilla –pronunció de forma suave por vez primera–. Después le van a trasladar a una clínica privada que conoces. Te van a llamar dentro de un tiempo, no excesivamente largo. Así es que ¡intenta no asustarte demasiado! Recuerda, pase lo que pase, tienes que proteger al niño que llevas en tus entrañas. ¡Es tu obligación y la voluntad del Todopoderoso, no lo olvides nunca!

Antes de que a la joven le diese tiempo ni tan siquiera a abrir la boca, una vez pronunciadas aquellas palabras, la sombra se evaporó.

Aída no sintió miedo alguno. Ya había tenido experiencias de aquel tipo desde muy niña. Pero, lo que aquel ente le había dicho le quitó las ganas de intentar volver a dormir. No obstante, quiso convencerse de que había sido víctima de una alucinación y se levantó, dirigiéndose al sillón en donde el supuesto ser se había sentado. No encontró ni un solo rastro de hendidura ni del calor que se genera cuando alguien ocupa un asiento. Asimismo, no percibía ningún tipo de aroma, ni agradable ni desagradable. Allí no había podido sentarse nadie, tan solo unos segundos antes, se dijo intentando convencerse a sí misma.

Casi persuadida, volvió a acostarse. Por más que lo intentó, no logró volver a conciliar el sueño. Optó entonces por sentarse en una de las butacas de la salita contigua a su dormitorio y se dispuso a leer, aunque le costó concentrarse en la lectura.

Cuando parecía que el cansancio la estaba doblegando y empezaba a echar una cabezadita, sonó el teléfono. Aída se apresuró a cogerlo y, el comprobar que quien la estaba llamando era Olguita, la esposa de un amigo de su padre, César Báez, la alarmó y la sorprendió. Esa señora no la llamaba nunca, aunque siempre se comportaba de manera amable y simpática, y a ella le caía bien.

Al escuchar aquella voz, que confirmó lo que el chocante ser le había anunciado unas horas antes, la joven se sobresaltó sobremanera. Con las ideas en desorden y la mente aún abotagada por las experiencias de las últimas horas, evocó a aquel ente y tomó conciencia de que había tenido un sueño premonitorio. Era algo que le ocurría a menudo, al igual que a Tantana, su madre.

Lo de la espectral entrevista no había sido real, se dijo intentando de nuevo convencerse de ello, pero el presentimiento sí. Corrió en dirección al cuarto de baño para asearse, sin tomarse el tiempo ni siquiera de bañarse. Una vez allí, se preguntó el porqué de todas aquellas insólitas "visitas" que recibía de tanto en tanto. Y también el porqué de los augurios, buenos o malos, que surgían de forma espontánea.

Ella aspiraba a sacarse el título de doctor en medicina, dedicarse a las ciencias. Aquellas vicisitudes nada tenían que ver con lo que deseaba realizar en su vida, pensó. Algún día todo aquello tendría que parar. Probablemente, si ella dejaba de recordarlas, desaparecerían. Pero muchas veces, como aquella mañana, era imposible no pensar en lo acontecido.

Mientras se preparaba para salir, recordó que, apenas unos días antes, había ido a visitar a su padre a su despacho y le había encontrado rodeado de velas, trabajando en su escritorio. El sector, que era el mismo en el que ella se encontraba, había sufrido un apagón de luz, algo nada corriente en Madrid, y menos en esa zona que correspondía, en su gran mayoría, a la alta categoría social. No todo el mundo podía permitirse el residir allí.

El episodio de las velas le había producido, en su momento, un súbito escalofrío que enseguida descartó pues se le antojó ser algo fortuito y sin importancia. Mas, ahora, evocándolo, la invadió una espesa y gran angustia. Parecía haber sido otra premonición de lo que estaba ocurriendo. A pesar de ello, Aída intentó olvidar el asunto.

Se enfundó en un "chándal" y se calzó unos zapatos deportivos. Quería dirigirse a la clínica Covesa lo antes posible. Aquel era el centro médico en donde Olguita le había dicho que se encontraba ingresado su padre.

Bajó de forma precipitada por el ascensor que, gracias a Dios, estaba parado en su propio piso, y salió a la calle, sin saludar a nadie. Una vez allí, subió a su coche, el primero de su vida, un "Mini" que le había regalado Ramfis hacía unos meses para que pudiese trasladarse desde "La Moraleja" hasta su oficina.

En pocos instantes, pues entonces el tráfico de Madrid no era agobiante, la jovencita ya estaba al lado de la cama en donde yacía su progenitor. El hombre, todavía bajo los efectos de la anestesia, dormía. Pero su sueño era intranquilo y él no cesaba de hablar. Su hija aguzó el oído intentando descifrar lo que decía.

Ramfis pronunciaba palabras coherentes en las que se percibía que se lamentaba de algo que le atormentaba profundamente.

En la habitación se encontraba una enfermera a la que Aída preguntó por el estado de su padre y el motivo por el que estaba delirando. La sanitaria le aseguró que aquello era normal pues, además de haber recibido un impacto muy fuerte durante el accidente, se le habían suministrado medicamentos cuyos efectos secundarios producían esos síntomas.

De pronto, Aída sintió que la sanitaria y ella no estaban solas en la estancia, aunque no llegó a vislumbrar a nadie. Notó una extraña presencia y un escalofrío recorrió todo su cuerpo. Sintió mucho temor porque, aunque se había propuesto dejar de creer en "esas cosas", percibía que allí había "algo" que parecía no pertenecer a este mundo.

Se colocó, lo más cómodamente que pudo, en un sillón situado al lado de la cama en donde reposaba Ramfis y comenzó a darle vueltas a la cabeza. Entonces fue cuando volvió a evocar el episodio de la pasada madrugada. Si no había sido real, si sólo se trataba de un sueño, ¿por qué estaba sucediendo exactamente lo que aquel ente le había advertido que iba a ocurrir?, se preguntó.

Observaba a su padre doliente, delirante, indefenso como jamás le había visto. Aquello le produjo una profunda tristeza y sintió una presión que se instaló en su pecho, a la altura del corazón.

Inspiró profundamente para intentar aliviarse y la enfermera, al ver que estaba embarazada, le preguntó, si se encontraba bien. Ella asintió aunque no rechazó ni el vasito de zumo de piña ni la almohada que ésta le ofreció para que se la colocase detrás de los riñones.

Cerró los ojos durante unos instantes y, a pesar de su abatimiento, empezó a sentirse algo mejor físicamente. Pero su mente no lograba aquietarse: todo tipo de pensamientos y recuerdos empezaron a emerger.

Le vino a la memoria una historia que su madre le había contado en diversas ocasiones. Aunque lo que ella consideraba un cuento, le producía aprensión y miedo, le encantaba escucharlo. Pero, según fue creciendo, empezó a no darle crédito a pesar de que seguía divirtiéndole.

Se trataba de la historia de un hombre que carecía de cabeza y que, según relataba su progenitora, la visitaba cada noche en la casa en la que Aída había nacido. Aquella vivienda, emplazada frente al mar, había sido testigo de numerosas circunstancias, desesperadamente molestas para sus ocupantes.

Por entonces, la residencia se encontraba en las afueras de la capital, hoy en día forma parte de la urbe, y era muy tranquila hasta que empezaron a producirse aquellos episodios extraños y pavorosos. Tanto llegaron a serlo que la familia, junto al servicio que tenían a su cargo, se había visto obligada a abandonarla, a pesar de que a Tantana le agradaba mucho y le tenía cariño. Pero ya no podía soportar aquellos extraños e incognoscibles acosos.

Ramfis, que era reacio a creer en lo que él llamaba supercherías, así lo dispuso. Nunca quiso admitir la vivencia que él mismo tuvo en cierta ocasión y mucho menos dar a su esposa la razón. Su excusa para acceder a cambiar de domicilio fue de orden práctico, según le explicó. Ya era hora de regresar al centro de la ciudad y Anselmo Paulino, un amigo de su padre, al que llamaban "El Ojo Mágico", debido a que era tuerto, tenía en venta una casa al lado de la de su abuela, por parte de Trujillo, a la que la familia apelaba "Mamá Julia".

A Ramfis nunca le gustó Paulino. Sin embargo, cuando "cayó en desgracia", expresión utilizada durante la "Era" cuando Trujillo repudiaba a alguien, fue a visitarle a la cárcel a petición del interesado.

Lo de "caer en desgracia" en la época era altamente peligroso. Muchos de aquellos que rodeaban al mandatario conspiraban en contra de sus enemigos personales para vengarse de ellos. Contaban cosas, que a veces eran reales y otras no, de sus adversarios para enemistarles con el "Jefe". Y, si lo conseguían, ¡pobres de ellos!

El caso es que Ramfis, amparándose en la oportunidad de adquirir a buen precio aquella casa, había tomado la decisión de cambiar de domicilio, para gran alivio de su mujer. A su padre, además, según comentó a Tantana, le agradaría tener a sus nietos cerca de su casa y de la de su madre, a quien visitaba cada día antes del anochecer.

Aunque Tantana conocía bien a su marido y sabía que aquella era una argucia para no dar su brazo a torcer, a ella le vino muy bien. El sufrir las visitas nocturnas de aquel "hombre sin cabeza", además de los fenómenos extrasensoriales diurnos que se producían en su hogar a diario, le estaba minando la salud.

Mientras seguía sumergida en sus recuerdos, a Aída le volvieron a la memoria los cuantiosos entes que la habían frecuentado durante su infancia y que, de vez en cuando, seguían haciéndolo. Algunos de ellos le traían alegrías y buenas nuevas; otros, nefastos augurios.

Ramfis parecía haberse calmado y dormía tranquilo. La jovencita se puso de pie y, después de haberlo comprobado, volvió a acomodarse en el sillón cercano a la cabecera de su lecho.

Se acordó de la advertencia que la madrugada anterior le había hecho aquel ente que supuestamente la había visitado. Tenía que cuidar del bebé que guardaba en sus entrañas. Aquella era su obligación y la voluntad de Dios, le había dicho. Y ella también así lo deseaba. Sin embargo, a pesar de sentirse algo mejor gracias al zumo que la enfermera le había ofrecido, y a la mullida almohada que mantenía a la altura de sus riñones, el sueño no le llegó. Estaba demasiado preocupada por la salud de su padre y su cerebro no paraba de pensar en el pasado, el presente y al futuro de éste junto a su hijo nonato.

¿Qué sexo tendría? ¿Sería niño o niña? ¿Qué aspecto tendría? Aunque aquello poco le importaba. Que naciera sano era lo más importante. Esos pensamientos la colmaban de bonitas ilusiones y preocupantes reflexiones.

Sumida en sus pensamientos como estaba, la joven evocó aquel día en que su padre la llamó desde París y le dijo que ya sabía que estaba esperando un retoño. A ella le hubiese gustado comentárselo personalmente cuando regresara de su viaje. Pero su tía Angelita, una mujer a la que, por sus maneras nunca había querido, se le había adelantado. María, su hermana mayor, se lo había contado y ella, su tía, ni siquiera se había molestado en preguntarle si le consentía el hablarlo con Ramfis antes.

¡Ay! Aquella nueva forma de proceder de su pariente, que le pareció otra falta de respeto, la había irritado enormemente, pero no se atrevió a quejarse. Mas, cuando recibió la llamada de su papá, ante la evidencia de que el hombre no cabía en sí de la alegría, su corazón se regocijó, olvidando por completo lo acontecido. Al fin y al cabo lo trascendental era que Ramfis, incapaz de disimular su felicidad, la había llamado y le había transmitido su deleite.

Él le había reprochado que no hubiese sido ella misma quien le hubiese notificado la buena nueva. Aída le explicó que aguardaba su retorno para hacerlo, no sin antes llamar chismosas a su tía y a su hermana.

No dejaba de ser curioso que, en aquella ocasión, del auricular del teléfono empezaran a salir vapores de color rosa y azul. Y, asimismo, que la habitación se inundase de ellos, tiñéndola suavemente. Muy extraño también fue el hecho de que a ella le saliesen plumas de pavo real, a modo de adorno, en el sencillo vestido de a diario que llevaba puesto. La muchacha había sentido una gozosa energía que no llegaba a comprender, a la vez que cierto temor.

Aída nunca comentaba aquellos extraños fenómenos que se presentaban cuando menos los esperaba, aunque se moría de ganas de hacerlo. De todos modos, nadie le habría creído, pensaba. Quizás su madre… pero, como toda adolescente, se resistía a darle la razón cuando ella, a su vez, le contaba y predecía acontecimientos fuera de todo contexto lógico. No iba, pues, a narrarle sus propias experiencias sin que Tantana la amonestase, se decía.

Transcurridos unos instantes embebidos de recuerdos, Aída decidió salir un momento al pasillo para despejar su aturdida mente y estirar un poco las piernas.

Aunque regresó enseguida, cuando entró de nuevo a la habitación, su padre había empezado a hablar otra vez y parecía estar muy inquieto. El timbre de su voz era cada vez más alto y alterado.

¡Carajo! Si cuando papá ascendió al poder, Santo Domingo había sido devastada por el vigoroso ciclón llamando San Zenón. Y él reconstruyó esa capital en ruinas, a base de muchos esfuerzos, digan lo que digan. Después, siguiéndoles la corriente a los norteamericanos, con los que realmente no simpatizaba, pero de los que sabía que no debía enemistarse, mediante el Tratado "Trujillo-Hull", consiguió saldar la deuda externa, cosa que en nada les agradó. Pero creyeron que lograrían seguir manipulándole como a todos esos "gobernanticos" sudamericanos que tenían en sus manos. Trujillo recuperó el control de las aduanas, que habían sido hipotecadas por los Morales Languasco, Lilís, etcétera, en el 1905. Después mandó a construir el Palacio Nacional, el Banco de Reservas, el edificio de la Policía, el de Bellas Artes y casi todas las oficinas de todas las dependencias del estado que hoy en día existen. Como era un hombre inteligente, logró rodearse de las personas más competentes y serias que se conocían por entonces. Él me contó que quería que su país saliese de la ignorancia en la que estaba sumido. Admiraba esa cultura a la que no pudo tener acceso cuando era un niño. Eligió a gente como Pipí Troncoso de la Concha, Peña Batlle, Peynado, Joaquín Balaguer, Arturo Logroño y otros eminentes. A pesar de ser Juan Bosch su enemigo declarado, también lo admiraba porque era un hombre preparado y culto, así me lo comentó en diversas ocasiones. Pretendía que la República Dominicana fuese reconocida, que no siguiese siendo un país tercermundista, como entonces estaba catalogado. Casi nadie conocía su existencia y eso le dolía profundamente… De hecho, en la mayoría de los atlas, la isla venía señalada como Haití. Pero, realmente, aunque hubiese podido hacerlo, cuando todos le apoyaron, no se dedicó a robar a mansalva… Vivía bien y tenía dinero, claro. Era lógico en su situación. De no haberlo hecho así, se le hubieran "subido a la chepa", como se dice aquí… Lo hubiesen derrocado en un santiamén… ¡Así es la gente! Mas, de haber robado, como dicen ahora todos los oportunistas, el único que podía hacerlo era él. Por entonces, la corrupción que existe hoy en día en el país, no estaba "democratizada". ¡Ja! "Robo democrático". ¡Cómo están engañando al pueblo! Papá fue el que construyó la mayor parte de las infraestructuras de las que hoy disfruta la República Dominicana, tales como los hospitales, las escuelas, las sindicaturas. Y fue él quien creó la Compañía Eléctrica Dominicana y la nacionalizó para que los gringos no se aprovechasen. Si, como dicen, Trujillo robaba, no lo hacía como podía haber hecho, ingresando sus caudales en los diversos bancos de las islas Caimán ni en Suiza, ni en Panamá, ni siquiera en los Estados Unidos, aunque eso le hubiese convenido, para que le dejasen en paz. Todo el peculio lo invertía en el país, guardándolo en bancos dominicanos.

Nunca se imaginó que iba a ser traicionado como lo fue. Puso el peso dominicano a la par con el dólar estadounidense. Eso tampoco les gustó a los gringos…

Al ver el estado en que su padre se encontraba, Aída se puso muy nerviosa, aunque intentó disimularlo. Ramfis siguió monologando.

Existe un refrán que dice "Tanto tienes, tanto vales…". Si hubiese ido "de pobrecito", se lo habrían "merendado" antes de que se pudiese dar cuenta. Lo hubiesen derrocado en un santiamén… ¡Así es la gente! Es una pena pero es una realidad. Papá fue el que construyó la mayor parte de las infraestructuras de las que hoy disfruta la República Dominicana, tales como lo son los hospitales, las escuelas, las sindicaturas. Y fue él quien creó la Compañía Eléctrica Dominicana y la nacionalizó para que los gringos no volvieran a aprovecharse, como lo habían hecho antes de que él les devolviese sus "desinteresados préstamos". Pero, digan lo que digan, y a pesar de haber matado a mucha gente, no lo niego, papá amaba demasiado a su país. Ese fue el motivo de que se dejase matar tan fácilmente. Habría podido disfrutar de su vejez lejos. Pero no, la República Dominicana era, además de a algunos de su familia, lo que más quería. Era un dominicano convencido. Tanto que no quería que los mandara, a ustedes, sus nietos, a Europa a estudiar –pronunció como si todos sus hijos se encontrasen en la habitación–. Decía que él podía llevar allí a los mejores profesores europeos, que no había necesidad de que los mandara afuera y un sinfín de excusas más que yo nunca quise escuchar. El que él no invirtiese en los Estados Unidos, repito, fue también una causa del desagrado de esos gringos.

La hija se fue poniendo aún más nerviosa al escuchar cosas de las que no tenía idea. Pero, sobre todo, porque estaba observando que su padre, cada vez más, se iba alterando y alzando el tono de su voz.

La enfermera, con gran paciencia, la volvió a tranquilizar, repitiéndole que eso era debido a su estado y a los medicamentos que le habían suministrado.

Ramfis, por su parte, siguió con su soliloquio.

La dictadura de papá fue la versión caribeña de la "dictadura católica" de Mussolini, que parece haber sido el creador del Estado Vaticano en los acuerdos de Letran de 1929. Creó una "democracia capitalista", pues Trujillo siempre estuvo a favor de las clases explotadoras dominicanas, quienes se aprovecharon muy bien de su modo de actuar. Es cierto que el Tribunal de Tierras reembolsó fincas a algunos, no todos, de los propietarios víctimas de usurpaciones de su gobierno, tras su caída. Pero esas clases explotadoras, a las que me refiero, hoy

en día tienen a su favor al capital norteamericano imperialista y a la propia Iglesia Católica.
Y fueron precisamente esas sedes de gran poder las que le apoyaron mientras les convino.
Lo mantuvieron encauzado y bien orientado,
incluso conociendo la práctica de entonces, de
la tortura que se ejercía en los presidios del
país, tras el vicariato castrense del año 1958.

Aída no pudo contenerse y preguntó:
—¿Torturas en las cárceles? ¿La Iglesia las consentía?
La sanitaria volvió a solicitar a la joven que no inte-
rrumpiese a su padre. Fuesen o no verdad sus confesiones,
cuando se mejorase él podría aclararle las cosas. Ahora no
estaba en condiciones para ello. De modo que la joven,
aunque sentía un gran pesar, se mantuvo callada y sentada
en el sillón que había dispuesto al lado de su progenitor.
Ramfis continuó hablando y, aunque ella se sentía
mareada por todo lo que estaba escuchando de la boca de
su progenitor, no pudo impedir el volver a aguzar el oído.
Como había dicho la enfermera, cuando él se pusiera bien,
tendría tiempo para hacerle todo tipo de preguntas. Si es
que se ponía bien, se decía, porque seguía notando en la
habitación una presencia funesta que no le auguraba nada
bueno.

Al percatarse de que, su mandato no les convenía, pues se les enfrentó, tomaron la decisión
de asesinarlo y destruir todo lo que él había
realizado. Eso, tal y como si nunca hubiera servido a los Estados Unidos como primer cam-

peón del anticomunismo en América Latina. Por eso, aunque creo en Dios, hace tiempo que he perdido la fe en la Iglesia Católica que recibió, mediante el Concordato Vicariato castrense y el Patronato Nacional San Rafael, lo que ningún gobierno le había otorgado desde 1844. Entonces fue cuando decidió la supresión de papá. Pero eso, claro, cuando ya tenía todo en sus manos. Su objetivo era beneficiarse del Estado dominicano sin el estorbo que Trujillo suponía al haberse dado cuenta de su juego. Hasta entonces, y existen pruebas de todo tipo, incluso fotográficas, la Iglesia siempre se mantuvo a su lado… ¡Más hipocresía! Cuando asesinaron a papá, todo aquel dinero permaneció en el país. De haberlo sabido, hubiera negociado mejor con ese miserable de Balaguer. Me ofreció una brizna de lo que había, pues yo era muy joven, no había investigado, me dedicaba a gastar y él, que conocía todos los entresijos de lo que hacía Trujillo, muy hábil. Y yo, con la imbecilidad propia de mi edad, con tal de largarme, acepté todos sus tratos. Después me enteré de que el propio Balaguer, apoyado por los norteamericanos, se apropió de ese dinero. Las compañías que Trujillo implantó, tales como las fábricas de saco, clavo, vidrio, cartón, pintura, curtiduría, arma, incluso la "Dominicana de Aviación", ahora pertenecen al patrimonio dominicano.

Se estableció la "Corporación de Empresas Estatales" con el fin de aglutinarlas. Teniendo en cuenta lo que se dice que papá robó y comparándolo con lo que se están robando los reformistas... Si tomamos en cuenta lo que del Estado cobraba papá y sus funcionarios, con los salarios que cobran hoy en día múltiples e inútiles síndicos, regidores, nombrados muchos por él, ¡falsos!, lo que fue Trujillo, él, no malversó. Pero ahora, la deuda que vuelve a cubrir el país y que lo tiene jodido, los regalos que hicieron con las empresas que dejó, además de la fuga de capitales a bancos extranjeros, provocando la devaluación del peso... Por cierto, hablando con un abogado dominicano, me comentó algo que contrasté con la opinión de un letrado español.

–Papá, por favor, trata de descansar –pronunció Aída, sin poder evitarlo.

Pero, como siempre, el hombre ignoró su presencia y sus advertencias. Aunque, como cambiaba de un minuto al otro, empezó a comentarle.

–¿Sabes una cosa, mija?, para que un juez proceda a dictar sentencia, debe tomar en cuenta varias causas y circunstancias. Las pruebas aportadas deben incorporarse a la ley del debate. Primeramente, la intención delictuosa. No olvides que terminé mis estudios de abogado, gracias a tu mamá.

Aquel último comentario agradó mucho a la joven que adoraba a su progenitora. Y era verdad que ella misma le había dicho que ella había impulsado, casi obligado, a su padre a terminar sus estudios de abogacía.

Tomando en cuenta estos principios –prosiguió, pareciendo haber recobrado la lucidez–, a tu abuelo le hubiesen correspondido unos veinte años de reclusión mayor. Si él hubiese devuelto, de forma voluntaria, lo usurpado, ese hecho podría atenuar la pena y, asimismo, podría causar su desistimiento. Sobre todo porque él dejó depositado en la banca nacional lo supuestamente robado, hizo un "lavado de activos" con las inversiones hechas en centrales azucareros, compañía aérea, compañía eléctrica, ganadería, tenerías, fábrica de pistolas, de cartón, de vidrio, de clavos, etcétera. Así como en editoras tipo "El Caribe".

–Todo eso está muy bien, papá –comentó Aída–, pero creo que ahora no es el momento de rememorarlo sino de intentar sanarte lo antes posible.

–No, no, mija. ¡Déjame que siga contándote! –suplicó él.

Ante aquella petición, la joven decidió dejarle hablar a su antojo. El enfermo parecía haberse calmado un poco.

Cuando asesinaron a papá, todo "lo robado" quedó en manos del gobierno dominicano. Se proclamaron nuevas leyes y se creó el llamado CORDE y otras entidades. Sus residencias, hoy se han convertido en museos u otros centros destinados a la prosperidad del pueblo. Espero que eso se torne en una realidad que sepan conservar. La Cancillería, el Instituto Tecnológico de Santo Domingo, el Centro de la Cultura y otras propiedades... Pero, el caudal que dejó tu abuelo en los bancos del país los usó Balaguer, con la excusa de pensar en un futuro próspero. Fue obteniendo y concediendo facilidades a los choferes del transporte público para conseguir más y mejores equipos. También realizó algunas obras de conjeturada importancia que le valieron para su regreso al poder en el año 1966, cuando "ganó" unas cuestionadas elecciones a Juan Bosch. Otra de las empresas que habían sido propiedad de Trujillo fue una editora de la cual Balaguer se apropió absoluta y personalmente. Allí tuvo, a modo de testaferro a "cierto individuo", cuya misión era hacerle la vida imposible a Juan Bosch cuando aún gobernaba, en el 1963. Balaguer, muy hábilmente, se la "donó", pero con su doble y asquerosa intención. Con ese gesto, podía garantizar, a su favor claro está, el único medio de difusión creíble que había en el país por entonces. Y así, el dicho medio, aquel "regalo", fue uno de los pilares de la degradación y del derrocamiento del profesor.

Pronunciadas estas palabras, Ramfis se sumió en un profundo sueño. Aída se sintió algo aliviada y, por indicación de la enfermera, salió un momento a sentarse, con las piernas en alto, en la sala de espera.

La muchacha sufría mucho viendo a su padre en aquel estado. Y, además, seguía sintiendo aquella extraña y funesta presencia en su habitación. Necesitaba airearse un poco. Pero poco duró su descanso porque, al rato, escuchó la voz de su progenitor. Corrió de nuevo a su lado. Él estaba delirando de nuevo.

Ramfis parecía estar dirigiendo sus palabras directamente a alguien, como si ese alguien hubiese estado presente.

No, ¡no puede ser! Esto ya lo he vivido antes y no quiero que vuelva a ocurrir. ¡No quiero, no quiero! Aquella experiencia fue terrorífica… –exclamó, con los ojos desorbitados–. ¿Qué representa esta fuerza desconocida que me obliga a pasar de nuevo por ello? ¿Y por qué? ¿Será que lo que yo recuerdo fue una tremenda pesadilla? ¿Tiene que repetirse todo aquel infierno que yo mismo provoqué?

La hija sintió compasión por el padre que parecía sufrir mucho, mientras seguía hablando sin cesar. Pero, por más que intentó tranquilizarle, él continuó con su atormentado monólogo. La enfermera volvió a inyectar un tranquilizante en uno de sus sueros pues el doliente se hallaba en un estado de excitación alarmante.

Pero… ¡si yo estaba en París, rodeado de lujo, de amigos y de bellas mujeres! –exclamó Ramfis–. Estaba con Rubirosa disfrutando de cada noche de esa ciudad a la que tanto amo. Dentro de unos días yo iba a cumplir treinta y dos años y ya habíamos empezado a celebrarlo. La verdad es que no nos hacía falta ninguna excusa para celebrar lo que fuese. Siempre vivíamos de parranda. Mi excuñado es un experto en eso. Nació para celebrar la vida. Tiene ese arte innato. Muchas cosas las he aprendido de él –prosiguió.

–Papá –le susurró ella–, si Rubirosa murió hace ya algunos años… ¡Tranquilízate y trata de dormir un poco! Eso te hará bien y te ayudará a recuperarte antes.

Ramfis no la escuchaba. La fiebre lo consumía y no era capaz de darse cuenta de su presencia. De modo que Aída, tras un gesto que nuevamente le hizo la sanitaria, se resignó a seguir escuchándole y a acariciarle suavemente la cabeza.

–Dicen las malas lenguas que Rubí se quiere desvincular del clan de mi familia –continuó el enfermo–. Pero yo lo dudo. A él le vienen muy bien los puestos diplomáticos que le asigna mi padre, y el dinero y la reputación que gana. Claro que ¡gana más con sus mujeres! ¡Qué tipo ese! –expresó con admiración.

Ramfis había recuperado el buen humor rememorando y hasta conseguía sonreír sin sufrimientos perceptibles, a pesar de que los alambres que le habían colocado en su fracturada mandíbula se lo hacían asaz difícil. Pero, curiosamente, cuando estaba en aquel estado, parecían no molestarle.

Es increíble –se dijo Aída en silencio–, cuando papá está delirando ni se entera de sus dolores.

Dentro de un par de meses nacerá mi séptimo hijo. Y ese es otro motivo de celebración. No sé si será un varón o será otra "chancleta", pero estoy contento. Ya no será hijo de Tantana sino de mi compañera Lita. ¡Menos mal! Cuando nació Mercedes, Tantana por poco se muere. Pero ella se empeñó en seguir pariendo hasta que consiguiera darme otro varón. Nació Claudia, otra niña. Y, aunque el médico le prohibió terminantemente el volver a concebir, hasta que vino al mundo Rafael Leonidas, no paró. No le importó arriesgar su vida… ¡Qué mujer! –pronunció no exento de cierto matiz de pesar. Con ella ya no me siento capaz de compartir mi vida… –prosiguió–. Y eso que sé que, con tal de retenerme, me tolera todo. ¡Incluso que le pegue cuernos! Lo único que le importa, aunque a veces me echa unos boches terribles, es que vuelva con ella. Sé que me quiere mucho y yo de algún modo creo que la querré siempre, pero… ¡no puedo seguir así! La pena es que hayamos tenido seis hijos. Pero no… ¡ni por esas! No me quedaré a su lado.

Tantana es demasiado buena, pero muy posesiva, demasiado apegada a mí, demasiado ama de su casa y madre de sus hijos. Se ha vuelto hasta aburrida… Aunque sé muy bien que de quien más pendiente está es de mí, ¡y eso es algo que me agobia enormemente! Pero ella parece no darse cuenta por más que se lo digo.

Evocando a la que ya no era su esposa, el talante de Ramfis se había vuelto sombrío.

Mi mujer me importuna demasiado con su actitud de sufrimiento con el que insiste en hacerme sentir culpable, lo sé. No comprende que su forma de proceder me va alejando de ella cada día más. Cuando regreso a mi casa, ella olvida todo lo demás para atenderme exclusivamente a mí. Pero cuando surge su parte recelosa, se torna insoportable y yo, para no aguantarla, vuelvo a irme durante días. Entiendo sus celos porque yo no soy un santo, ni mucho menos. Pero no. Tantana provoca que, muchas veces, me sienta como un malhechor. ¡Y eso no lo soporto! ¡Hasta ha llegado a enfrentarme con mi propio padre, caray!

Aída tornó a intentar tranquilizar a su progenitor.
–Papá –le dijo–, hace mucho que estás divorciado de mamá. Olvida eso ya, por favor.

Las cosas que Ramfis había dicho dolían a la joven, que sentía debilidad por su madre. Pero, en aquellos momentos, lo único que deseaba era que su progenitor se sosegara.

–Perdona que me meta en cosas que no son de mi incumbencia –le susurró la enfermera–, pero me doy cuenta de que tu padre está hablando de tu madre. Soy consciente de que eso te duele pero debes tener paciencia. Él no está en sus cabales, está delirando y, como habrás podido comprobar tú misma, salta de un recuerdo al otro. Y, en ocasiones dice cosas que son únicamente producto de su imaginación. Está bajo los efectos de un shock muy fuerte. No hay que prestar atención a lo que dice. Sólo hacer lo posible por intentar calmarle y, para eso, estamos nosotros, los médicos y enfermeros. Ni quiere ofender la memoria de tu madre ni quiere herirte a ti, chiquilla… Tranquilízate tú también. Trata de ignorar lo que dice y ponte cómoda. De lo contrario me voy a ver obligada a llamar al médico de guardia. Y, en tu estado, lo más probable es que te mande a casa. ¿Eso es lo que deseas?

–No, no… por supuesto que no. Quiero quedarme al lado de mi padre todo el tiempo que pueda… –respondió Aída.

–Pues entonces quédate tranquila. Mira, en la mesita que está frente al sofá de la sala de espera, hay revistas. Ve y coge alguna. Intenta distraerte un poco.

Para evitar que la despachasen a su casa, Aída salió a coger las revistas. Pero no pudo evitar el regresar a la habitación en un santiamén. Comprobó, entonces, que su progenitor seguía hablando de Tantana.

Para colmo, mi padre es cómplice suyo –se lamentaba–. No quiere que nos divorciemos…

¡La adora! Eso de que sea hija de Pedro Adolfo Ricart, uno de sus grandes opositores, no sólo no le afecta sino que, de algún modo, chocante para mí, hasta le enorgullece. Pero esta vez va a ser la definitiva, aunque él se oponga —continuó—. Estoy seguro de que mi madre me apoyará. ¡Nunca la ha querido! ¡Tantana! ¿Qué haces aquí? —preguntó el enfermo, mirando a su hija a la cara cuando ésta se acercó a su lecho.

—Papá, soy Aída, no soy mamá… ¡Cálmate! Estás delirando. Pobrecillo.

—¿Aída? ¡Ay sí, mija, eres tú! No te había reconocido… Tienes razón. Mi padre, tu abuelo ya no está —dijo Ramfis, recobrando súbitamente la lucidez—. Lo han matado, hace algunos años. Recuerdo que tú y tu hermana María estaban en el colegio de Suiza, el "Mont-Olivet", cuando las llamé a darles la noticia. Yo estoy divorciado de tu madre y casado con Lita, con quien he tenido otros hijos, tus hermanos Ramsés y Ricardo. Y vivo aquí, en Madrid.

—Claro, claro, papá. Estás en Madrid, tuviste un accidente de coche y por eso estás ingresado en esta clínica.

—¿Estoy en Covesa? —preguntó el enfermo—. ¿Y Luis Morcuende no ha venido a verme? Él trabaja aquí, como sabes.

—Luis ha venido a visitarte constantemente, papá… Lo que ocurre es que, siempre que lo hace, estás dormido.

—Entonces, si estoy aquí, en Madrid, ¿por qué siento que estoy de nuevo en Ciudad Trujillo, dispuesto a matar a los homicidas de mi padre? Hace tiempo que ya lo hice. O por lo menos eso creo. No entiendo nada. ¿Por qué tengo que volver a pasar por todo esto?

—¿Que mataste a quién? Papá, por Dios. ¡Tranquilízate! Has tenido una pesadilla. ¡Eso es todo!

Pero Ramfis, apartándose de nuevo del presente, continuó con su arenga.

Siento náuseas, unas terribles ganas de vomitar.

Al escuchar esto, la enfermera se le acercó con un recipiente que resultó innecesario.

Todos esperan que yo cumpla con mi rol de hijo y de Jefe de las Fuerzas Armadas. ¡Vivo bajo una terrible presión! Los que me rodean quieren que vengue a Trujillo. Pero, ¡si ya lo hice! ¿Se va a tener que repetir la misma historia? ¿Y cuántas veces más? ¿Será ese el castigo que Dios me ha infringido? Estoy en la Hacienda María. Las manos me queman... —prosiguió Ramfis—. Están llenas de sangre y de dolor. Por más que me las lavo no consigo limpiarlas. Pero no, no puedo eludir esta obligación. Ya he fallado demasiadas veces a mi padre. Ahora que está muerto, no puedo volver a fallarle. Está muerto... ¡Él, que parecía inmortal! Y, por primera vez en mi vida, estoy llorando. Pero nadie se va a enterar de esta debilidad. Tengo que ser fuerte. ¡Tengo que ajusticiar a sus asesinos!

—¡Papá! ¡Por favor reacciona! No estás en la República Dominicana y abuelito hace más de ocho años que murió. ¡Simplemente, estás delirando! ¡Enfermera, por Dios, haga algo! —suplicó la joven.

Aída estaba desesperada pues Ramfis se hallaba en un estado de nervios que daba miedo. La sanitaria inyectó de nuevo un calmante en una de las botellas de suero. Después volvió a hacer la misma advertencia a la joven.

—Si no te calmas, chiquilla, me voy a ver obligada a llamar al médico de guardia. Y, no lo dudes, él te va a mandar a casa… ¿Es eso lo que quieres? Ya te he dicho, en varias ocasiones, que es normal que tu padre esté alterado… Si no puedes soportar el verle así, es mejor, para ambos, que te retires. Veo que, a pesar de ser casi una niña, eres responsable y que le quieres mucho. O te tranquilizas o te retiras. No puedo hacerme cargo de los dos a la vez. Y tú, a Dios gracias, estás sana. Sin embargo, si te alteras, puedes hacerte mucho daño, al igual que a tu bebé.

Aída prometió que permanecería tranquila y rogó que no la mandasen a casa.

—Me pregunto, sin embargo, por qué soy tan cruel con ellos… —continuó Ramfis.

—¿Te das cuenta, Aída? —susurró suavemente la enfermera—. Tu padre está delirando. No hagas caso a las barbaridades que pueda decir… ¡Peores cosas he escuchado yo de la boca de otros enfermos en su situación!

La joven asintió pero no pudo impedir aguzar el oído. ¿Sería simplemente una pesadilla lo que su progenitor expresaba o se trataba de una realidad? Al fin y al cabo era cierto que habían asesinado a su abuelo. Era más que posible que su padre hubiese tomado represalias contra los que lo habían hecho. Se sentía muy confundida y agotada.

Era suficiente con mandarles al paredón… –prosiguió él–. Pero no. Vive en mí una poderosa e incontrolable necesidad de volcar en ellos la rabia que siento hacia mi propia persona. Cada vez que les he torturado o les torturo es como si me lo estuviese haciendo a mí mismo.

Después, como si estuviese retrocediendo aún más en el tiempo, el doliente exclamó:

¡Muchas veces considero que no valgo para nada! Quizás papá tenía razón, cuando se encargó de afirmarlo, el mismo día de mi cumpleaños, hace cuatro años. Lo recuerdo muy bien. ¡Quién podría olvidarlo! Fue durante una fiesta que él organizó "en mi honor". No sirvo para nada y mucho menos para el cargo que, desde que nací, él me tenía reservado. Lo declaró públicamente durante aquel execrable festejo. Me humilló… Creo que ese fue uno de los peores días de mi vida.

Aída, resignada, escuchó lo que su padre, más que decir, gritaba, mientras le brotaban lágrimas que empapaban su rostro. Pero, por temor a que la enfermera cumpliese su amenaza, ocultó su rostro tras un pañuelo que sacó de su bolso, fingiendo una falsa tos, y se refugió en el cuarto de baño.

Ella, que de por sí ya era muy sensible; debido a su estado, lo estaba aún más. Se mareó y le entraron ganas de vomitar, aunque sabía que aquel vómito no se iba a producir. Ya estaba acostumbrada a aquellas molestas "náuseas secas", como las llamaba Tantana, que le provocaban un deseo que después no se realizaba, a menos que acabase de ingerir algún alimento.

Fue cuando tomó conciencia de que no había desayunado. Decidió, entonces, bajar a tomar algo a la cafetería y después pasar por el laboratorio para ver si encontraba allí a Luis Morcuende, el amigo de su padre. Con él podría desahogarse un poco y escaparía a las miradas de la enfermera, que estaba dispuesta a despacharla si no se recataba y dejaba de demostrar su nerviosismo.

Había transcurrido apenas una hora desde su llegada a la clínica y ya parecía haberse enterado de más cosas que en toda su vida. ¿Sería verdad todo lo que su padre estaba contando? Se preguntaba en silencio. ¿Habría matado él a algunas personas? ¿Cómo podía eso ser cierto?

No, no, se convenció, todo aquello que él decía era, seguramente y como le habían dicho, producto de su imaginación. Aferrándose a ese pensamiento positivo, que la reconfortó, se levantó, cogió su bolso, informó a la sanitaria acerca de sus intenciones y salió de la habitación.

Cuando bajaba en el ascensor se topó con un grupo de personas que lloraban desconsoladas. Parecía habían perdido a algún ser querido, según llegó a escuchar. Aquello la afectó tanto que, antes de llegar al primer piso, salió del cubículo y continuó su descenso por las escaleras. ¡Bastante tenía ella con lo que tenía! No podía soportar más tensiones y tristezas.

Aunque carecía de apetito, se esforzó y tomó un buen desayuno. Después se dirigió al laboratorio, como tenía previsto. Allí, enfrascado en sus labores, encontró a Morcuende, quien la recibió con una ancha sonrisa, tan propia de aquel hombre que tanto quería a su padre y a los hijos de éste.

Sevillano de origen, Luis conservaba la jovialidad característica de su tierra natal y procuraba, aún en los momentos difíciles, no perder el buen humor y animar a quien lo necesitase.

–¡Buenos días, niña! ¿Cómo va esa tripita? –fue su saludo cuando vio entrar a la joven en el recinto.

–Bien, bien, Luis… –contestó ella lánguidamente–. Pero estoy muy preocupada por papá. Delira constantemente y dice cosas terribles. Habla de crímenes, asesinatos… La verdad es que eso me afecta mucho. ¿Es verdad todo lo que dice? ¿Es verdad que sus manos están manchadas de sangre, como asegura?

Morcuende conocía bien la historia, pero lo negó.

–¡Ah! –exclamó–, ¿y tú eres la que insistes en decirme que quieres ser médico? ¡Pues empiezas bien, hija! Si crees en todo lo que un enfermo dice, y más bajo los efectos de fuertes drogas, no lo podrás resistir. Te quitará el sueño, sufrirás sus mismas pesadillas y, finalmente, tirarás la toalla y abandonarás los estudios. Te lo digo yo que, como sabes, aparte de los trabajos de laboratorio, reanimo a los que han sido anestesiados.

–Ya, ya… –respondió Aída sin convencimiento–. Pero es que papá…

Luis la interrumpió

—Ni papá ni nada… ¡Déjate de ñoñerías y no hagas caso a nada de lo que él pueda decir en estos momentos!

—Además —prosiguió autoritariamente—, si sigues con esa actitud me encargaré personalmente de que no se te permita visitar a tu padre. ¡No olvides que estás embarazada! ¡A él no le gustaría verte así, tan disgustada! Recuerda que, a cada rato, me mandaba a hacerte análisis. Por cierto, ¿cuándo fue la última vez que te los hiciste?

—No recuerdo, Luis. La verdad es que en estos momentos, no me acuerdo de nada.

—Creo que hace mucho que no vienes a la consulta del doctor Cotarelo a hacértelos. Vamos a aprovechar que estás aquí para hacerte una pequeña extracción.

—¡Ay no, Luis, ahora no, por favor!

—¿Cómo que no? Venga, venga, remángate el jersey que no tardo nada y sabes que no te voy a hacer daño —insistió él mientras preparaba lo necesario.

—Pero es que… —protestó Aída.

—Pero nada, apoya aquí el brazo.

—Con la condición de que, cuando puedas, subas a ver a mi papá —dijo ella.

—Sabes que no hace falta que me pongas ninguna condición para que yo vaya a verlo. ¡Anda, trasto! Apoya el brazo que, en cuánto acabe una cosa que no puedo dejar a medias, subiré a su habitación. ¿Has desayunado?

—Acabo de hacerlo —respondió ella.

—Bueeeno… Dejaré la prueba de glucosa para mañana. Cuando vengas, antes de desayunar, vuelve a pasarte por aquí —ordenó el hombre.

—¡Ah!, ¿quieres volver a pincharme? —preguntó ella de forma burlona.

—Mira, sabes que cuando tienes razón, te la doy. Vamos a dejar todo para mañana por la mañana. Pero recuerda, no desayunes y pásate antes por aquí, ¿de acuerdo?

—De acuerdo, Luis. Luego te veo, en el cuarto de papá.

Dicho esto, la joven abandonó el laboratorio y se dirigió al ascensor.

Cuando llegó al piso correspondiente, se topó con Víctor Sued, que como siempre se encontraba en la sala de espera, y le hizo los mismos comentarios y preguntas que había hecho a Morcuende.

De una manera menos técnica, en lo que a medicina se refiere, él le contestó del mismo modo. El que ambos hombres coincidieran, sin estar uno delante del otro, la apaciguó. Entonces volvió a penetrar en la alcoba en donde Ramfis yacía.

A pesar del calmante que la enfermera le había suministrado, su padre seguía delirando y estaba alterado. No obstante, para que no la regañasen, Aída no demostró su consternación. Se asomó al pasillo y le hizo un gesto a Víctor Sued, el más íntimo amigo y, además, secretario de su padre, para que se le acercara.

El hombre entró junto con ella y a su vez intentó, infructuosamente, apaciguar al enfermo.

A pesar de que la enfermera parecía no estar inquieta, al igual que su hija, él se preocupó al ver el estado en el que estaba Ramfis.

Pero lo que sí es verdad es que yo tenía que haber estado aquí en mi país, cumpliendo con mis obligaciones, en vez de estar de parrandeo por ahí —pronunció el enfermo, con lágrimas en los ojos—. Quizás hubiera podido impedir su muerte. Y, como Jefe de las Fuerzas Armadas de la República Dominicana, tenía también que haber estado ocupando mi cargo. Por eso, o me pego un tiro en la cabeza o actúo de este modo. ¡Así se enterarán de con quién se la están jugando esa panda de desgraciados!, de los cuales, se me ha informado que un par de ellos ha logrado escapar: Imbert Barreras y Amiama Tió… Que no se sabe dónde diablos se esconden. No importa. ¡Los terminaré cogiendo! ¡Tengo que vengar al Jefe! Esa es mi obligación. No hay otra. Porque Pupo, ese José René Román, podía haber impedido todo lo ocurrido. Su hermano, a quien llamaban Babín, decidió poner fin a su vida para evitar que se le torturase, como hice con Pupo. Le torturé bárbaramente, es verdad. Así mismo lo hice con el doctor Robert Reid Cabral… Y Pupo no movió ni una pestaña, ni siquiera intentó desmentir nada. Claro, ¡si le habían prometido subirle al poder!

—¡Cálmese, General! —exclamó Sued, quien le llamó así hasta el final de sus días— ¡Usted ya cumplió!

La enfermera, que no comprendía nada de lo que estaba ocurriendo, se limitó a intentar acallar a aquel hombre, colocando el dedo índice encima de sus labios.

—Está delirando —le dijo—. Es mejor para él dejarlo tranquilo.

—Pero, señorita, con todo el respeto que usted me merece, ¿no se da cuenta lo que el general está sufriendo? ¿Qué clase de calmantes le están poniendo que ni a dormir tranquilamente le inducen? —expresó Sued, enfadado.

—Pues, ¿cuál ha de ser, señor? El que su médico le ha recetado y…

—Perdone mi aparente insolencia, pero hágame el favor de llamar ahora mismo al doctor… ¿No ve lo mal que está?

—Claro que sí, señor, ¡pero eso es algo muy normal en pacientes que han sufrido un trauma como el que él ha sufrido hace pocas horas! Y, por si no lo sabía, los propios calmantes desencadenan esta clase de delirio. No obstante, para que se quede tranquilo, ahora mismo voy a buscar al médico de guardia. Quédense a su lado dos minutos. Regreso enseguida.

Dicho esto, la sanitaria salió de la habitación y se dirigió al puesto de enfermeras. Desde allí hizo la llamada que se le requería.

El galeno se personó, a los pocos minutos, en el aposento de Ramfis y le observó durante unos instantes. Le auscultó, le miró a los ojos y el enfermo se dejó hacer. Parecía haber recobrado un poco de su desertada tranquilidad.

—Es probable que, cuando venga su médico, le cambie la medicación —observó el doctor—. Pero, hasta que él llegue, puesto que no veo peligro evidente, no puedo hacer nada. Sin embargo, estaré por aquí cerca, enfermera. Si nota usted algo fuera de lo normal, no dude en avisarme enseguida.

—Sí, doctor —contestó ella.

La hija permanecía a su lado y observaba compungida a su padre. Ramfis tenía la mirada perdida y, de vez en cuando, de sus ojos seguían brotando unas lágrimas que ella, con la ayuda de un pañuelo, iba secando con ternura. De repente, el doliente giró la cabeza hacia un punto de la estancia y se dirigió a alguien que parecía estar percibiendo claramente.

> Pero no me gusta lo que estoy haciendo. ¡Me quita el sueño y la alegría de vivir! Acaba de nacer mi séptimo hijo, un varón, y no estoy con él. En vez de vivir plenamente la llegada de esa nueva vida estoy aquí, en esta "Ciudad Trujillo" que debería haber seguido llamándose como antes. ¡Ay!, pero a mi padre se le subió demasiado el éxito a la cabeza y tuvo hasta que cambiarle el nombre. ¡Carajo!

Ramfis siguió con su soliloquio:

> Me rodean supuestos amigos que apoyan mi venganza, que incluso me ayudan a realizarla. Están convencidos de que a partir de ahora voy a ser yo el que gobierne la República Dominicana. Creen que voy a quedarme aquí para continuar con la labor de mi padre. Pero se van a llevar un gran chasco. Cuando Balaguer me ofrezca dinero y seguridad, me voy a Europa a empezar una nueva vida. ¡Estoy harto de todo!

Esa locura, que Aída todavía desconocía, fue corroborada, más tarde, mediante un telegrama que supuestamente fue enviado por Ramfis a Lita. En dicho cable, que según cuentan fue mandado el 12 de noviembre de 1961, Ramfis la instruye para que compre una casa en París.

Sin embargo, de no haberse tratado de otra vivienda, el escrito habría carecido de sentido pues ya, cuando ella estudiaba en Lausanne, antes de la caída del gobierno de su abuelo, la joven había vivido en una casa que él poseía en esa ciudad. No obstante, lo que sí indica es que él ya tenía decidido vengar la muerte de su padre y después abandonar la República Dominicana.

Pero, ¡Dios mío! ¿Esto no había ocurrido ya antes? –continuó el doliente–. ¿Por qué se tiene que repetir esta sucia historia? ¿Por qué no estoy en Europa, lejos de toda esta mierda? Hace un instante me pareció que uno de mis hijos me pasaba la mano por la cabeza y me decía "Tranquilo, papá…" ¿Me estaré volviendo loco como afirma tanta gente? No… Esa caricia no puede ser producto de mi imaginación. Lo que debe de ser falso es todo esto. No quiero volver a hacerlo. Fue doloroso ¡tremendamente doloroso!

Aída escuchaba en silencio y acariciaba el pelo de su postrado padre.

–¡Me duele! ¡Me duele mucho la boca! –gritó Ramfis.

La enfermera se acercó a él y trató de tranquilizarlo.

–¡Ramfis! –ordenó–, intenta pronunciar tu nombre. A ver, dime… ¿cómo te llamas?

Aída, con los ojos inundados de lágrimas, la observaba expectante, como si de una santa milagrosa se tratara.

–Soy tu enfermera, Ramfis… –continuó la muchacha–. Tienes la mandíbula rota y es normal que te duela. Pero ahora mismo voy a inyectarte un calmante. ¡Verás qué alivio!

Sued, que seguía en la habitación, volvió a salir al pasillo para no estorbar. Aída no quiso imitarle.

De repente, Ramfis reaccionó y, antes de percatarse de la presencia de su hija, preguntó a la enfermera:

–¿Dónde estoy? ¿Quién es usted?

Tuvo que hacer un gran esfuerzo para formular su pregunta. Los alambres que le habían colocado en la boca le impedían hablar normalmente. Solo cuando deliraba parecían no molestarle.

–¿No te lo ha dicho tu hija? –preguntó ella, a modo de respuesta y señalando a Aída.

–Es que no sabía que estaba aquí… ¡Ven aquí, hijita! ¿Cómo es que no me has dicho que habías venido?

–Lo intenté, papá, lo intenté… Pero estabas soñando… No podías escucharme.

–¿Y por qué estoy aquí? ¿Qué me ha pasado?

–Papá, tranquilo… Estás en Madrid, en la Clínica Covesa. Has tenido un accidente pero te vas a poner bien… ¡No te preocupes!

–Sí –contestó él, más sereno–, estoy en esta querida ciudad. "Lo otro" ya hace años que pasó. ¿Verdad?

Aída no se atrevió a preguntar qué era "lo otro". En primer lugar, porque no quería alterarle aún más de lo que estaba y, en segundo lugar, porque tenía miedo de averiguar cosas que en su casa no se habían mencionado nunca.

El hombre permaneció tranquilo durante unos minutos pero, al rato, sintió remordimientos. Parecía haberse percatado de que, eso que su hija creía ser un sueño, era un hecho real ocurrido en el pasado. Él, Ramfis, había torturado y matado a mucha gente, dijo, mirando lúcidamente a su hija. Ella estaba consternada porque no entendía por qué su padre le estaba diciendo aquello. No sabía si era verdad o si había retornado a sus pesadillas.

Si se trataba de lo primero, se preguntaba Aída, ¿por qué Ramfis le hacía aquella terrible confesión en aquellos momentos? ¿Sería porque se sentía físicamente débil? ¿Estaría delirando nuevamente?

No, no, se dijo la joven, tenía que tratarse de lo segundo, su padre estaba delirando de nuevo.

Ramfis siguió diciendo cosas que herían su corazón. Quizás aquella fuese la primera vez que se permitía sentir compasión y asco por lo que había hecho, afirmó. Antes no se hubiese dejado llevar por aquellos sentimientos porque se sentía culpable por la muerte de su padre. ¡Y, al fin y al cabo, "ellos" le habían matado!

La enfermera, que había permanecido en la habitación, estaba tan alucinada como Aída. Pero, a diferencia de ella, sí estaba completamente segura de que aquel hombre estaba delirando.

Unos instantes después, él se despejó y preguntó qué fecha y qué hora era.

–Estamos en diciembre, Ramfis, día 18, y son más de las cinco de la tarde –contestó la sanitaria.

Cuando él manifestó que le dolía todo el cuerpo, la enfermera le explicó que también se había golpeado el pecho con el volante del automóvil, que tenía fracturas en ambas piernas pero que nada de eso era grave.

Súbitamente, Ramfis recobró un vago recuerdo de lo ocurrido y se lo contó a su hija. Después le preguntó:

—¿Sabes tú, hija, quien iba en el auto con el que colisioné?

Aída respondió que, por lo que le habían dicho, el choque había sido contra el vehículo de una señora importante de la sociedad española: la Duquesa de Albuquerque. Y añadió que la acompañaba su hijo pero que al chiquillo no le había ocurrido nada.

Ramfis se interesó por la suerte que había corrido aquella mujer. Aída le informó de que la Duquesa se encontraba ingresada en el hospital "La Paz" y que, como él, iba reponiéndose poco a poco.

Sabía que la pobre había fallecido casi en el acto pero se lo ocultó. Aquello pareció tranquilizarle y, mientras conversaban, el sedante empezó a surtir efecto. El enfermo se fue quedando relajado y finalmente se durmió.

Al rato aparecieron otros familiares. Aída, agotada, pero más tranquila, decidió retirarse durante un par de horas. Su embarazo y lo que había vivido en aquellas últimas horas la obligaban a hacerlo. Sentía como si su cabeza fuese a estallar en mil pedazos.

Se lo comentó a Víctor Sued, que había regresado a la habitación, y le encargó que la llamase si Ramfis empeoraba.

"Ojala que mi padre no vuelva a delirar de ese modo", pensaba mientras esperaba la llegada del ascensor.

Cuando llegó al hotel Eurobuilding, en donde por decisión de su progenitor estaba alojada temporalmente, se desplomó en la cama.

Puso el despertador a las siete y media de la tarde, con la intención de regresar a la clínica a esa hora.

"Papá no está nada bien", pensaba, con gran temor, mientras el sueño, típico de las embarazadas, se apoderaba de ella.

Al despertar pensó que por su bien y el de su bebé debía tomar algo caliente. Bajó a la cafetería del hotel y pidió una sopa y un vaso de leche. Terminó rápidamente, se subió al coche, que tenía aparcado enfrente de la puerta del hotel y se dirigió de nuevo a la clínica.

Una vez allí, se encontró con una nueva sorpresa. Al penetrar en la habitación, su padre seguía delirando, pero esta vez sus sueños parecían hacerlo muy feliz.

Se encontraba rodeado de personas que habían ido a visitarle y a quienes, su estado de eufórica alegría, no parecía molestarles. Entre ellas estaban Lita, la mujer de Ramfis, y Doña María, su madre, que en ningún momento abandonó el centro sanitario.

La misma enfermera, que aún no había terminado su turno, se encargó de informarles de que aquel estado de animación era normal, que estaba siendo provocado por la morfina que le habían suministrado.

—¡Estoy tan contento de verte, Irán! —exclamó él cuando vio, sin reconocerla, llegar a su hija.

Aquel comentario no hizo gracia a Lita pues, a la mujer a la que Ramfis se refería era una bella actriz con la que mantenía una relación amorosa extramarital.

Aída observó la cara descompuesta de la esposa de su padre pero no se inmutó. Hacía años, desde que la había conocido en París, ya en el exilio, cuando tenía apenas nueve años recién cumplidos, había tomado una decisión: fuese o dejase de ser la sustituta de su madre, poco iba a importarle. Aquella había sido su forma de defenderse del dolor producido por el divorcio de sus progenitores.

En una ocasión, estando ya trabajando en la oficina de su padre, él le había presentado a Irán Eory y después ella la había visto con frecuencia allí. Oriunda de México e instalada por entonces en Madrid, Irán, de profesión actriz, al igual que lo había sido Lita, era una mujer bonita y simpática que le caía muy bien a la joven. Cuando ella visitaba a Ramfis, en su despacho, Aída sabía que él se sentía feliz, que ella le alegraba la vida.

Además, pensaba, aunque no era una persona habitualmente rencorosa, Lita estaba probando el sabor de la hiel que había hecho ingerir a su madre. Aunque estaba segura de que su padre no se iba a divorciar de ella, conocía bien la historia de aquella que había logrado separar para siempre a sus padres.

Había además un tonto detalle que lograba sacar a Aída de sus casillas. Era lo de menos, cavilaba a menudo, pero siempre la ponía frenética el hecho de que ella le llamase "vido", en lugar de "vida".

Lita siempre hablaba con un acento peculiar que se notaba que no era natural, como si el hacerlo le diese más glamour, destacando sobre las demás personas. No, a la joven no le terminaba de caer bien la esposa de su padre. La presentía falsa e incongruente.

Con los años demostró que nunca tuvo interés en que sus hijos y los del primer matrimonio de Ramfis se llevasen como verdaderos hermanos. Ella había adquirido aquel nombre cuando inició su carrera cinematográfica, siendo su auténtico el de Iris Lía Menshell.

Cuando quedaban pocos años por finalizar la "Era de Trujillo", conoció a Ramfis y se enamoraron, ante la desaprobación del dictador y el dolor de Tantana.

Ramfis intentó, en varias ocasiones, separarse legalmente de la que era su legítima esposa. De hecho, la pareja se divorció en tres ocasiones y, obligados por Trujillo, que quería a Tantana como si de su propia hija se tratase, tuvieron que volver a contraer matrimonio.

El mandatario hizo todo lo que pudo para evitar la separación de ella y de su hijo. Incluso, en cierta ocasión, llegó a desterrar a Lita de la República Dominicana aunque con ello no consiguió su objetivo. Ramfis siguió visitando a la que, tras el fallecimiento de su padre, se convertiría en su segunda esposa oficial.

Lita era oriunda de los Estados Unidos, nació en Flatbush (Brooklyn), comunidad de Nueva York. Era descendiente de padres inmigrantes húngaros. Su progenitor se dedicaba al negocio de las pieles de alta calidad, tales como el armiño y el visón, y se había convertido en un hombre muy solvente.

A pesar de que sus progenitores se opusieron de forma firme, Lía, tras haberse dedicado a tomar clases de baile en

Las Vegas, decidió probar suerte en el mundo del cine, obteniendo una breve y relativamente poco exitosa carrera.

En aquel mundillo fue conocida, sobre todo, por su interpretación en la película "El Zurdo", con quien apareció junto a Paul Newman. Con este actor sostuvo un apasionado romance durante el rodaje.

Tras varias aventuras con diversos actores, algo muy normal en el mundo del espectáculo, entre ellos Steve MacQueen, Lita conoció a Ramfis.

El joven iba acompañado, durante una fiesta de cumpleaños, por Kim Novak, Zsa Zsa Gabor y Porfirio Rubirosa. Y fue a partir de julio del año 1958 cuando se la vio subir, por primera vez, al yate "Angelita", propiedad de Trujillo, en San Pedro, California, abandonando un rodaje que tenía dispuesto.

Mientras, en la República Dominicana, Tantana lloraba por su marido pero siempre con la esperanza de que éste volvería con ella.

Las declaraciones que su rival había hecho en periódicos y revistas, en las que manifestaba que Ramfis no tenía intenciones de contraer matrimonio con ella, alentaban las expectativas de Tantana. Además, se decía, aferrándose a lo que ella deseaba creer, su propio suegro la apoyaba y ella era madre de sus seis hijos. Ya se sabía que los hombres eran unos "picaflor" y que el deber de una buena esposa era tener paciencia. Así la habían educado y así era ella. Sin embargo, cuando la prensa empezó a rumorear que Lita se había mudado a una casa en las colinas de Hollywood, pagada por Ramfis, la mujer empezó a inquietarse seriamente.

Después, también corrieron rumores de que él se la había llevado consigo a la República Dominicana. Y no sólo eso, sino que la nueva dirección de la actriz estaba inscrita en la entonces Ciudad Trujillo.

Tantana no sabía qué hacer y recurrió a Trujillo, que ya estaba enterado del asunto. Él intentó consolarla diciéndole que ya se sabía cómo eran los "machos" y que lo más probable era que aquello caería por su propio peso.

Pero, cuando a principios del año 1961 Tantana se enteró de que Lita estaba embarazada de Ramfis, tuvo que rendirse a la evidencia. Su esposo jamás regresaría con ella.

Por si hubiese sido poco, una vez más, le había interpuesto una demanda de divorcio con la intención de poder contraer matrimonio con Lita. Se lo dijo claramente y no se dejó apenar por las lágrimas y las súplicas de su mujer.

El propio Trujillo, realmente afligido por la que él consideraba otra estupidez de su vástago, se vio obligado a instar a la que había sido su "nuera-hija", a que tratase de olvidarle.

Nada podía él hacer ya. Ramfis era un "cabeza loca", le comentó, que ni siquiera sabía cumplir con sus obligaciones políticas, por más que él había luchado para que sentase cabeza.

Quizás, quién sabía, el tiempo se encargaría de volver a poner las cosas en su sitio. Todavía era muy joven y era posible que recapacitase.

Tantana le escuchó con atención pero ya había perdido toda esperanza. Había tomado conciencia de que lo que su suegro decía no se iba a realizar. Se derrumbó anímicamente por completo y se encerró de nuevo en su habitación, con su soledad y su inmensa tristeza. Cada noche la visitaban distintos entes que le confirmaban sus oscuros presentimientos.

Una de aquellas noches se le acercó su Ángel de la Guarda y le dijo: Tienes que ocuparte de tus hijos... Van a producirse acontecimientos que cambiarán toda su vida y también la tuya. Es tu deber el ser un apoyo para ellos y para lograrlo tienes que hacerte muy fuerte. A pesar de ello, Tantana siguió llorando y apartada del mundo exterior a su casa o a la de sus familiares entres los cuales se encontraba Trujillo, a quien quería como si fuese un segundo padre.

No podía imaginar lo que se le avecinaba en un breve lapso. Sólo pensaba en Ramfis. No interpretó las palabras del ángel como un aviso para que abriese su mente a otras posibilidades mucho más fuertes que un divorcio. Estaba demasiado centrada en la inminente ruptura de su matrimonio.

Tras aquel rápido repaso a la historia que su madre le había contado más de una vez, Aída volvió a la realidad, sacudida por el drástico cambio de tema de su doliente padre.

Dentro de unos días van a celebrar mi cumpleaños. Estoy seguro de que me van a regalar muchas cosas... Lo único que me molesta ahora –pronunció con una vocecilla semejante a la de un niño pequeño– es que mi papá me ha obligado a ponerme este uniforme militar tan pesado. Sí, es bonito. Pero me da mucho calor. Me han dicho que no puedo quitármelo hasta que llegue un fotógrafo que me va a hacer unas fotografías oficiales. ¿Qué querrá decir "oficiales"?

Todos los allí presentes se sorprendieron al oír aquella voz infantil emergiendo de la boca de Ramfis. Pero la enfermera les aseguró, de nuevo, que aquello era algo normal producido, sin duda, por los efectos de la morfina que le estaban suministrando.

A pesar de las palabras de la enfermera, Aída se sintió compungida. Nunca había visto a su padre en una situación como aquella.

¡Ay, pero qué tonto soy! –prosiguió el doliente, con la misma voz de crío–. Eso debe querer decir que esos son retratos de momentos en que estaba vestido de oficial del ejército. ¡Claro! Seguro que a papá, como le gusta tanto lo militar, le hace ilusión tenerme retratado con ese disfraz. Espero que ese fotógrafo llegue pronto porque esta vaina me está molestando mucho, se quejó.

Al rato Ramfis se sumergió en un profundo y aparentemente tranquilo sueño. Todos salieron al pasillo para que pudiese descansar, con la única excepción de la enfermera. La habían contratado de forma permanente y por turnos, con otra, de manera que el enfermo nunca estuviese solo.

Aída se había sentado en un sillón situado en la sala de espera de la clínica cuando vio llegar a un grupito de gente. Se trataba de una parte de sus hermanos, Mercedes, Claudia y Rafael, que acababan de llegar de Estados Unidos, en donde estaban estudiando. Habían llegado a Madrid antes de lo previsto, en donde estaba planeado que pasaran las vacaciones de Navidad.

A Ramfis hijo, su padre le había prohibido aquellas vacaciones porque, según él, no las merecía. Pero a Aída le hubiese gustado el verle arribar. No quería que, de ocurrirle lo más temible a su progenitor, él no estuviese presente, al igual que su hermana mayor, María, que se encontraba también en los Estados Unidos.

Cuando llegaron, lo primero que hicieron los muchachos fue ir a dar un abrazo a su abuela María, a Lita y a ella.

A continuación, pidieron hablar con alguno de los médicos que estaban atendiendo a su padre, para interesarse por su estado de salud. Fueron informados de que, a pesar de lo aparatoso del accidente, Ramfis se iba a salvar. Tardaría un buen tiempo en recuperarse, lógicamente, y se sentiría bastante molesto. Pero era un hombre fuerte y lo superaría, les aseguraron.

Sin embargo, aunque guardó silencio, Aída no estaba del todo convencida de aquello. La "presencia" que había sentido en la habitación de su padre, le había dejado un regusto amargo. Al igual que la visita de aquel ente que, aunque hubiese sido producto de una pesadilla, no le había mentido.

No obstante, intentó desechar esos sentimientos científicamente poco creíbles. ¡Al fin y al cabo ella quería ser médico!, se dijo. ¿Cómo se iba a dejar llevar por sensaciones y absurdas visiones? Indudablemente aquella percepción era el producto de su miedo a perder a su progenitor.

La jovencita intentó centrarse en imaginar qué aspecto y sexo tendría su bebé cuando naciese. Estaba casi segura de que se parecería físicamente a su padre.

Un momento después, los recién llegados hijos entraron en la habitación para dar un beso al padre que, lejano a todo, seguía con sus ensoñaciones.

Como solía ocurrir con frecuencia, él no estaba contento y, con sus elucubraciones, todos quedaron tristemente sorprendidos.

–Pero, ¿y ahora qué es lo que me está pasando? ¿Por qué siento odio en mi corazón? –exclamó al verles entrar, intentando incorporarse en la cama.

Los chicos quedaron paralizados por la desagradable e inexplicable pregunta que el padre había hecho. Ignoraban a qué se refería.

Han pasado muchos años y este uniforme que llevo puesto no es un disfraz –continuó–. Siento odio porque han matado a papá. Y estoy preparando torturas, cada vez más sutiles, para hacer sufrir a los que lo han hecho, hasta que den su último suspiro. ¡Eso servirá de ejemplo a todos! Pero, me pregunto, a quién y para qué. Yo no pienso quedarme aquí, en la República Dominicana. ¡Ni hablar! Y mi padre ya falleció. Haga lo que haga no voy a poder resucitarlo. ¡No soy Dios! Dios, Dios, ¿alguna vez podría perdonar todo este horror? Sinceramente, no lo creo así. Pero, ¿Dios existe?

Aída, no podía más y, con la llegada de sus hermanos, decidió que por el momento ya había tenido bastante. Se retiraría a descansar hasta el día siguiente, si no se producían novedades.

Tras haber besado la frente de su padre, salió al pasillo, no sin antes pedir a Víctor Sued que la llamase más tarde para que le informase cómo seguía. Él le prometió que así lo haría y ella, extenuada, bajó a la calle, se subió a su coche y se dirigió al hotel en donde estaba residiendo temporalmente.

Una vez allí, recogió un mensaje que habían guardado en el casillero que pertenecía a su habitación, tomó el ascensor y se encerró en ella. Se derrumbó en la cama, pero antes leyó aquel recado que le habían entregado. Entonces, llamó por teléfono, por petición expresa suya, a su madre, que era quien se lo había dejado. Le dio los pormenores de lo que estaba aconteciendo.

Ella, Tantana, no se atrevía a ir a visitar a Ramfis, por respeto y cierto temor a que Lita le montase una escenita en la clínica. No era el momento, decía convencida, de que nadie se ocupase de nada que no fuese "su marido", como seguía llamándole y le llamó hasta el final de sus días.

Después también llamó a Víctor Sued y éste le dijo que su padre seguía igual, con aquellos altibajos, pero estable. Él le recomendó que intentase descansar pues, en su estado, era necesario.

—¿O prefieres que avise a Luis Morcuende? —la amenazó.

—No, no… Si ocurre algo nuevo, por favor, llámame. ¡Te lo pido por favor, Víctor! He hablado con mamá para que, más tarde, si puede, venga a verme. Pero no le digas nada a Luis que si no… ¡ya sabes cómo es!

–No te preocupes, mija –contestó el hombre–. Tu papá no está solo, como sabes… Yo no me muevo de aquí y hay mucha gente visitándole. Creo que, tanto para él como para ti, es mejor que, si no se producen nuevas, vengas ya mañana por la mañana temprano, como sueles hacer.

–De acuerdo, de acuerdo, Víctor, pero sólo si me prometes que vas a avisarme de cualquier cosa.

–Te lo prometo, mija. ¡Ven mañana e intenta descansar no se nos vaya a perder el primer nieto del "Generai"… Eso no le haría ningún bien, te lo aseguro. Está muy ilusionado con ser abuelo.

Al día siguiente, Aída se levantó muy temprano. Después del aseo personal, se vistió con ropa cómoda y se encaminó a visitar de nuevo a su padre.

Sued había cumplido su palabra y, la noche anterior, la había llamado por teléfono. Le dijo que no había nuevas noticias que fuesen dignas de mención.

Cuando Aída llegó a la clínica y entró en la habitación de Ramfis, éste estaba conversando con la enfermera. Lo mejor era que parecía hacerlo de forma lúcida.

Sin percatarse de la presencia de su hija, le afirmaba que tenía un mal presentimiento y que estaba seguro de que iba a morir.

En cierta ocasión –le estaba diciendo– le pedí a mi hija María, la mayor, que desearía que cuando muera, me corte un mechón de cabello. Quisiera que lo enterrara, junto con una fotografía mía, en la República Dominicana, en donde nací. Esa será la única manera de conseguir que, al menos una parte de mi cuerpo, una parte mía, aunque pequeña, descanse en mi tierra natal. Soy consciente de que existen muchos rencores. Sé que sembré esa semilla. Fui tremendamente cruel pero...

La enfermera, que no conocía aquella historia en absoluto, supuso que Ramfis seguía delirando. Permaneció junto a él, escuchándole, hizo una señal a Aída para que no hablase e inyectó otro calmante en su suero.

La joven la obedeció sin rechistar y, guardando silencio, se sentó, haciendo el menor ruido posible, en un sillón que estaba lejos de la cama en donde el hombre yacía.

Aunque todos aseguran que mi corazón es fuerte y todavía joven, hoy he mantenido una conversación íntima con él... –prosiguió Ramfis, que parecía estar consciente a pesar de las incoherencias que empezó a expresar–. Me ha dicho que está cansado y que no quiere volver allí, contrariamente a que muchos, como Guarien Cabrera y otros amigos militares quieren apoyarme. Mi corazón sabe que, si hace el esfuerzo por sobrevivir, tendrá que acompañarme, claro. Y no quiere, no quiere seguir sufriendo ni seguir vertiendo sangre ni de inocentes, ni de culpables. Su deseo es permanecer aquí, tranquilo. Y sabe muy bien que, si sigo vivo, me van a estar presionando para que vaya para allá... ¿Me entiende señorita?

Al escuchar aquellas palabras, Aída recordó que, poco tiempo antes de ella contraer matrimonio, Ramfis le había revelado que, para febrero del siguiente año, tenía intenciones de regresar políticamente al país. Se lo estaban reclamando, le dijo, y él no podía negarse a ello. Se lo debía a su padre, según le expresó.

Aquella confesión no le había gustado nada a la joven y así se lo había asegurado a su progenitor en aquella ocasión.

Rememoró la conversación que habían mantenido en una salita de la casa de él en "La Moraleja". Revivió, cuaderna a cuaderna, en su mente todo lo que rodeaba la escena: la decoración, la música, el vino de Oporto que su padre le había servido…

Recordó también que, al anunciarle él sus propósitos, ella se había alterado enormemente y le había manifestado que no quería que él volviese a su país, que sentía mucho miedo a que le matasen al igual que lo habían hecho con su abuelito.

Y también se acordó de que Ramfis le había contestado, con una seguridad pasmosa, que eso no iba a suceder, que a él no le iban a matar.

Si ocurría lo que él acababa de decir a la enfermera, si él moría, sus palabras de aquella noche habrían sido una premonición. Y los deseos de ella se cumplirían, aunque no del modo que ella hubiese querido.

Aquellas memorias hicieron que la muchacha se estremeciera y que la criatura que guardaba en sus entrañas empezara a agitarse.

Ella lo notó e intentó, nuevamente, ponerse a pensar de forma positiva, desechando aquellos macabros pensamientos.

Pero no dejó de seguir escuchando y observando de lejos a su padre.

—Ramfis, tranquilízate —le susurró la enfermera, con suavidad—. Los corazones no hablan con sus dueños. Son ellos los que hablan con sus corazones…

Pero él parecía no escucharla y siguió monologando Lo más probable es que, quien no haya pasado por esta experiencia, el estar al borde de la muerte, me tome por loco. De hecho, es cierto que he tenido que consultar a algunos psiquiatras, a lo largo de mi existencia… Ocurrieron tantas cosas feas en mi vida que, aunque breves, hacían que me sintiese mal. Lo acontecido en Constanza, Maimón y Estero Hondo, no fue tarea fácil y me sentí muy trastornado por mi forma de actuar. Sin embargo, mi deber me lo imponía. No tenía más remedio que cumplir con mis obligaciones. ¡Y esas obligaciones no eran fáciles, eran duras, crueles! ¡Sentía que me hacían daño, que lo que hacía no estaba bien, que no era bueno para mi espíritu! Pero, ¿cómo contradecir a mi padre? Él sabía lo que tenía que hacer… ¡Yo no! ¡Yo no quería dedicarme a la política pero él estaba empeñado en ello! ¿Cómo iba a seguir decepcionándolo?

Si ni siquiera la propia Aída sabía de lo que Ramfis estaba hablando, la enfermera lo ignoraba aún más.

La sanitaria le tomó la temperatura y comprobó lo que temía: la fiebre del paciente era muy alta. Se dispuso a inyectar otra sustancia en uno de los frascos de sus sueros, con la intención de bajársela. Si no lo conseguía, en un lapso razonable, se vería obligada, pensó, a avisar al médico de guardia.

Sin embargo –prosiguió Ramfis–, en ocasiones como la que estoy viviendo ahora, ¡quién me hubiese dicho que sería tan pronto!, eres capaz de visualizar a alguien que asemeja una persona. A veces se trata de una mujer y otras de un hombre… o algo así… ¡Qué sé yo! La ves sentada, o sentado, encima de lo que parece ser una especie de nube, a tu lado, día y noche, cada vez que abres los ojos. Incluso cuando no los abres… Es cuando te das cuenta de que hay una parte tuya que está a medias entre la tierra y el más allá. Y es también entonces cuando eres capaz de comunicarte directamente con tus órganos, hablar con ellos.

La enfermera, como buena profesional y resignada a los delirios de su paciente, permaneció a su lado sin mediar palabra. Le hizo un gesto a Aída para que, si quería, se sentara en el sillón que estaba cerca de la cama de él que no iba a percatarse de su presencia.

Sé bien, porque ellos mismos me lo han afirmado, mis pulmones, que están destrozados –continuó el enfermo–. Recibieron un enorme impacto contra el volante de mi Ferrari. Por eso se encharcan, se ahogan constantemente, los pobres. Aunque los doctores se encargan de vaciarlos, una y otra vez, el líquido vuelve a inundar sus alvéolos. Y el corazón se pone en crisis por la gran energía que tiene que gastar para mantener el equilibrio respiratorio de mi cuerpo.

Al escuchar esto, la enfermera se puso tensa. ¿Cómo sabría este hombre lo que le estaba ocurriendo a sus pulmones?, se preguntaba. ¿Sería debido a que, aún en estado inconsciente, habría podido escuchar los comentarios de los médicos?

Como todos los días, hijos y familiares iban a visitar a Ramfis a la clínica. Y él, cuando no deliraba, procuraba bromear y reírse para quitarle gravedad a su delicado estado.

Sus vástagos eran tan jóvenes, pensaba el hombre, y sentía pena por ellos. El temor a dejarles solos tan pronto le invadía.

¡Ay, María, vuestra hermana! Siempre tan materialista… ¡je, je, je! –comentó con sorna en cierta ocasión–. La verdad es que, de todos ustedes es la que mejor gusto tiene. Pero no sé si recuerdan que una vez le dije: "Hija mía, cuando me mandas una carta, ¿por qué si me pides besos escribes besos con "p"? –Y rompió a reír aunque, al hacerlo, se hizo daño en la boca por los alambres que sujetaban su mandíbula–. Ella se puso brava conmigo ese día…

¡je, je, je! Pero después, cuando le dije que se trataba de un relajo, una broma como dicen aquí, se le pasó.

Poco le duraban aquellos momentos de risa al malogrado hombre. Y, puesto que seguía con sus descomunales delirios, los médicos le cambiaron la medicación. Trataban de apaciguar y de reducir sus pesadillas. Sin embargo, aquella medida resultó ser inútil ya que, casi siempre que Ramfis lograba conciliar el sueño, las memorias o las alucinaciones de las que su mente era presa retornaban. Y él las expresaba en voz alta.

—Aída, estás embarazada… ¡Tienes que cuidarte mucho! —dijo Ramfis a su hija en uno de sus pocos ratos de lucidez, observando con afecto su vientre.

Ya lo hago, papá… ¡no te preocupes! —contestó ella, dándole un beso en la frente—. Voy a visitar a mi ginecólogo con la frecuencia que él me lo pide. De vez en cuando me llama Luis Morcuende para que, al igual que tú le pedías, me haga unos análisis. El otro día me obligó, aquí mismo, abajo en el laboratorio, a hacerme uno. Ya sé que, como dices, soy propensa a la anemia. Pero los médicos me han asegurado que, en mi estado, eso es normal. El mismo Luis me lo ha confirmado. La llaman "anemia gravídica", es decir, de estado de gravidez o embarazo.

Al ver la cara de incrédulo de su padre, Aída prosiguió:

—Antiguamente consideraban el estar esperando un bebé como algo peligroso, de ahí parece ser que deriva ese vocablo. Pero hoy en día se sabe que, sin dejar de cuidarse, no tiene por qué serlo en absoluto. Tengo que tomar unas pastillas especiales para embarazadas, con no sé cuántos minerales y vitaminas. Todos los días, junto a un buen desayuno, lo hago. Descuida, papá, no soy ya una niña y quiero que mi hijo, tu primer nieto, nazca sano.

–¡Mi primer nieto, es verdad! No sabes lo contento que estoy, hija. Espero poder vivir para conocerle.

–¡Por supuesto que vas a vivir, papá! –contestó ella de forma jovial e intentando disimular sus temores.

–No estoy tan seguro de eso –musitó él–. Y, como no quiero irme de este mundo sin dejar zanjadas algunas cosas, te voy a recordar algo que me hiciste hace bastante tiempo y que me dolió mucho. Sé que no fue tu intención el hacerme daño pero, a pesar de que te he perdonado, es algo que no he conseguido quitarme de la cabeza. Sobre todo por lo que a la memoria de tu abuelo, mi padre, se refiere. Prefiero aclararlo ahora porque estoy seguro de que tú tampoco lo has olvidado, ya verás.

–¿De qué se trata, papá? ¿Cómo me comporté? ¿Qué hice para deshonrar la memoria de abuelito? ¿Por qué no me lo comentaste antes? –preguntó ella alarmada.

–Fue hace como tres años –contestó él–. Tendrías tú la edad de catorce. La verdad es que fue entonces cuando tomé conciencia de que no había compartido contigo tanto como lo hubiese deseado. No te conocía hasta el punto de saber que también tenías un carácter fuerte; una forma de ser casi inflexible, cuando creías de verdad en algo o en alguien, a pesar de haber sido catalogada como "la buenecita", incluso como una tonta, tanto por muchos de la familia como por mí mismo, lo confieso.

—¿Qué fue eso tan grave que hice, pues, papá? —preguntó Aída, inquieta, que ya no sabía distinguir entre los delirios y la lucidez de su progenitor.

—Bueno… Me dijiste que te avergonzabas de mi apellido y me cerraste el teléfono… ¡Nunca te habías comportado de aquel modo! ¡Me quedé petrificado, te lo aseguro!

—Es cierto, papá. Lo recuerdo perfectamente. Y te confieso que, cuando lo hice, quería que la tierra me tragase. ¡Me entró pánico pues no sabía cómo ibas a reaccionar! Pero presentía que nada bueno podía suceder después de actuar como actué. Sabía, además, que te había faltado al respeto, cosa que nunca había hecho en mi vida.

—Me heriste al decir que despreciabas mi apellido, ¡el de tu abuelo!

—No era esa mi intención ni mucho menos, papá. ¡Estoy segura de que lo sabes y que lo sabías entonces! Pero también sabes lo unida que siempre he estado a mi madre y aquel día llamaste a casa tremendamente colérico. Estabas muy enfadado con mamá y, como ella no estaba, la pagaste conmigo.

Ramfis permaneció en silencio escuchando lo que Aída le decía. La enfermera se mantenía a una distancia prudente para no entrometerse en aquella conversación que, al fin y al cabo, se trataba de una simple aclaración entre padre e hija.

Incluso pensó que, el conectar con la realidad le haría bien al enfermo y que, de ese modo, sus terribles desconciertos se reducirían. Nunca llegó a sospechar que muchos de ellos pertenecían a su tenebroso pasado.

–Lo que me comentaste, y no de una manera suave precisamente –prosiguió Aída–, más bien de una manera que hasta llegó a hacerme sentir como si yo hubiese sido responsable de ello, me sacó de mis casillas. Papá, es que tú y mamá siempre me habéis metido en medio de vuestras disputas, sin importaros si me dolían o no.

En el mismo instante en el que pronunció esas palabras, un sentimiento de culpa inundó a la joven. Su padre yacía en aquella cama de hospital y ella se atrevía a reprocharle de aquel modo, se dijo en silencio. De manera que, con la excusa de que necesitaba ir al cuarto de baño, se levantó y, cuando regresó, intentó cambiar de tema, aunque había vertido algunas lágrimas.

Pero Ramfis parecía estar muy interesado en que su hija continuase su parrafada.

–Por favor, Aída, siéntate aquí, adonde estabas, y continúa –pronunció.

Ella protestó diciendo que aquello no tenía mayor relevancia y que lo único que deseaba era que él perdonase su insolencia de adolescente. Era verdad que jamás le había faltado al respeto y, por una vez que lo había hecho, le rogaba que no le guardase rencor.

Le suplicó que lo olvidase, aquello nunca se volvería a repetir. De hecho, el incidente no se había vuelto a producir. Sin embargo, él no quiso soltar el asunto. Necesitaba, le dijo, saber el motivo por el que ella le había hablado de aquella manera. Necesitaba saber por qué le había dicho que se avergonzaba de su apellido.

Aída le contestó que ni ella misma entendía el por qué había mencionado aquel nombre siendo, además, el suyo. Le había salido de forma espontánea, sin pensarlo. Estaba furiosa con él y fue lo primero que le vino en mente.

Con respecto al tema que había provocado aquella trifulca, como él insistía, ella continuó con su relato.

–Por lo visto, según tú mismo me contaste, mamá había dicho que era la "señora de Trujillo", en no sé qué establecimiento comercial. Aquella tontería llegó a oídos de Lita. Ya sabes lo chismosa que es la gente. Tu mujer estaba hecha una furia y te había montado una escenita por ese motivo tan estúpido, según tú mismo me comentaste. Disculpa que te lo recuerde, papá, pero sabes tan bien como yo que también Mimí, la esposa de tío Radhamés, es la "señora de Trujillo" y, en España, abunda ese apellido.

–¡Claro! A Lita le fueron con el cuento y me armó un escándalo. ¡Ay, Dios! ¡Cómo son ustedes, las mujeres, carajo! –exclamó Ramfis–. ¡No hay quien las entienda!

–Pero por lo menos intenta comprender que aquello me apenó y enrabietó. Te metiste fuertemente con mi mamá –contestó Aída.

–Sí, sí… lo entiendo… Después de un tiempo se me pasó el disgusto porque sé que estás muy apegada a ella. Pero eso del apellido resultó ser muy duro para mí, más de lo que nunca podrás imaginar. Hay tantas cosas que tú no sabes… ¡Y más viniendo de ti! Siempre me pregunté por qué dijiste que te avergonzaba nuestro apellido. ¿Acaso tu madre o algún miembro de tu familia Ricart te ha hablado en contra? ¿Tendría razón tu tía Angelita cuando decía que ellos les hablaban, a ustedes, mis propios hijos, mal de Trujillo? ¿De qué te abochornabas cuando se te ocurrió decirme eso?

—No, no, papá… Nada de eso, sabes perfectamente lo mucho que mamá quería a abuelito. Jamás hubiera consentido que nos hablasen mal de él. Y también sabes que tía Angelita es una chismosa y nada buena persona; lo siento, pero es la verdad. Mi familia Ricart nunca me ha hablado mal dc la tuya. Sin embargo, muchas veces me he preguntado, y me pregunto: ¿es que existe algo que puedan venir a contarme? ¿Acaso hay cosas que desconozco que hayáis hecho vosotros, mi familia paterna? ¿Qué me habéis estado ocultando durante toda mi vida? ¿A qué viene esa preocupación por tu parte? ¡Te juro que no entiendo nada!

—No, no, a nada, hija… Son cosas mías… —contestó él.

Ramfis, que estaba totalmente en sus cabales en ese momento, se estremeció. Intentó disimular su turbación, quejándose del dolor que le producían los alambres instalados en su boca. Fue en aquel momento cuando la enfermera intervino y quiso poner fin a la discusión. Pero Ramfis se negó y le dijo que quería seguir hablando con su hija, aunque le doliesen la boca y el corazón. ¡Necesitaba mantener aquella conversación con ella!

La sanitaria, comprensiva, le dejó hacer. Pero le recomendó que intentase no alterarse y que procurase no lastimarse hablando tanto. Se lo advirtió también a la hija, que hizo un gesto afirmativo. Avergonzada, bajó la cabeza.

—En absoluto, Aída, en absoluto —continuó Ramfis, respondiendo a las preguntas que ella le había formulado—. No te hemos ocultado nada. Por eso me dejaste tremendamente confundido, además de inquieto y pesaroso.

–¡Lo siento mucho, papá! –exclamó ella, con las lágrimas asomándole los ojos–. Ni yo misma entiendo por qué mencioné la palabra vergüenza. Sabes, repito, que mamá adoraba a abuelito y, cuando le conté lo sucedido, me llevé una sarta de reproches que no podrías imaginar. Me llevé broncas por los dos lados, el tuyo y el de ella. Y, además, no me sentía bien por haberte contestado así, te lo aseguro. Por eso te escribí enseguida, y quería pedirte perdón pero…

–Tres veces seguidas –confirmó él–. ¡Y yo te devolví las cartas sin abrirlas! Mi intención era que percibieras mi inmenso disgusto.

–Y lo conseguiste. Pero, por favor, no hablemos más de eso, papá –rogó la joven–. Yo era tan solo una chiquilla, pasó hace tiempo; me perdonaste, que era lo que yo quería y ahora esos pensamientos no te harán bien. ¡Te quiero mucho y lo único que deseo es que te sanes! ¡Perdóname si te ofendí y te hice tanto daño!

–Estás más que perdonada. ¡Hace tiempo que lo estás! Lo único es que quería saber si había algo detrás de aquello, eso es todo. Pero comprendo que te enfadases por lo de tu mamá. En tu lugar, yo también me hubiese enfadado. ¡Tranquila, hija! Y no me llores, por favor. Eso sí me pone mal, el verte llorar, y más en tu estado. Ven, dame un abrazo.

Cuando aquella noche Aída, extenuada, se acostó, no tardó demasiado en conciliar un sueño agitado, debido a la preocupación y también por lo vivido durante aquel día. Todas aquellas cosas que su padre decía la alteraban en demasía.

De madrugada, una vez más, sintió que alguien le tocaba ligeramente el hombro. Como ella despertaba fácilmente, aquel roce la sacó enseguida de su breve y perturbado descanso. El ente que la había visitado se le volvió a manifestar cuando abrió sus atónitos ojos.

Una vez más, la muchacha no podía dar crédito a lo que estaba viendo cuando, tranquilamente, aquel ser se repanchingó en la misma butaca.

—¿Ves cómo no te estaba mintiendo cuando vine a visitarte la otra noche? —le preguntó de manera un tanto irónica.

Aída no supo qué contestar. Permaneció inmóvil, ni siquiera le pasó por la mente el sentarse en la cama, como lo había hecho anteriormente, y preguntó.

—¿Qué es lo que deseas esta vez, seas quién seas?

—Bueno, chica, no te pongas así. Sólo decirte que el único que puede decidir la suerte que correrá tu padre es Dios.

—Eso ya lo sé —contestó ella, pesarosa—. ¿Me has venido a avisar de su muerte? —preguntó.

—No, no… —contestó el ser—. No estoy autorizado, o autorizada, como prefieras, a informar sobre esas cosas. Además, si quieres que te diga la verdad, lo ignoro, créeme; entre otras cosas porque no me interesa. Mi morada está en otro plano, lo que aquí llamáis vida y muerte no significa nada. Lo único que puedo decirte es que no es ni la primera ni la última vez que vendré a visitarte a lo largo de tu vida. Pero no siempre me presentaré con este disfraz que, por cierto, es bastante incómodo. No lo he elegido yo, evidentemente. —Su tono era algo socarrón aunque ella no le veía la gracia.

–¿Y eso por qué? Quiero decir, ¿por qué has de venir a visitarme en más ocasiones?

–Porque, a pesar de haber tenido varias experiencias personales, te has empeñado en no creer en cosas que existen, apoyándote en ese afán de regirte únicamente por lo humanamente científico.

–La ciencia está muy bien, por supuesto –prosiguió–. Se trata del estudio del hombre, un regalo de Dios, sobre muchos asuntos que son necesarios. ¡Pero no es lo único válido ni auténtico! Como bien sabes, cambia continuamente, porque no es perfecta ni completamente exacta. Lo que hoy es efectivo, mañana se puede descubrir que no lo es y viceversa.

Una vez más, tras pronunciar aquellas últimas palabras, la sombra volvió a evaporarse tal y como lo había hecho la primera vez que la había visitado. Aída se levantó y fue a servirse un vaso de leche que, según le había dicho su ginecólogo, le ayudaría a tranquilizarse, cuando le hiciese falta. Eso o una infusión de tila. En su estado no tenía otra opción. Y ella no podía soportar el sabor de aquel té, aunque estuviese muy azucarado, como solía tomarlo.

Después intentó no pensar en la "visita" que había vuelto a recibir, se metió en la cama y pudo conciliar un sueño reparador. No obstante, despertó muy temprano, preocupada, como lo estaba, por la salud de su padre. Se vistió y se dirigió a la clínica.

Cada vez que ella le visitaba, Ramfis, cuando estaba consciente, observaba embelesado la incipiente barriguita que revelaba el embarazo de su hija. En aquellos breves períodos, volvía a hacerse ilusiones de vida. Olvidaba lo que su corazón le había dicho y hacía planes de futuro con el que sería su primer nieto. Daba consejos a Aída hasta el hastío. Le recomendaba que diese a luz en esa misma clínica pues, a su modo de ver, el departamento de maternidad era excelente.

Hasta le sugirió el nombre del bebé. Si era niño, algo de lo que él estaba inexplicablemente seguro, quería que se llamase como uno de sus artistas favoritos: Carlos Gardel. Su idolatrado y sublime Gardel, le decía. A ella le agradó el nombre de Carlos. Pero se negó en rotundo a ponerle el de "Gardel".

—¡Papá, si lo hago, en el colegio se burlarán del niño! ¡Eso no te lo voy a prometer, lo siento!

Y Ramfis se reía porque no era aquella su intención pero sabía que conseguía ponerla de mal talante. Como su hija solía ser excesivamente sumisa y obediente, le encantaba el conseguir sacar al exterior su parte rebelde. Sin embargo, los alambres que conservaban en su sitio su mandíbula le impedían reírse con la libertad que él hubiese deseado.

Aquel día, al ver Ramfis estaba más animado, y con la llegada del resto de los hijos, la enfermera, después de obligarle a ingerir un vaso de leche, con la ayuda de un tubito de plástico, decidió salir al pasillo para dejarles conversar tranquilamente y en intimidad.

Pero él, con la intención de arrancar una risotada a sus hijos, antes de que la joven abandonase la estancia, le hizo una pregunta:

—Señorita, ¿tiene usted novio?

—Dime, Ramfis —dijo ella sin entender a cuento de qué venía aquella consulta.

Él volvió a repetirla, ante los hijos que ya habían empezado a desternillarse, conociendo, como conocían, el especial sentido del humor de su padre.

La muchacha negó con un leve gesto de su cabeza y se sonrojó.

—¡Ah, fantástico! Lo mismo que yo, que soy un hombre ¡soltero y sin compromisos! —exclamó él, riendo a pesar del dolor que le producía el hacerlo.

—¡Hay que ver cómo eres papá! —exclamaron los chicos al unísono cuando la muchacha se hubo retirado.

Él se sintió satisfecho por haber conseguido quitarle algo de gravedad a la situación.

Cuando las leves penumbras de la tarde de invierno empezaron a adueñarse de la luz del día, y aunque aún era temprano, el hombre obligó a todos a que se retirasen a descansar.

A pesar del empeño de Víctor en permanecer junto a él, Ramfis le aseguró que prefería la compañía de una de esas enfermeras tan lindas. Su fiel Víctor Sued, compañero ¡de todo!, lo bueno y de lo malo, suspiró. Muy bien remunerado, eso sí, pensó.

El hombre se ofendió un poco al ver que Ramfis no deseaba que se quedase y se le plantó sutilmente. Contestó que no entraría en la habitación aunque continuaría en el pasillo o en la sala de espera, toda la noche.

—¡No seas cabeza dura, cibaeño del carajo! —vociferó Ramfis, intentando también hacer sonreír al acongojado hombre—. Me resulta difícil hablar con las vainas estas enredadas en la boca —dijo—. Vete a tu casa a descansar y a hacerle un poco de caso a Maritza. ¡Tu mujer debe de estar harta de que la tengas todo el día abandonada! ¡Je, je! ¡Ya lo haces bastante cuando te vas de parranda conmigo!

Cuando todos se hubieron marchado, la enfermera del nuevo turno suministró otro calmante al enfermo para que pudiese dormir. Se sentó a su lado sin dejar de observarle. En un principio Ramfis consiguió conciliar el sueño. Pero al poco rato empezó a presentar severos síntomas de ahogo. Ella, alarmada, llamó al médico de guardia mediante un teléfono interno. Éste no tardó ni un minuto en llegar con un ayudante, provisto de medicamentos y tras haber ordenado que trajesen una serie de aparatos.

Ramfis, que parecía haber salido de peligro, había tenido una recaída y se le habían vuelto a encharcar los pulmones. El doctor, cuando comprobó el grave estado en el que se encontraba, mandó a que le bajasen rápidamente al quirófano con la intención de conectarle a una máquina y eliminar el líquido acumulado en aquellos órganos gemelos.

En esa ocasión, sin embargo y para gran alivio del galeno, no se produjo la temida crisis cardiaca que solía acompañar a los episodios.

Víctor, que no se había movido de la sala de espera, tal como había afirmado, fue testigo de lo sucedido pues solicitó permiso, que le fue concedido, para entrar en el quirófano. Cuando subieron a su jefe y amigo a la habitación, se despojó del necesario ropaje sanitario que le habían hecho ponerse y acribilló a preguntas al especialista.

Éste le dijo que, aquel incidente, aunque aparatoso, no había conllevado el peligro que, en un principio, él había temido.

De modo que Sued tomó la decisión de no alarmar a sus hijos y no contarles nada hasta por la mañana, si se mantenía estable.

Cuando, al día siguiente, Aída llegó a la clínica, temprano como de costumbre, su padre ya estaba fuera de peligro. Pero lo que le contó Víctor la perturbó. La joven, que iba ataviada, como era su costumbre, con ropa cómoda y llevaba la melena recogida en una trenza, se sentó a su lado y, a su vez, le hizo muchas preguntas.

Sued intentó tranquilizarla diciéndole que, aquellas crisis de los pulmones eran normales pues el volante del coche los había impactado fuertemente. Pero, a pesar de la intención, e incluso convicción, que Sued tenía mientras se lo contaba, ella volvió a tener un mal presentimiento. Sobre todo porque la sensación de funesta presencia que sentía en la habitación de su padre, desde que le habían ingresado en la clínica, a veces más fuerte, otras, más suave, seguía produciéndose. Y la sentía negativa, un intangible mal augurio.

Cuando volvió a penetrar en la estancia, comprobó que Ramfis continuaba hablando en voz alta como el día anterior. Sin embargo, según denotaba el tono de su voz, parecía estar contento.

–¡Qué preciosa es esa muchacha! –comentó, ignorando por completo la presencia de su hija.

Aída pensó, entonces, que se refería a la enfermera, que era una joven muy agraciada. Pero, cuando su padre recomenzó su retahíla, se dio cuenta de que no estaba hablando de ella. Su mirada se dirigía hacia algún punto algo lejano.

Se llama Octavia Ricart, aunque la llaman Tantana –continuó, con el rostro embelesado–. No entiendo por qué le han cambiado su bello nombre, de origen romano, nada común aquí, por ese apodo tan extraño. Está ahí sentada y vigilada por sus hermanas. Tiene una carita inocente y hermosa que me encanta. No lleva maquillaje, va ataviada de forma sencilla, con un vestidito de color crudo y su cabellera a medio recoger… ¡Tiene una clase natural increíble!

Está soñando con mamá –Se dijo Aída con ternura y en voz muy bajita–. ¡Si ella lo supiese, pobrecilla, con lo que aún le ama!

El amor que mi madre profesa a papá es asombroso, se dijo en silencio para no perturbar con sus palabras a su progenitor. ¡A pesar de todo el daño que él le ha hecho! Pero no sólo él, sino mi abuela María y mi tía Angelita. Los únicos que parecían apreciarla y quererla eran mi abuelo y, todavía, mi tío Radhamés. Y con todo y lo bonita que ha sido y sigue siendo, ella jamás ha querido rehacer su vida. Aunque es obvio que no le han faltado ni le faltan pretendientes, pero ella… ¡ni caso!

Recuerdo muy bien al que siempre me hubiese gustado que ella aceptase. Un hombre argentino atractivo, culto, amable y simpático. Jugaba al polo con mi padre. Se llama Carlos. Sí, Carlos Torres-Zabaleta. Pertenece a una de las familias de más prestigio de su país. Y siempre nos traía regalos diciendo que había llegado "el tío Carlos".

Pero nada… Ella fue agradable y salió a almorzar un par de veces con él.

Un tiempo después, aquel hombre desapareció. No volvió a venir a nuestra casa. No me atreví a preguntar, obviamente. ¡Cualquiera lo hubiese hecho con "mi vieja"! Unos años más tarde, cuando mamá consideró que quería sacar el tema, me confesó que le había aclarado las cosas y que le había dicho que seguía enamorada de su marido… ¡Qué mujer!

Carlos Torres-Zabaleta, que había sido siempre un hombre muy respetuoso, decidió retirarse. Aquella era la causa de que nunca hubiese regresado a su casa, muy a pesar suyo.

También recordó una anécdota que Tantana le había contado y que la hizo sonreír en aquellos penosos momentos. Había sido muchos años atrás, cuando sus padres seguían juntos.

Aquel hombre apuesto, que era inteligente a la vez que apasionado, se había dado cuenta de que, de un momento a otro, Ramfis podría dejar plantada a Tantana por cualquier pelantrusca.

De modo que, estando cenando una noche los tres, en un restaurante de la capital dominicana, se atrevió a decir, delante de Ramfis que, si él moría antes que su mujer, no se preocupase. Él se casaría con ella y la protegería.

Tantana se lo había contado con gran orgullo a su hija.

−¿Qué crees que contestó tu papá?

Aída le contestó que no tenía la menor idea.

−Tu papá le respondió, medio enfadado, pues ya sabes lo celoso que siempre ha sido, que si eso ocurría, se le aparecería de noche y le jalaría los pies –prosiguió Tantana riendo.

Carlos no volvió a tocar el tema pues vio que Ramfis era "como el perro del hortelano", que ni come ni deja comer. Y, como sentía afecto por él, no quiso volver a demostrar interés en su mujer, mientras siguieran juntos.

Por esos celos incongruentes de su hijo, Trujillo, que tanto quería a su nuera, le había mandado a construir un cine en la casa de la Máximo Gómez, en la capital, y otro en "Haina Moza", que entonces era la de campo. Así, pensaba el hombre, ella se distraería mientras Ramfis hacía de las suyas con sus eternas parrandas y ausencias, incluso fuera del país.

Transcurrió poco tiempo tras el que Ramfis sustrajo a su hija de sus recuerdos. Volvió a dirigirse a ella, como si de otra persona se tratase.

Pero no debería acercarme a Tantana… –prosiguió–. Su papá es enemigo del mío y sería capaz de lincharme. Ese Pedro Adolfo Ricart, según lo que me han contado, tiene unos cojones que ya quisieran otros. ¡Caray! Pero, ¡vale la pena arriesgarse! Es tan linda… ¿Qué daño podría yo hacerle invitándola a un ponche de frutas y a bailar un bolero? Eso, si me deja la hermana mayor, a la que veo muy protectora… A Tantana se le ha iluminado la cara cuando me ha visto acercarme, se lo noto… –continuó–. Y la hermana mayor no parece estar molesta por mi presencia; su nombre es Dulce María, aunque la llaman "Chichí" y es hija del primer matrimonio de su madre, Nieves. La pequeña, todavía no se da mucha cuenta de las cosas que ocurren a su alrededor. Creo que se llama Teresita y es también muy bonita. Me recuerda un poco a Lauren Bacall. ¡Pero Tantana es un ángel! Es realmente una belleza de mujer y me da la sensación de que es una muchacha seria y educada. Se le nota que ha estudiado en Curaçao que, al fin y al cabo, sigue perteneciendo a Holanda. Las tres están muy atentas a las melodías que está tocando la orquesta del Hotel Embajador. Acabo de empezar, poco a poco y con cautela, a entablar conversación con ellas, hablándoles de la música, y mi pretendida se ha sonrojado. Eso, a mi modo de ver, significa que no le resulto indiferente.

Aída percibió que su padre se sentía feliz evocando, en sueños, esa parte de su pasado y, por un instante, se tranquilizó.

Se arrebulló, entonces, cómodamente en su butaca y se dedicó a imaginar, de nuevo, en cómo sería el bebé que llevaba en sus entrañas. Pero aquel agradable momento duró poco porque, de pronto, su progenitor volvió a alterarse, ante la mirada atenta de la enfermera y el sobresalto de la hija.

¡Se la ha llevado! ¡Su papá ha mandado nuevamente a Tantana a Curaçao, para apartarla de mí! Ella misma me lo dijo llorando, el otro día, cuando a escondidas vino a despedirse. Y, aunque he pretendido evitarlo, no me atrevo a pedirle a papá que se lo impida. No entiendo bien el motivo pero él parece tenerle cierto respeto a ese hombre, a su padre.

Aída se levantó de la butaca e intentó calmar a Ramfis, que estaba visiblemente compungido.

–Papá, estás soñando. ¡Tranquilízate! ¡Eso sucedió hace mucho tiempo! Mamá y tú erais todavía muy jóvenes, unos niños.

La clara luz invernal, típicamente madrileña, entraba por una de las ventanas de la habitación, las otras tenían echadas las persianas.

Ramfis logró despertar y, recordando adonde se encontraba, consiguió sosegarse. Incluso sonrió recordando aquella inocente y bonita etapa de su tortuosa y atormentada vida.

Al poco rato entró en la estancia el médico que le había atendido la noche anterior y le preguntó cómo se encontraba. Faltaba poco para que terminase su turno pero no quería marcharse antes de revisarle. Pidió a Aída y a los demás hijos que habían ido llegando poco a poco que abandonasen la habitación para poder examinar a su padre con tranquilidad.

Cuando, por fin salió, su cara lucía satisfecha aunque con muestras del cansancio de una agitada y afanosa noche de trabajo.

–Vuestro padre es un hombre muy fuerte y se restablecerá pronto –les aseguró–. Acabo de terminar mi guardia y he de descansar un poco pero, en mi lugar, estará un buen profesional que, de precisarlo, le cuidará igual o mejor que yo. Pero estoy casi convencido de que no será necesario.

Cuando estaba lúcido, Ramfis preguntaba con frecuencia por el estado de la Duquesa de Albuquerque y de su hijo. Para no alterarle, siempre se encargaban de asegurarle que ambos estaban fuera de peligro. Ramfis, ignorando que la pobre señora había fallecido, encargó a Víctor Sued que le enviase un ramo de flores cada día, acompañado de una nota deseándole una rápida recuperación. Nunca llegó a enterarse de su muerte.

–¡Qué desafortunado encuentro! –comentó durante uno de aquellos interminables días–. Ella, con prisa porque el niño llegaba tarde al colegio, según lo que me han contado, y yo saliendo de mi oficina después de haber estado, toda la noche, inmerso en esa reunión política agotadora. Quedé muy sorprendido de que todos los allí presentes tuviesen tanto empeño en que volviese a la República Dominicana.

–Ya te dije, papá, en su momento, ¿recuerdas?, que esa idea no me gustaba ni un pelín y… –le interrumpió Aída.

–¿Y tú qué puedes saber de esas cosas, hija? –contestó Ramfis.

Se hizo un instante de silencio que a ella se le antojó eterno. Tenía mucho respeto a su padre y pensó que se lo acababa de faltar con su réplica.

–Bueno… a decir verdad… –continuó él para gran alivio de la joven, al comprobar que no se había disgustado–, imagino que ellos no actuarían como lo hicieron aquella noche sólo con la intención de "arreglar el país", como me aseguraron. Algo se traerán entre manos… ¡Ambición! Si salgo de esta, tendré que meditarlo muy bien y encarármeles.

—¡Pues claro que vas a salir victorioso, papá! —volvió a interrumpirle Aída, lamentando enseguida su osadía.

Por entonces, los hijos solían ser sumamente respetuosos.

Pero él, zambullido como estaba en sus cavilaciones, ignoró sus palabras y continuó con su retórica.

—Lograron inculcarme una intensa culpabilidad, más de la que ya llevaba encima, por no haber estado en el sitio que me correspondía, cuando mataron a papá. Me repitieron, hasta el hastío que mi regreso era algo ineludible.

—Según ellos, eso se lo debo a su memoria y a mi patria. Me echaron en cara que no me había comportado como un buen dominicano ni como un militar responsable y que lo único que me interesaba era divertirme. Y añadieron que, aunque pretendiese ser europeo, debía recordar que no lo era, que no tenía que volver a declinar mis obligaciones y que era imprescindible que retomase las riendas para que las aguas pudieran retornar a su cauce.

Ramfis permaneció en silencio durante un breve lapso, respirando profundamente, presa de un agotamiento que el recuerdo de esa última reunión producía en su cerebro.

—El país se encamina, poco a poco pero con certeza, al caos en el que estaba cuando mi papá se empezó a ocupar de él y detuvo su ruina, destruyendo su endeudamiento —continuó—. Atiborrado me dejaron con sus teorías. Se empeñaron en redundar en el hecho de que, una vez más, estaba dejando, sin mover ni un solo dedo, que destruyesen la obra de Trujillo y el antiguo esplendor de la República Dominicana.

Aída permanecía en silencio, escuchando a su padre que, en aquel momento, parecía encontrarse lúcido. Pero no comprendía el motivo por el cual aquellos hombres de los que él le estaba hablando, querían cargar, si lo que decía era verdad, todo ese peso sobre sus espaldas, utilizando el chantaje emocional al que le habían sometido.

Todavía era una chiquilla de diecisiete años y la palabra ambición, aunque conocía su significado, aún no encajaba en su mente. De lo que tampoco tenía idea, por entonces, era de todas las vicisitudes que la vida le tenía preparadas en un futuro. Al igual que casi todos los seres humanos, creía que las cosas seguirían más o menos igual.

No podía ser consciente de que, con el transcurso del tiempo, se enteraría de sucesos que le harían mucho daño.

—Me recordaron —prosiguió Ramfis— que, durante la "Era de Trujillo", éste consiguió igualar la tasa del peso dominicano a la del dólar estadounidense, un hecho sin precedentes. También, que fue elegido en 1930 con el apoyo de Estados Unidos, sin restricciones de ningún tipo. Durante su mandato, a pesar de estar marcado por una represión despiadada, el conjunto de la economía pasaba bajo su control. Los gringos no se quejaron entonces pues, de numerosas maneras, ellos salían beneficiados. Invertían en el país, sacando gran provecho a sus inversiones. Pero, como era de prever, lo que no les gustó fue que papá les pagase la deuda que tenía contraída con ellos. Eso, y no otra cosa, fue lo que hizo que empezaran a alejarse paulatinamente, a pesar de no demostrarlo a cara descubierta. Quisieron, después, observarle bien de cerca para que no se les escapase el "mirlo blanco" que creían haber atrapado, como hicieron con otros países de Latinoamérica. Empezaron a hablar, más tarde, de razones humanitarias. Decían que temían que el pueblo cayese en manos del comunismo. ¡Ja!, ¡razones humanitarias! Mientras lograban sacar partido de cómo actuase papá, bien calladitos que permanecieron. De hecho, incluso cuando lo de la matanza de haitianos, los americanos se aprovecharon. Las culpas se las llevó Trujillo. Mientras, ellos tenían en sus plantaciones trabajadores más que muy baratos. Aquella fue una forma de recuperar sus antiguos esclavos, a escondidas del mundo. De modo que seguían dando la imagen de "Land of the free", que tanto pregonan, y de una democracia absoluta. ¡Cuánta hipocresía!

A Aída, según escuchaba lo que decía su padre, le parecía tener delante de ella un gran libro parlante de historia. Pero no prestaba demasiada atención a sus palabras pues todavía no estaba interesada en esa materia. Además, cuando él hablaba, ella nunca estaba segura de que lo que decía fuese verdad o era un producto de su imaginación.

Si hubiese estado parlamentando sobre el arte de la medicina, de la música, de la pintura o de cualquier otro, lo más probable era que hubiese aguzado sus oídos. Después se encargaría de verificar si lo que él decía era verdad. Aquellos mundos siempre le habían interesado.

Por el momento, la jovencita seguía sin percatarse de cuándo su padre deliraba o no. Se conformaba con que no se alterase y, mientras él seguía con su soliloquio, ella pensaba en que dentro de poco empezaría a deleitarse comprando, poco a poco, el ajuar de su hijo nonato.

No se atrevía, además de no lograr concentrarse, por respeto y por deferencia al estado en el que su progenitor se encontraba, a ponerse a leer como hubiese sido su deseo. Leer la apasionaba y solía llevar, en el bolso, el libro de turno. Cuando terminaba uno, enseguida empezaba a devorar otro.

Había adquirido esa costumbre hacía sólo unos años; pero, una vez que la literatura la envició, no pudo deshacerse de ella.

Trujillo, a pesar de granjearse muchos enemigos, elevó una política de grandes obras y logró sanear la situación financiera de la República Dominicana. Eso lo sé yo mejor que nadie, no hacía falta que ellos me lo recordaran durante la bendita reunión esa –prosiguió Ramfis–. Lo que esos "yankees" utilizaron como excusa, para desvincularse aparentemente de él, fue su intervención en el intento de asesinato del presidente venezolano Rómulo Betancourt. De eso se agarraron para que fuese condenado por la OEA y, finalmente, abandonado por los Estados Unidos. Conozco de sobra todas esas vainas que quisieron hacerme rememorar. Al igual que sé que, aunque se habían aliado con los conspiradores de su asesinato, el apoyo prometido por los gringos nunca llegó. Insistieron en que, por ese mismo motivo, de haber estado yo presente, ocupándome de los asuntos internos del país, ese contubernio se habría deshecho antes de producirse. No se atrevieron a llamarme culpable directamente pero ahora me doy cuenta de que sí lo hicieron de forma sutil… ¡Panda de…!

Aída ya no quería insistir en que su progenitor se relajase y permaneciese tranquilo y en silencio. Se daba cuenta de que era inútil y que, cuando emprendía un tema, no lo soltaba. Pero se consolaba pensando que, por lo menos, si no se alteraba, la cosa no iba tan mal. De modo que le dejaba hacer y escuchaba lo que decía como el que oye llover desde su casa, resguardado.

La mayor parte de las cosas ni las entendía ni quería entenderlas. Si eran verdad o mentira, en algún momento las averiguaría. Pero, por ahora, lo importante era que su padre sanase. En el fondo de su alma tenía mucho miedo a que se produjese un desenlace fatal aunque ni ella misma quería reconocerlo.

En fin que, la noche anterior a ese bendito accidente, los hombres que me acompañaron acabaron con mis energías. Tenía que haberme quedado a dormir en el dormitorio del despacho pero, mientras no me marché de allí, ninguno se movió. Y yo no podía más. Necesitaba descansar, asimilar todo lo que se había hablado, tomar una decisión por mi cuenta en mi casa –continuó–. Cuando bajé al portal, saludé a Francisco el conserje quien, perfectamente uniformado como de costumbre, se extrañó de verme salir a esas horas de la mañana. No obstante, recuerdo que intentó disimular su intriga y me saludó como si aquello hubiese sido lo normal. Salí a la calle Juan Ramón Jiménez; enfrente tenía aparcado mi vehículo, penetré en él, cansado pero lúcido, respiré hondo, arranqué y me dirigí al Paseo de La Habana para salir a la carretera de Burgos y llegar a "La Moraleja". La pobre Teresa de Albuquerque, que vive en "El Soto", una urbanización pegada a la mía, venía hacia Madrid. La verdad es que esa salida por Chamartín, hacia la carretera, tiene unas curvas muy peligrosas. Deberían arreglarla. Ya se han producido numerosos accidentes ahí pero el alcalde no parece estar demasiado interesado en ello. ¡Y esa niebla espesa! ¡Dios! Ahora lo recuerdo perfectamente. Por más que quise evitar el choque, como el suelo estaba escarchado, totalmente congelado, las ruedas del auto patinaron. Fue imposible hacerme con la situación. Imagino que a ella le pasó lo mismo… ¡Pobrecilla! Espero que se reponga pronto.

Al escuchar aquellas últimas palabras, Aída, que sabía que la duquesa había fallecido, entristeció. Dos lagrimones rodaron por sus mejillas y, para que su padre no viese su cara, se levantó de la butaca y se acercó a la ventana. Desde allí veía transitar automóviles que, en la época, no eran demasiado lujosos. Sólo unos cuantos millonarios podían permitirse el lujo de poseer los de marcas superiores. El ser dueño de un simple Seat 600, incluso de un "sidecar", resultaba ser todo un éxito.

La clínica Covesa estaba emplazada en la calle que, a la sazón, se llamaba General Mola, ahora Príncipe de Vergara, muy cerca de María de Molina. Por razones obvias, algunos años después, tras el fallecimiento de Franco, el nombre del que defendió el Alcázar de Toledo a favor de los Nacionales, fue arrancado de las placas de las paredes de sus edificios y de muchas memorias. Sin embargo, hoy en día, y aunque parezca increíble, muchas vías, con nombres similares, han conservado el que tenían.

El verse en aquel estado de impotencia, en donde tenían que ocuparse continuamente de él, descomponía al orgulloso Ramfis. Pero se sentía tan mal que no tenía más remedio que acatar lo que los médicos y las enfermeras le indicaban.

Y, aunque le hacía sentirse incómodo, tenía que dejarse cuidar y mimar por sus hijos, familiares y amigos íntimos.

—¡Hoy me encuentro mucho mejor! No se preocupen. ¡Estoy bien! —exclamó el día 20 de diciembre por la tarde, en el que parecía haberse recuperado un poco. Intentó incorporarse en la cama pero los numerosos tubos acoplados a su maltrecho cuerpo se lo impidieron.

Aída se le acercó y le hizo un gesto con la mano, pidiéndole que aguardase un instante. La joven cogió la manivela que servía para cambiar el lecho de posición y le levantó la parte de la espalda y la cabeza. No se atrevió a hacer lo mismo con la de las piernas, porque sabía que sufría fracturas en ellas.

Inmacu, que así se llamaba la sanitaria, le aseguró que no había problema siempre y cuando el paciente no realizase esfuerzos por sí mismo.

Ramfis manifestó que lo único que le molestaba bastante era que sentía que como si le faltase la respiración. Entonces la enfermera, que permanecía discretamente en la habitación, se levantó de su silla y fue a auscultarle. Después, para tranquilizarle, le comentó que aquella sensación de asfixia era debida a que tenía una ligera acumulación de mucosidades.

Le dijo que iba a buscar un aparatito destinado a aspirarlas y que después se encontraría mejor. Ramfis asintió con la cabeza y ella salió al pasillo.

Inmacu tardó poco en regresar pero, antes, al hombre le dio tiempo para hablar directamente, sin divagaciones, con su hija.

—Me preocupa tu estado, Aída. ¡No deberías venir todos los días! Ya sabes que eres propensa a la anemia y…

—¡Papá, estoy bien! —contestó ella—. ¡El que tiene que cuidarse eres tú y hacer caso a los médicos! Un embarazo es algo natural. Deberías saberlo, ¡después de ocho hijos que has tenido!

—Sí, sí… ¡Claro, hija! Aunque ya sabes que tu madre tuvo ciertas dificultades en los partos. ¡Tú misma tardaste tres días en nacer!

—Eran otras épocas, papá… En diecisiete años la ciencia ha avanzado mucho. Ahora no la hubieran dejado permanecer así durante tanto tiempo. El ginecólogo me revisa continuamente y, la última vez, me dijo que todo iba muy bien. Y, por lo de la anemia tampoco te preocupes porque ahora enseguida te mandan a ingerir muchas vitaminas y una dieta especial para embarazadas. Lo hacen con el propósito de evitar una anemia gravídica, algo también muy normal y corriente en mi estado pero que, si se cuida, no tiene por qué tener malas consecuencias. Se está ocupando muy bien de mí, no te preocupes…

–¿Has hablado con Luis? ¿Te ha hecho análisis, hija?

–Sí, papá, él es tan pesado como tú, no te inquietes.

En ese momento regresó la enfermera con su aparato "desatascador".

Aída se alejó y se sentó a observarla. Mediante unos tubos que insertó en la nariz del paciente, extrajo una buena parte de aquellas mucosidades.

Después de terminar con su labor, cambió uno de los frascos de suero que estaba casi vacío e inyectó un medicamento en el nuevo. Por entonces se utilizaban recipientes de vidrio y no de plástico como ahora. En el tapón de caucho que los cubría, mediante una jeringuilla se introducía la medicación necesaria.

La sanitaria explicó a la hija que le había suministrado un sedante ligero para ver si lograba dormir un poco para, después, hacerle ingerir algún alimento líquido. A continuación volvió a salir, llevándose toda su parafernalia y prometiendo regresar enseguida.

–Eso es una de las cosas que me inquietan, si muero. ¡Ustedes son todavía pequeños! María tiene apenas veinte años… ¡Y es la mayor! Ramsés, nueve… y Ricky, tan sólo seis… ¡Dios mío! –exclamó Ramfis súbitamente, agitado por aquel pensamiento.

–¡Papá!, te vas a poner bien. ¡No te preocupes por nosotros! –replicó la consternada hija.

–¿Sabes a lo único a lo que tengo miedo? –preguntó Aída en un intento por cambiar de tema.

–¿Qué es lo que te atemoriza, mija? –preguntó él.

–El que regreses a la República Dominicana, como me dijiste que ibas a hacer… ¡No quiero que te maten! ¡No vuelvas allí, papá, por favor! –le rogó.

–Hija mía –contestó Ramfis con una seguridad escalofriante que ni ella llegó a captar–, ya te dije, aquella noche cuando te lo comenté, que a mí… ¡a mí nunca van a matarme! Porque, además, si lo hiciera, si volviese, sería para instaurar una auténtica democracia. Y eso… ¡eso estoy seguro de que resultaría imposible! El sólo hecho de que yo regresara a nuestro país provocaría derramamiento de sangre. Creo que sabes que los militares no se andan con miramientos y, a la primera sublevación, habría tiroteos y más muertes. ¡Ya ha habido demasiadas!

–¡Por eso, papá! ¿Para qué vas a provocar lo que tú mismo me estás contando? ¿Acaso lo deseas de verdad? ¿Acaso tu corazón te lo pide? ¿No estás siendo influenciado por esos hombres de la reunión de la que hablaste el otro día? Y además…

–¡Cállate, Aída Azilde! –Ramfis llamaba así a su hija, por sus dos nombres, cuando se disgustaba con ella.

¡Mira lo que están haciendo todos esos desgraciados con el país! –prosiguió Ramfis–. ¡Sobre todo Balaguer, que tanto me ha decepcionado!

Porque, después de intentar y conseguir destruir casi todo lo que tu abuelo hizo, se exilió durante una temporada a Estados Unidos. Pero tenía sus retorcidos motivos para hacerlo, bajo su apariencia de hombre "bueno y tranquilo". ¡Y logró convencer a los pendejos norteamericanos! ¡Ja! Eso mismo fue lo que hizo papá para, después, botarlos del país. Él, Balaguer, copió muchas cosas de papá. Pero éste no creo que tenga las agallas para enfrentárseles del mismo modo. Será su marioneta disfrazada de demócrata. Está ejerciendo una dictadura que los gringos apoyan porque les conviene y sé que le han advertido de que, si se le ocurre comportarse como lo hizo Trujillo… ¡Al pueblo lo tiene bajo su yugo "enmascarado"! Pero a mí no me engaña si bien yo le hago creer lo contrario para que no vuelva a jugármela. Sé perfectamente que está matando a mucha gente que no está de acuerdo con él, pero me hago el tonto. Ya tuve que pagarle una pila de cuartos para que nos devolviese la nacionalidad y me dejase en paz con lo de solicitar la extradición. No ha cumplido con lo pactado en muchos países. Si hasta aquí en España, siendo Franco, tu padrino, me buscó problemas. ¡El muy mosquita muerta!

Como Ramfis empezó de nuevo a alterarse, Aída se asustó e intentó calmarle. Creía que estaba volviendo a delirar pues nunca le habían dicho que Balaguer había sido responsable de nada malo. Y ella sabía que su abuela María siempre seguía manteniendo un estrecho contacto con él.

Después de que muriese Trujillo, y con él su "Era", ese sabio sinvergüenza, pero sabio al fin, quiso desvincularse, encubrir completamente su complicidad. Por eso dejó de cumplir muchas de las cosas que habíamos pactado: pidió mi extradición, derrumbó la casa de papá, para hacer creer que intentaría borrar cualquier rastro suyo, nos arrebató la nacionalidad dominicana… Y, si no demolió el Palacio Nacional, fue enarbolando la bandera de la cultura. Sabía que, de haberlo hecho, el pueblo se hubiese sublevado. Mientras, seguía urdiendo sus ambiciosos planes –prosiguió– Siempre estuvo ahí, esperando agazapado, como aquí los cazadores acechan a la perdiz calladamente para no espantarla. Entonces, esperando el momento oportuno, se mantuvo a un cierto margen. Eso fue lo que motivó que se retirase a vivir a los Estados Unidos durante un tiempo. De regreso al país, con ese rostro de ingenuidad y nobleza que le caracteriza, luchó por demostrar que él sólo había sido un títere más de Trujillo, definiendo claramente que podía "tirar la primera piedra", al estar exento de cualquier culpabilidad. Entonces, un gobierno provisional fue constituido en la República Dominicana. Su misión, la de Balaguer, en la época, consistía en organizar las elecciones de junio de 1966. ¡Qué "casualidad"! Éstas otorgaron el triunfo al supuesto conservador Don Joaquín Balaguer, que ya había alcanzado el lugar de Jefe del Partido Reformista Social-Cristiano. ¡Qué bien se lo hizo, el muy hipócrita! Balaguer fue, como solía hacer, el que leyó la exaltación fúnebre en honor de papá. No sé por qué ahora los que dicen que tanto le repudiaban son "balagueristas". Ellos saben, tan bien como yo, que ese hombre estuvo siempre a su lado. Aquel elogio, tras su asesinato decía que "Trujillo fue fundamentalmente bueno; bajo su pecho de acero latía un corazón inmensamente magnánimo". Cuando yo regresé al país, no tenía la menor duda de que no iba a seguir los pasos de mi padre, por mucho que me doliese, pues sabía que eso era lo que él hubiese querido. Volví porque no tenía más remedio… Habían asesinado a papá en mi ausencia. ¡Eso no me lo perdonaré nunca! Tenía que volver para llenar el desocupado poder y asumir el gobierno del Ejército Nacional que era mi deber. Balaguer me lo confirmó, cuando estaba en la Presidencia. Mientras, sin que ni siquiera yo lo supiese, él se lanzaba a una brutal represión de los opositores del derrocado régimen. Pero siempre mantuvo esa faz de inocente hombre bueno y culto que de mucho le sirvió a ese sinvergüenza. Algún tiempo después, nuestra familia, los Trujillo, perdimos por causa suya y concluyentemente la confianza de Estados Unidos. El Departamento de Estado encontró en Balaguer al político apropiado para gobernar y asegurar el mantenimiento de la República Dominicana en su esfera de intereses.

Como Ramfis parecía estar lúcido, su hija se animó a hacerle una pregunta.

–Papá, ¿qué es eso de una democracia? Cuando estaba en Italia decían que la había y lo que hacían eran huelgas y cosas de esas. ¿No es mejor que gobierne una persona sola, que sea inteligente y ame su país, como abuelito? Mamá me ha dicho que eso es un caos y…

–Hija, no quiero que te ofendas pero me temo que tu madre no es muy brillante en el tema político. Ella es puro amor… Quería a papá y ya; por eso era bueno. Como tu padrino, Franco, es su compadre y lo eligió papá para ese cometido, para ella es bueno. Ahora, como Balaguer estuvo tanto tiempo lambeando a Trujillo, ha olvidado lo que nos hizo. No es que ella sea una estúpida, ni mucho menos, es una mujer mucho más inteligente de lo que parece pero… ¡el corazón no deja que su mente funcione! Si no, ¿por qué esa obsesión con seguir amándome, si le hice la vida imposible?

–Entonces, es verdad lo que ella me cuenta de lo mal que la tratabas: que si siempre estabas de juerga, que si la abandonabas durante meses, que si…

—En parte sí, es verdad. ¡Pero ella era demasiado absorbente! —contestó él algo irritado—. Además, los dos éramos muy jóvenes cuando nos conocimos y...

—Papá, me has cambiado completamente de tema. Por favor, no vuelvas a nuestro país. ¡Te lo pido por favor!

—No te preocupes, mi amor... No volveré jamás a la República Dominicana.

—¿Me lo prometes? —preguntó la hija que, a pesar de su embarazo y casamiento, parecía haber acabado de salir del cascarón.

—No sólo te lo prometo, Aída. ¡Te lo juro!

Aquel juramento hecho con tanta convicción, lejos de tranquilizar a la hija, logró desatar sus temidas premoniciones.

Ramfis volvió a quedarse dormido y la enfermera le pidió a la chica que se retirase de la habitación y que se fuese a descansar. Pero ella quiso quedarse unos instantes al lado de su padre, que por fin dormía de forma sosegada. Y fue cuando, de pronto, ella vio algo. Era, sin duda, alguien que, sentado en una especie de nube negra, flotaba en la estancia.

Aída sintió que se le erizaba el vello de todo el cuerpo pero, frotándose los ojos, se dijo que ella también estaba empezando a alucinar. Quizás, los efluvios de los medicamentos no le venían bien para su embarazo.

Decidió preguntar a su ginecólogo, si bien no estaba dispuesta a dejar de visitar a su padre, aunque tuviese que llevar puesta una mascarilla.

La visión desapareció pero Aída sintió que las cosas iban mal, que quizás su padre no sobreviviría. Eran demasiadas "coincidencias" extrañas. Parecía que, al igual que lo había hecho aquel ente que la visitó cuando él tuvo el accidente, alguien intentaba prevenirle de su muerte.

Desechó aquel doloroso pensamiento y, aunque inquieta, salió de la habitación para despejarse, charlar un rato con quien fuese y bajar a la cafetería a tomar un ligero tentempié. Como era hipotensa, sentía que la tensión se le había bajado y estaba algo mareada.

Una vez que realizó lo que se había propuesto, pensando más en el bebé que guardaba en sus entrañas que en ella, cogió nuevamente el ascensor para dirigirse al piso en donde estaba ubicada la habitación de su padre.

Cuando llegó y abrió la puerta del aposento, la enfermera se levantó muy despacio de su asiento y se le acercó. Le dijo, en voz baja, que permaneciese en la sala de espera pues su padre estaba durmiendo tranquilamente. De ese modo ella también descansaría un poco.

Como no había casi nadie allí, le sugirió que ocupase dos sillones con el fin de mantener las piernas levantadas. En su estado, era conveniente. La convenció asegurándole que, si él despertaba, la llamaría.

Mientras, Ramfis despertó y se puso a cavilar sobre la que había sido su vida. No hay nada como verse al borde de la muerte para reflexionar, ¡si a uno le da tiempo!

Él era un asiduo consumidor de Glucodulco, un preparado farmacéutico a base de glucosa. Se lo habían recetado, hacía tiempo, para mantener sus músculos libres del ácido láctico que se genera en ellos cuando se hace mucho deporte. Y él era muy aficionado a practicarlos.

Le encantaba montar a caballo y jugar al polo, nadar, caminar, pilotar su avioneta pues hacía tiempo que había abandonado su pasión por los helicópteros, aunque seguían gustándole. Ahora estaba empeñado en realizar horas y más horas de vuelo para conseguir su título de piloto de avión. El del autogiro ya lo había conseguido años atrás.

Tuvo una yegua de polo que era preciosa y parecía querer mucho a su amo, tanto como él a ella. Se llamaba Violeta y acataba sus órdenes como si de un animal doméstico casero se tratase. Acostumbraba soltarla por el jardín, algo que no se suele hacer cuando de caballos se trata. Y ella le seguía por aquellas hectáreas del residencial en donde aún se permitía tener aquellos animales. Hoy en día está vetado. Pero, a la sazón, aun siendo una urbanización de lujo, muy cercana a la Plaza de Castilla de Madrid capital, La Moraleja estaba catalogada como rústica.

En un principio, él había alquilado una casa cuyo nombre era "La Retama". Después consiguió y compró otra con mucho más terreno, llamada "La Cumbre".

A Ramfis le pirraban los perros, sobre todos los de gran tamaño. De modo que, en su nueva residencia, aparte de algún que otro de raza más reducida, tenía cuatro que sólo se soltaban por las noches y de dos en dos, pues eran muy fieros. Los nombres de los animales eran bastante peculiares: Piloto, Copiloto, Avión y Helicóptero. De ellos se encargaba el vigilante nocturno que él contrató; a pesar de que, en la época franquista, como suele pasar durante las dictaduras, Madrid no era una ciudad especialmente peligrosa. Sin embargo, era necesario tomar ciertas precauciones cuando se vivía en una gran finca. Y él, siendo hijo de Trujillo, tenía aún más motivos para ello.

Recordaba, además, lo que le había pasado a su hija María, un tiempo atrás, cuando era novia de Paco Bergaz, el hijo del propietario de la Clínica Ruber de Madrid: unos malhechores les habían secuestrado a ambos, con la intención de pedir un buen rescate a sus respectivas familias.

Gracias a que la Guardia Civil, que él consideraba muy eficiente, había dado con ellos antes de que ninguno de los dos sufriese daños irreparables. Pero sí, era mejor prevenir que curar, se repetía.

Ramfis, en aquellos momentos de corto sosiego que encontró durante sus últimos días de vida, recordó también, con inmenso cariño, a Adonis, su querido perro que había salvado a Aída de morir ahogada en la piscina de casa de sus padres, en la entonces "Ciudad Trujillo".

El can hacía gala a su nombre y se sabía hermoso. Era petulante y hasta pretendía quitarle el asiento delantero a Tantana cada vez que se disponía a subirse al automóvil de su marido. De modo que ella no lo soportaba y él, que le tenía celos a la mujer de su dueño, tampoco le demostraba cariño. Es increíble lo que pueden saber y entender muchos animales pero, el caso es que, como se lamentaba la neciamente dolida esposa, él provocaba peleas entre ellos, algo de lo que Ramfis se burlaba sin reparos.

No obstante, a pesar de la oposición de Tantana, cuando murió el perro, estando todavía en la República Dominicana, él le mandó construir una tumba en el jardín de su casa de "Haina Moza". Un monumento con el que, la mayoría de los seres humanos ni sueña ni desea tener tras su deceso.

Con Écler, el que llegó después, las cosas fueron muy diferentes. Éste era un animal dulce, aunque también protector, que consideraba que Ramfis era su papá pero también que Tantana era su mamá.

El perro era tan fiel que, antes de morir de viejo, en Madrid, y Ramfis haber contraído matrimonio con Lita, la primera y última vez que Tantana fue invitada a su casa, el animal fue a apoyarle la noble cabeza en las piernas.

Aquel gesto no fue del agrado de Lita pero sí lo fue para la primera esposa de Ramfis. Hasta se le llegaron a saltar unas las lágrimas de emoción al comprobar que el animal no la había olvidado.

Ramfis era un romántico empedernido e intentaba escribir, sobre todo versos que se quedaron, por pudor, en hojas sueltas que hoy en día aún se conservan.

Era amante de la literatura y su poeta favorito era Gustavo Adolfo Bécquer. Adoraba la música y no sólo la de su país natal. Su favorito era Joseíto Mateo, obviamente, asiduo acompañante de sus parrandas y gran merenguero, pero también buen cantante de hermosos boleros que muchos desconocen.

Era fanático de Carlos Gardel, gusto que compartía con Tantana. Ramfis era amante, también, de algunos clásicos, de áreas de ópera y del cantar de Olga Guillot, la apasionada artista cubana, con quien trabó una gran amistad que, algún malintencionado, quiso convertir en romance. Mas, por mucho que se empeñaron, nadie lo consiguió.

Ramfis jamás negó los múltiples amoríos que mantuvo. A pesar de que se suele decir que la amistad entre el hombre y la mujer es inexistente, que tiene que haber algo más, hoy en día es harto sabido que no es cierto.

Lo que nunca dejó entrever, por lo menos delante de extraños, era que hasta el cante jondo Flamenco le había fascinado ni que su "cantaor" preferido era el conocido "Porrinas de Badajoz". De eso Aída no tuvo conocimiento hasta después de su muerte y cuando entró, ella misma, en ese mundo tan especial y mágico.

La bebida favorita de Ramfis era el coñac "Remy Martin", aunque no solía tomar alcohol a diario ni siquiera un buen vino francés o un Rioja español, que degustaba con placer cuando la ocasión se presentaba.

Eso sí, cuando se pillaba un "jumo", como se dice en la República Dominicana, es decir una buena borrachera, se la cogía plenamente.

El enfermo evocó una ocasión que aún le producía risa. Fue pocos días antes de que su hija Aída contrajese matrimonio.

Por entonces, ella estaba viviendo en su casa de La Moraleja y a él le entró un ataque de romanticismo, producto de los efluvios del alcohol. Puso un disco de Gardel y quería que ella compartiese con él y con Víctor Sued, que aquella noche estaba con él.

Se empeñó en que ella llamase a su prometido, aquel jovencito que, en breve se convertiría en su marido y le hiciera escuchar "El día que me quieras", por teléfono.

Ramfis consideraba que Aída era un tanto desabrida y nada romántica. Todavía no había descubierto que su hija era solo una tímida cuya pasión por muchas cosas, a sus diecisiete años, aún no había emergido.

Ella se negó rotundamente a seguirle la corriente, no le facilitó. ¡Por Dios, papá!, el teléfono de la casa de los progenitores de Paco, por más que él insistió.

Le pareció que su padre se había puesto excesivamente pesado y le dijo que lo único que deseaba era ir a acostarse. Él la persiguió durante algunos minutos y ella terminó escondiéndose en el armario de la alcoba que le habían asignado en la planta baja de la casa.

Aunque Ramfis sabía perfectamente en donde estaba su escondrijo, se hizo el tonto y la dejó, para gran alivio de la joven, en paz.

Después, antes de casarse, él, riendo, le confesó que estaba seguro de que ella se había encerrado en el ropero pero que, en un momento de lucidez, no quiso mortificarla más y había vuelto a su borrachera.

Sus ciudades predilectas eran París, en donde había tenido una casa próxima al Bois de Boulogne, en el Boulevard Maurice Barrès. Cuando sus hijos estudiaban en Suiza, durante las vacaciones de Navidad o de Semana Santa, les había llevado allí.

Y, asimismo, amaba Buenos Aires, algo que Aída no llegó a entender hasta que, muchísimos años después, conoció la fantástica y peculiar urbe.

Ramfis recordaba, cuando creían que estaba durmiendo, muchas vivencias. Si eran bonitas, no se alteraba. Sin embargo, cuando evocaba los crímenes cometidos, se desquiciaba, se ponía agresivo o triste, parecía perder la cabeza.

Muy a pesar suyo, su mente no le dejaba arreglar los asuntos de orden práctico. Sabía que había cambiado su testamento en varias ocasiones. De forma caprichosa y como si de un juego se tratase, según estuviese a bien o a mal con cualquiera de sus herederos, lo variaba. Una forma de actuar muy inmadura para sus ya cumplidos cuarenta años, pensaba.

Pero no lograba recordar lo que tenía que reparar y no se sentía con fuerzas para hacerlo. A nadie se le ocurría el sugerírselo. Quizás porque no les convenía o a lo mejor porque no se atrevían a hacerlo. Tal vez porque no querían admitir que podría morir.

El caso es que todos parecían querer convencerle de que él no iba a abandonar el planeta o puede que ellos mismos no lo pusieran en duda. Como había ocurrido con su fenecido padre, Ramfis parecía haberse convertido en un ser inmortal a los ojos de su familia.

De pronto, el hombre entró en otro estado de inconsciencia en el que volvió a alterarse. Aída le escuchó vociferar desde la sala de espera y regresó a la habitación.

–¡Ahí está! –le dijo Ramfis a su hija cuando la vio entrar.

–¿Quién, papá? –preguntó ella angustiada.

–Esa señora, sentada en el sillón… ¡Yo sé muy bien quién es! Viene a buscarme. Y está esperando el momento que Dios me haya asignado para…

–¡Tranquilo, papá! Aquí solo estamos tú, la enfermera y yo… –contestó la joven, nada convencida, recordando que ella misma había "visto" a alguien flotando en una nube o algo parecido.

En ese momento, además, volvió a sentir aquella extraña presencia que había percibido desde el primer día y que no sabía cómo catalogar, pero que en nada le gustaba.

Yo quería a mi padre… pero le decepcioné… –retomó Ramfis–. Y eso fue porque se empeñó en que yo tenía que ser como él. Pero no. Si yo hubiese podido elegir, no hubiese desempeñado nunca ningún cargo político. No hubiese sido militar y es muy posible que no hubiese hecho daño a nadie.

A Aída le dio una sacudida el alma. Su padre estaba delirando de nuevo, se convenció. Por aquel entonces ella no conocía la historia del macabro pasado de su progenitor. Nunca habría podido imaginar todas las barbaridades y crímenes que vivían encerrados en aquellas manos que ella tanto amaba.

La enfermera, algo alarmada, intentó sin éxito calmarle. Ramfis seguía monologando, muy alterado.

¡Yuyo! Eres mi cuñado y fuiste mi amigo, ¿por qué tuviste que traicionarme? Me obligaste a ser cruel contigo… ¡No tuve otra opción! No pude localizar tu paradero, tampoco me empeñé demasiado en hacerlo, la verdad. Sin embargo me vi obligado a encarcelar a tu hermano Armando… Y también a asediar a tu familia durante bastante tiempo. Tantana no lo pasó bien, te lo aseguro y no dejaba de reprocharme. A ella, la mía, mi familia, también la jodió mucho con la excepción, de papá, curiosamente. Hasta el pobre Dino Campagna, el marido de Teresita su hermana y la de tu mujer, sufrió las consecuencias de tu fuga, cuando mandé a poner una bomba debajo de su carro. ¡Pensé que reaccionarías y darías la cara! Yuyo, Yuyo, mi amigo íntimo y querido, no sólo mi cuñado… A pesar de todo lo ocurrido, no te puedo guardar rencor aunque asegure lo contrario, siempre que alguien te menciona. Pero ahora que estoy al borde de la muerte comprendo tu postura. Nunca me comentaste que estabas en contra del gobierno de papá, seguramente para que nuestra amistad no se viese afectada por ello. Pero sé que, a partir del momento en que te llevé a la Base Aérea de San Isidro y presenciaste, por primera vez, el fusilamiento de algunos opositores, no pudiste soportarlo –pronunció con lágrimas que le asomaban en los ojos–. Jamás te había puesto una prueba así porque yo tampoco quería perderte. No sé por qué lo hice aquel día… Quizás porque necesitaba estar completamente seguro de que me querías por encima del bien y del mal. O posiblemente porque, como sabes, me he pasado la vida intentando hacerme valer a los ojos de mi padre… Pero no hice lo correcto, no. Hay cosas que personas como tú no pueden sobrellevar. Ahí empezó tu desencanto hacia mí que, aunque sabías bien de quién era hijo, me aguantabas y no querías conocer razones… ¡Qué tonto fui, yo te quería, te quiero todavía! ¡Qué mal lo hice!

—Papá, querido papá, no te mortifiques por eso. En el fondo, y aunque os hayáis distanciado, sé muy bien que tío Yuyo también sigue queriéndote. La verdadera amistad no se rompe así como así, por no estar uno de acuerdo con el otro… ¡Tranquilízate! —le dijo Aída que profesaba un gran cariño a su tío político, que lo era por estar casado con su tía Josefina, la hermana menor de su madre.

La enfermera se acercó a la joven y, poniendo su dedo en los labios, la mandó guardar silencio. A continuación, en voz muy baja le dijo:

—Escucha, chiquilla, no conozco esa historia y no sé si se produjo o no. Pero, en cualquier caso, es mejor que tu padre desahogue su malestar. De modo que déjale que hable cuanto quiera. Si se altera en demasía ya me ocuparé yo, no te preocupes.

Aída asintió con un gesto de la cabeza y, aunque se mantuvo cerca de su progenitor, no volvió a interrumpirle.

Soy consciente —continuó Ramfis—, Yuyo, que cuando te viste frente a aquel paredón, cuando presenciaste el fusilamiento de un hombre que se había rebelado contra papá, decidiste que había llegado la hora de romper conmigo. Lo vi en tus ojos. Me di cuenta enseguida y no puedes imaginar cuánto me arrepentí por mi estúpida forma de proceder. ¿Por qué actué de aquel modo? ¿Por qué, Dios mío, por qué?, conociendo la cruz que llevabas por preservar nuestra amistad? ¡Ni yo mismo lo sé todavía!

Aída, que no tenía idea de aquello ni del motivo que había inducido a que su padre y su tío se pelearan y su tío se exiliase, aguzó el oído, de nuevo.

Aunque creas que no, sé perfectamente que tu tío Manolo Tavárez Justo te había pedido que formaras parte del "Movimiento 14 de Junio". Aquí se sabía todo, "lo bueno y lo malo", a pesar de que muchos creían que no era así. Además, tú mismo me lo contaste en una ocasión en la que estábamos borrachos como cubas. Parrandeábamos mucho juntos, Yuyo… ¡qué tiempos aquellos! Pero también me dijiste que no habías querido aceptar su propuesta. Que, ante todo eras mi amigo y, además, mi cuñado. Me diste tu palabra de hombre de que, de haberse producido la revuelta que aquel movimiento pretendía, para acabar con papá, ibas a cuidar de Tantana y de Josefina, tu mujer. Sabes a la perfección, porque fuiste testigo de ello, que yo, en el año 1959, acudía casi todas las semanas a las reuniones que organizaba el sacerdote Oscar Robles Toledano, al igual que Rafael Francisco Bonnelly y otros intelectuales de la época, para hablar de la posibilidad de cambiar la política del país por una democracia auténtica. Ahora me doy cuenta de que, por entonces, aquello hubiese sido imposible. Papá, con sus continuos "cambalaches" quería demostrar al mundo que lo estaba haciendo y ponía, como gobernantes, en su lugar, a otros, como al tonto de mi tío "Negro". "Hombres de paja"… peleles… Pero, claro, nadie, ni siquiera yo mismo, le creía… ¿Quién iba a ser tan necio para creerlo?

Aída, que por entonces no estaba al tanto de aquello, especuló en el hecho de que, efectivamente, su padre estaba delirando sobre cosas que no se habían producido en la vida real.

Para ella, su abuelo siempre había sido el Presidente de la República Dominicana, el "Benefactor de la Patria" a quien nadie había sustituido ni por un minuto durante su mandato.

De modo que, un tanto aburrida por los relatos de su progenitor, siguió oyéndole pero no le escuchaba, como el que oye el ruido de la lluvia al caer, sin darle importancia si no le atañe directamente.

> También sabes que yo era muy amigo del padre Juan Fernando Posada y que escuchaba sus consejos, que no eran del total agrado de Tantana. Él seguía empeñado en redundar en el hecho de que ella había estado casada, aunque hubiese sido por obligación. Yo deseaba contraer matrimonio, por la Iglesia, con ella, algo que tu cuñada anhelaba. Pero él no parecía estar muy conforme y se lo hacía saber.

De aquello sí había escuchado hablar a su madre pues aquel sacerdote no era "santo de su devoción". Tenía demasiado poder sobre su marido y le había convencido de que no debía desposarse con ella por el simple hecho de haber sido obligada, por el padre de ella, a contraer anteriormente nupcias con el fin de impedir que se juntase con Ramfis.

Y, aunque éstas fueron anuladas, por no haberse consumado el matrimonio, aquel clérigo sembraba serias dudas en Ramfis. Insistía en que "aquello" debía aclararse del todo. No atendía a razones. De lo contrario, su matrimonio con ella, a pesar de tener seis hijos, hubiese sido tan nulo como el primero.

Yuyo, tú eras conocedor de que yo tenía la expectativa de que en el país se realizase un cambio, de forma pacífica claro, para establecer una democracia. Pero había que esperar a que el viejo cediera, algo nada fácil ni siquiera para mí, su propio hijo. Había que lograr que se cansara, cosa que, cuando le mataron, creo que ya lo estaba porque dime, ¿por qué andaba sin escolta, sin carro blindado, a esas horas y por esos andurriales que todos sabían que recorría cuando salía de la ciudad? Estoy seguro de que papá, en el fondo de su corazón, deseaba que le matasen. Aunque, claro, no lo iba a admitir abiertamente ni se iba a largar como muchos comemierdas que sí lo han hecho y siguen haciéndolo… Él siempre dijo que moriría "con las botas puestas". Y así lo hizo. ¡Ojalá no hubiese sido tan soberbio y estuviese, ahora, disfrutando en algún lugar de la "Costa Azul" francesa! Sabes, además, Yuyo, que yo me debatía entre "lo que estaba bien y lo que no lo estaba". Pero, por entonces, no tenía más remedio que acatar lo que papá deseaba. ¡Ya bastante le había decepcionado! Necesitaba un tiempo que, ya ves, nunca llegó. Si tú mismo me referiste, cuando te sinceraste conmigo y se quebró nuestra amistad, que se lo habías contado a Manolo Tavárez y a la propia Minerva Mirabal, su esposa, pobrecilla, pero que no te creyeron… ¡Y no era para menos! ¿Cómo pretendías que te creyesen?

¿Quién sería esa mujer, una Mirabal, a la que su padre ya había nombrado en uno de sus delirios, compadeciéndose de ella y de sus hermanas? –se preguntaba Aída en silencio.

Sabías muy bien, mi querido amigo, que cuando estuve estudiando en los Estados Unidos, mi forma de ver las cosas se transformó. Es verdad que me expulsaron de la "Escuela de Jefatura del Estado Mayor" de ese país tan "nariz parada". Pero es que aquello no me interesaba en absoluto, a pesar del empeño de papá en que siguiera sus pasos. No estaba a favor de los gringos ni del Abbes García ese. No podía verlo ni en pintura, y hasta me hice enemigo de algunos de mis tíos, hermanos de mi viejo, sobre todo de Petán. Incluso llegué a sugerirle a papá que ayudara a Fidel Castro, vendiéndole armas para su causa, que entonces me parecía noble. Ahora, para serte sincero, me parece que se trata de "el mismo perro con distinto collar". Él es un férreo dictador, de izquierdas, pero dictador al fin. ¡Lo sabes bien, Yuyo! ¡Y ha matado, encarcelado o exiliado a mucha gente!

¿Papá quiso ayudar a Castro?", se preguntó Aída en silencio, mientras se decía: "¡Ahora sí que creo que, cuando se restablezca, va a necesitar ayuda profesional de un psiquiatra! ¡A menos que lo que está diciendo, como insiste la enfermera, forme parte de sus delirios y lo olvide definitivamente!

Ramfis prosiguió hablando como si su ex cuñado y antiguo amigo estuviese allí.

> Lo que no sé si sabes es que, aunque creas lo contrario, y también por insistencia de Tantana, un día vino a verme Tunti Sánchez. Sabiendo que yo sentía debilidad por ti, me sugirió y convenció de que hablase con papá para que no te persiguiese demasiado duramente. ¡Al fin y al cabo eras el cuñado de Tantana! Tunti, que era por entonces el Jefe de la Aviación, mientras yo lo era del Estado Mayor, Ejército de Tierra, Mar y Aire, fue muy astuto. Me dio un consejo que, después, yo utilicé para contarle "una trola" a papá. Le dije que eras un pendejo, que no tenías agallas, que no ibas a realizar nada en contra suya. Que si te habías integrado en aquel movimiento antitrujillista era porque querías destacar dentro del mundo de la política pero que no representabas ningún peligro. ¿O crees que te escapaste tan fácilmente por "obra y gracia del Espíritu Santo"? ¡Vamos, Yuyo! ¡Te dejaron escapar por órdenes mías y consecuentemente de papá. Estando fuera del país, ¿qué ibas a poder hacer? Tuviste

suerte… "Burlaste" todas las indagaciones y te largaste del país. Sin embargo, siempre te estuvieron vigilando, sigilosamente, desde aquí. Aunque de eso, obviamente, tú no tienes idea. No obstante, el que pagó las consecuencias fue tu hermano Aldo. A él lo encarcelaron y lo mataron. No es posible que me hayas perdonado. ¡Cuánto daño he hecho por culpa de mi padre!

Una vez dicho esto, para él, Yuyo pareció, para Ramfis, el querer abandonar la habitación.

¡Ah! Ya no quieres seguir escuchando, ¿verdad? ¡Pues vete! Te tengo todavía un gran cariño pero no me importas ya nada… Has rehecho tu vida en la República Dominicana y eso es lo que importa… ¡Lárgate! Pero, antes, tienes que terminar de escuchar lo que no quieres oír, evidentemente… Toda esa fanfarronada de presentar los horrores de la dictadura de papá como algo exclusivo suyo lo ha convertido en una especie de demonio a quien hay que repudiar para siempre. Un hombre solo, sin ciertos apoyos, no puede cometer tantos crímenes impunemente. Lo sabes mejor que yo, Yuyo… Tiene que tener el soporte de gente y entidades poderosas. No pretendo excusarle, claro, él eligió su tortuosa y funesta vida. Pero sabes, al igual que yo, que sus actuaciones fueron sistematizadas y propuestas por los llamados "demócratas" estadounidenses. La propia

Iglesia, de la que tan amigo eres, confabuló para subir al poder a Pinochet, Stroessner, Somoza… Sí… ¡Increíble pero cierto, aunque te empeñes en no querer reconocerlo! Y estuvo apoyando a Trujillo mientras le pareció conveniente para sus propios intereses. Soy creyente pero, ahora, después de lo acontecido, me resisto a seguir considerándome católico al cien por cien. Aunque reconozco que existen sacerdotes que sí ejercen buenas acciones y misioneros a los que admiro, la Iglesia como entidad política, que al fin y al cabo es lo que es, apoyó también a Mussolini y hasta al propio Hitler. Aunque, claro, hoy en día todo aquello se intenta, y se consigue, mantener oculto. Análogamente, aquí en España, ¿no es la Iglesia la que sostiene la dictadura de Franco, mi "queridísimo" compadre? ¿Y ese hombre es acaso "una Hermanita de la Caridad"? ¡Vamos, vamos! Si yo conozco muy bien todos los asesinatos, crímenes y abusos que ha cometido y sigue cometiendo cuando se le viene en gana. Por eso muchos, incluso una considerable cantidad de eminencias, científicos e insignes artistas, como Picasso, se han exiliado de forma voluntaria. Trujillo no fue el único responsable de su dictadura… Además, después de ser asesinado, no se puede negar el hecho de que la matanza de Palma Sola, realizada en diciembre de 1962, fue ejecutada con la voz de mando del prelado católico que regía el Consejo de Estado. La persecución a muerte de los comunistas permaneció igual que durante su mandato. Acosamientos criminales, similares a una "Santa Inquisición" moderna, digamos, tienen las más variadas intenciones. La de papá fue una especie de versión caribeña de la "dictadura católica" de Mussolini, que parece haber sido el creador del Estado Vaticano en los acuerdos de Letran de 1929. Él fundó, es cierto, una "democracia capitalista" pues siempre estuvo a favor de las clases explotadoras dominicanas, quienes se aprovecharon de su modo de actuar. Es verdad, asimismo, que después de la caída de su gobierno, el Tribunal de Tierras reembolsó fincas a algunos, no todos, de los propietarios de usurpaciones. Pero esas clases explotadoras, a las que me refiero, hoy en día tienen a su favor al capital norteamericano imperialista y a la propia Iglesia Católica. Y fueron precisamente esas sedes de gran poder las que le apoyaron. Mientras les vino bien, lo mantuvieron encauzado y orientado, incluso conociendo la práctica de entonces, de la tortura que se practicaba en los presidios del país, tras el vicariato castrense del año 1958. Los norteamericanos, al percatarse de que su mandato no les convenía, pues se les enfrentó, tomaron la decisión de asesinarlo y destruir todo lo que él había realizado. Eso tal y como si nunca hubiera servido a los Estados Unidos como primer campeón del anticomunismo en América Latina. Y la propia Iglesia los apoyó. Por eso, aunque creo en Dios, hace tiempo que he perdido la fe en la Iglesia Católica que recibió, mediante el Concordato Vicariato castrense y el Patronato Nacional San Rafael, lo que ningún gobierno le había otorgado, desde 1844. Entonces fue cuando decidió la supresión de papá. Pero eso, claro, cuando ya tenía todo en sus manos. Su objetivo era beneficiarse del Estado dominicano sin el estorbo que Trujillo suponía al haberse dado cuenta de su juego. Hasta entonces, y existen pruebas de todo tipo, incluso fotográficas, la Iglesia siempre se mantuvo a su lado… ¡Más hipocresía! Ahora sí… ahora que has tenido que escuchar todo lo que he querido decirte durante tanto tiempo, por lo que a mí respecta, puedes irte. ¡No tengo nada más que hablar contigo, querido excuñado y examigo!

Aída estaba alucinada. Nunca había oído decir tantas cosas pavorosas a su padre. Desconocía muchos de los nombres que él había mencionado, pero, caray, ¡hasta se había metido violentamente con la Iglesia! Eso no lo había hecho nunca… Definitivamente, volvía a estar delirando.

¿Qué tipo de medicación le estarían suministrando para que se comportase como lo estaba haciendo?, se preguntaba sin comentar nada a la enfermera que, sin entender tampoco la mayoría de las cosas que el paciente contaba, permanecía en silencio y pendiente de él. Pretendía que no se alterase más de lo que ya estaba. Temía el tener que volver a recurrir a los sanitarios para que la ayudasen a mantenerle quieto. De manera que volvió a inyectar un sedante en uno de los frascos de suero. Después, Ramfis permaneció aparentemente tranquilo y, al rato se quedó dormido.

Pero, la joven, hasta transcurridos bastantes años, no se enteró de la verdadera historia pues, cada vez que preguntaba a su madre o a sus tías Josefina y Teresita, éstas le contestaban con evasivas.

Mucho tiempo después, ante la insistencia de su sobrina, la mujer de Yuyo, Josefina, otra fiel a su marido hasta la temprana muerte de ella, cambió de tema y le dijo:

—Mira, Aidita, déjate de hablar de cosas tristes del pasado… Te voy a enunciar, más bien, una prosa que aprendí, siendo joven, y que me parece muy divertida… ¡Y no fuñas más con tus preguntas!

—Bueno, bueno, tía… —contestó ella, respetuosamente—. Si no quieres no te pregunto nada. Sólo que mamá tampoco me termina de explicar qué fue lo que motivó el que se rompiese aquella amistad que tenían tío Yuyo y papá y que parecía tan grande.

—Ni lo va a hacer, querida —contestó Josefina—. Quiere que la memoria de tu papá se quede tal y como la tienes ahora. ¡Ya sabes cuánto le amaba y, por desgracia, aún le sigue amando! Tanto tu mami como yo somos bastante tontas en lo que a eso respecta…

—¿Por qué lo dices, tía? —volvió a preguntar Aída.

–Bueno, tampoco tu tío me ha sido excesivamente fiel pero… déjame que te diga esa frase que, todavía hoy en día, me hace tanta gracia. Después, si me da la gana, te contaré cosas más serias. A ver si eres capaz de entender todo lo que esa locución significa… ¡Jajajaja!

–Adelante pues, tía.

"Mulatillo esclavo, dale de mano a ese madero para que no entre el céfiro bravo. Y trae a estos señores, mis distinguidos invitados, unos platerillos candentes para que enciendan sus fideos fumáticos, compuestos de hojas montaraces…".

–Hay cosas que entiendo, tía, pero otras se me hacen un tanto difícil descifrar. Sin embargo, te pido que no me digas nada. Intentaré hacerlo yo sola. La verdad es que esa prosa que acabas de contarme es muy graciosa. ¡Pero has conseguido desviar completamente el tema del que te hablaba!

–Esa era mi intención, querida sobrina… Prefiero, de momento, no volver a tocar ese delicado y triste asunto.

–De acuerdo, tía, de acuerdo… Pero he de decirte que siempre estáis igual. Ni por el lado vuestro ni por el de papá, que en paz descanse, queréis contarme nada. Ya no soy una niñita y me gustaría saber cosas. Pero nada… ¡tendré que irlas averiguando por mi cuenta!

–No te preocupes, Aidita, que Dios es el que sabe cuándo te llegará el momento de enterarte de muchas cosas que ignoras –contestó Josefina.

Después, con el paso del tiempo, cada vez que Aída recordaba aquella anécdota, se reía. Su tía había querido, en aquel momento, restar gravedad a todas sus preguntas. Y, además, no había querido malmeter a la hija con su padre, ya fallecido.

Pero, por el momento, Aída no tenía idea de lo que iba a acontecer cuando se pusiera a indagar.

Ahora se encontraba en la habitación de una clínica en donde su padre yacía amenazado por un grandioso peligro. Y tenía mucho miedo porque seguía sintiendo aquella extraña y nada buena presencia en la misma.

Parecía que, con el sedante, su padre se había calmado. De modo que intentó imitarle. Volvió a asomarse a la ventana, sin abrirla. Se puso a observar el ir y venir de la gente, de los coches y de los autobuses.

Pero el descanso que le había procurado el haberse quedado dormido le duró poco a Ramfis y ella volvió a su lado, nuevamente alarmada. Cuando su padre despertó, Yuyo había desaparecido de sus pesadillas, pero no se había llevado con él sus tormentos.

> Papá me presionó tanto, desde niño, consiguió, sin desearlo, claro, que cayese en una depresión… Eso es verdad –prosiguió–. No me gustaban las cosas que me veía obligado a hacer para no seguir decepcionándole. Pero quería conquistar su confianza, su amor que, aunque sé que me lo tenía, estaba supeditado a que yo cumpliese todo lo que él pretendía de mí. ¡Nunca entendió que lo mío no era la política!

Durante los momentos de delirio, que la joven pasaba a su lado, Ramfis, recordaba, o inventaba, y hablaba de decenas de personajes que, según lo que decía, habían pasado por su vida.

Como es obvio, Aída nunca estaba segura de si habían sido o no reales, con la única excepción de los que había conocido o de los que Tantana le había hablado alguna vez.

A pesar de que ella no le había conocido, a Dios gracias se decía, su progenitora le había contado cosas sobre un tal Johnny Abbes. También le había comentado que a Ramfis nunca le había caído bien.

–¡Ese desgraciado es el que va a tumbar el gobierno de papá! –le decía a Tantana, con frecuencia.

Por supuesto, Aída jamás se atrevió a preguntar los motivos ya que, por entonces, los hijos no solían inquirir demasiado, para evitar ser reprendidos.

Únicamente sabía que era alguien malo, porque su madre se lo decía, y también un asesino. Pero no entendía en qué podía aquello afectar a su abuelo ni por qué le tenía a su servicio.

De modo que, en una ocasión en la que Ramfis le mencionó, Aída aguzó el oído. Según le escuchó decir, a pesar de que su padre no aceptaba que le hablase de ello, él siempre había repudiado al fulano aquel, un tristemente conocido colaborador suyo. Al parecer, Ramfis jamás entendió la postura de su progenitor.

Abbes, el hombre que, sembrando el terror, había sido el más poderoso, después de Trujillo, se había incorporado a su asistencia desde el año 1958 hasta que asesinaron a su abuelo en mayo de 1961. Después, según siguió contando Ramfis, había llegado a escribir un libro o algo parecido. Según parece, en su escrito afirmaba que había sido y seguía siendo "trujillista". También decía, sin ningún tipo de arrepentimiento, que él había llegado a ser imprescindible en cuanto a la represión de los movimientos que estaban en su contra.

En su tomo afirmaba, asimismo, que quería hacer constatar que no tenía intenciones de reivindicarse ni de justificar circunstancias o hechos políticos en los que aparecía como intérprete principal o como partícipe.

Atestiguaba, además, que fue partidario incondicional del Generalísimo y que seguía siéndolo, aunque con su asesinato hubiese caído la "Era de Trujillo", leal a la memoria del que había sido su jefe y amigo.

Cuando Ramfis relató aquello, al llegar a la palabra "amigo", estalló en un carcajeo que Aída no entendió.

¡Su amigo, je, je, je! Si a "eso" se le llama amistad… ¡Dios mío! Claro, por eso en mí no confiaba y decía que yo no era apto para sucederle. ¡Nunca hubiese concebido ese tipo de "amistad", si era lo que pretendía, papá! Si ni siquiera se dignaba admitir mis comentarios con respecto a ciertas personas como ese… –prosiguió–. Algo que me dolía profundamente y que hacía que me fuese alejando cada vez más de mi país.

Aída, que procuraba no perderse los detalles de los monólogos de su padre, tampoco entendía lo de los opositores del régimen gubernamental de su abuelo.

Siempre le habían dicho que él era bueno, que gobernaba con inteligencia, que repartía dinero a los necesitados. ¿Quién hubiese querido oponerse a aquello?

Además, ella, que llevaba años viviendo en España, nunca había oído hablar de nadie que estuviese en contra de Franco. De modo que no comprendía nada de lo que su padre contaba.

Más adelante preguntaría a su madre. Ahora no. Estaba embarazada y no quería disgustarse ni alterarse, si ella la regañaba, que era lo que muy probablemente hubiese hecho.

Sin embargo, en cierta ocasión así se lo refirió Ramfis a la que era entonces su esposa. Tantana, que también rechazaba, con auténtico horror, a aquel personaje, se lo había contado, a su vez, a Aída, que no entendía el motivo por el cual su abuelo lo había mantenido a su lado. Era todavía demasiado pequeña y lo único que comprendía era que aquel hombre había sido muy malo porque así se lo había manifestado su madre, sin darle más explicaciones.

Ramfis, un impreciso día, harto del comportamiento de su padre hacia él, se desmadró y empezó a viajar, a gastar, a buscarse mujeres bellas, algunas famosas, al igual que había hecho su cuñado Porfirio Rubirosa.

Aquel repentino cambio de actitud enfureció inmensamente a Trujillo. Pero no tuvo más remedio que sobrellevar el comportamiento de su hijo porque, a pesar de haberle reprendido en más de una ocasión, éste había seguido en su nueva línea.

Trujillo le amenazó con "cortarle el grifo", no darle dinero, obligarle a regresar a Dominicana… Pero Ramfis no cedió. Y, el mandatario, que tenía una debilidad muy especial para con su primogénito varón, a pesar de todo, tuvo que hacer "la vista gorda".

Ya habían corrido rumores que le molestaban soberanamente, como le hubiese ocurrido a cualquier hombre, de que Ramfis no era hijo suyo. Si ahora él le dejaba desamparado económicamente, aquellas habladurías se verían multiplicadas por mil.

Ramfis, que conocía aquel tormento de su padre, se aprovechó de ello. Siguió haciendo de las suyas, siempre contando con su apoyo monetario.

Aunque no le ilusionaba en absoluto la idea de seguir los pasos de su progenitor, el rechazo a cualquier sugerencia que él le hacía afianzaba sus convicciones. Nunca llegaría a ser lo que él deseaba. Viviría a su manera. Estaba harto de que se le impusieran reglas que consideraba antinaturales e incluso ridículas en algunas ocasiones. Como lo había sido aquella en la que le había dado un alto cargo militar cuando apenas era un niño que tenía que limitarse a estudiar y jugar.

¿Por qué mi papá me habrá nombrado militar siendo todavía un chiquillo? Muchas veces, a lo largo de su vida, Ramfis se había preguntado aquello. ¿Qué la había movido a hacerlo?

—Papá, aquellas eran sólo fotos… —se atrevió a decir Aída, que ignoraba la verdad.

Pero Ramfis, en su delirio, seguía hablando como si su hija no estuviese en la habitación.

A Tantana, cuando aún era su esposa, un día se atrevió a manifestarle, de forma muy clara:

–¡Quiero ser libre! ¡Quiero, por una vez en mi existencia, poder hacer lo que se me dé la gana! Tú, ¡actúa como mejor te parezca! Pero, lo que soy yo, voy a seguir así durante una temporada, le duela a quien le duela. Lo siento pero, de verdad… ¡lo necesito!

–Es decir –contestó ella llorando–, que no te importamos ni tus hijos ni yo, ¿no, viejo? –así le llamaba ella a él, cariñosamente, y él por su parte la llamaba "vieja" a ella.

–¡Claro que me importan pero, como te he dicho, lo necesito! Y, ya ves, estás volviendo a hacerte la mártir. Pero no por eso me vas a privar de realizar mis deseos… Ya estoy acostumbrado a tus tristezas, Tantana. ¡No estés tan pendiente de mí! Sigue con tus composiciones al piano, que, por cierto, son muy bonitas. Continúa pintando, lo haces muy bien. ¡Qué sé yo, inscríbete a un club de bridge o algo así! ¡Déjame tranquilo durante una temporada! ¡Te juro que me hace falta!

Tantana contuvo el llanto, aunque mucho le costó pues era verdad que estaba demasiado enamorada de su marido, hasta llegar a un punto casi demencial.

–Repito –prosiguió Ramfis–, estoy ahíto de que se me impongan reglamentos que rayan lo ridículo. ¡Y lo sabes muy bien! ¡No quieras justificar a tu querido suegro, como siempre lo haces!

–¿Por qué a papá se le habrá ocurrido la "brillante" idea de nombrarme militar siendo, como lo era, todavía un chiquillo? –repitió él para sí mismo aunque a sabiendas de que Tantana le estaba escuchando.

Muchas veces, a lo largo de su vida, Ramfis se había preguntado muchas cosas sobre la forma de actuar de su padre y lo que le había movido a hacerlo.

Ahora, en aquella habitación de una clínica de Madrid, volvía a hacerlo, en voz alta, para consternación de Aída que no se perdía casi nada de lo que él decía.

¿Se habría vuelto loco con todo lo que había tenido que vivir y hacer durante los años anteriores? Además –prosiguió–, sé que provengo de una familia en la que ha habido auténticos locos, como mi tío Aníbal Julio. A éste, incluso mi papá, le cogió miedo porque era esquizofrénico y no sabía por dónde podría salirle la locura. ¡Pobre Mamá Julia! ¡Menos mal que ella no llegó a enterarse de muchas cosas! Ni siquiera le informaron de que habían matado a papá, cuando lo hicieron, y como era tan viejita, se creyó el cuento de que estaba viajando mucho. ¡Era tan buena!

–¿Qué estás diciendo, papá? –preguntó Aída, temiendo por la salud mental de su hijo nonato.

–Pues que tu tío-abuelo era un esquizofrénico declarado clínicamente, aunque papá siempre intentó disimularlo, esconderlo a la gente… Y ha habido otros… ¡Pero como ese creo que ninguno! –respondió Ramfis que parecía haber regresado al presente.

–¿Cómo era "ese", papá? Nunca me habéis hablado de él.

–Era un pobre desgraciado al que, dicha sea la verdad, nunca estuve unido pues no me dejaban visitarle, como es lógico. Pero no temas, eso ocurre en muchos casos. Lo que pasa

135

es que normalmente sus familias los ocultan. La gente se avergüenza de las enfermedades mentales como si el cerebro no fuese un órgano más. Pero Aníbal Julio estaba tan desquiciado que tu abuelo hasta ordenó al general Fausto Caamaño el fusilarle. Con ello pretendía evitar más problemas de los que ya él provocaba. Gravísimos, por cierto. Se mencionó, por entonces, que mi tío llegó a matar a un grupo de trabajadores de su plantación agrícola. Aunque parece ser que no existía un auténtico motivo para ello. Estaba completamente loco y le dio por ahí… Aníbal Julio fue el quinto hijo de Don Pepe y Mamá Julia, tus bisabuelos. Desde jovencito mostró algunos trastornos mentales. Pero, por entonces, a esas cosas no se les prestaba demasiada atención. Hasta llegaba a recorrer las calles de la capital, gritando frases ininteligibles. En más de una ocasión afirmó que él era el emperador del Caribe, comparándose con Julio César. Al ser él hermano de tu abuelo, nadie se atrevía a desafiarlo, claro. Pero verlo, sí lo vieron y se lo contaban a él, como todo lo que acontecía en este país.

–¿En este país, papa?

–Claro, aquí en la República Dominicana. ¿En dónde si no? –respondió Ramfis, volviendo a retroceder en el tiempo.

Fue, entonces, cuando Aída se dio cuenta de que, aunque su padre parecía estar lúcido, no lo estaba pues, por su modo de expresarse, se encontraba, de nuevo, en su tierra natal y en otra época.

Él siguió hablando y hablando. La enfermera, nuevamente, recomendó a Aída que no le llevase la contraria y ella procuró seguir sus instrucciones aunque cada vez se le hacía más pesada la carga.

Como la única y fuerte debilidad que tuvo Trujillo fue su familia, a pesar de las perturbaciones psicológicas de las que era presa su hermano, para hacerle sentir mejor, cosa que no consiguió, obviamente, le nombró Jefe de Estado Mayor del Ejército. A partir de esa importante posición, Aníbal ordenaba a los soldados formar filas y proclamar que él era la reencarnación del emperador romano Julio César. Tal circunstancia llegó al máximo extremo porque, algunas veces, las órdenes que impartía Trujillo eran incumplidas por Aníbal Julio que, a su vez, se permitía cuestionar el modo en el que su hermano dirigía el país. Aníbal estaba tan mal de la cabeza que llegó a personarse en el Palacio Nacional, sin previo aviso, burlando los controles, que no se atrevieron a impedírselo. Creo que aquella fue la única vez que Trujillo, que conocía sus problemas mentales, se escondió para evitar más complicaciones.

–Pero, papá, ¿qué me estás contando? ¿Y por qué nunca me habéis mencionado a ese tío-abuelo mío? –preguntó Aída.

La enfermera le pidió, en voz baja y de forma respetuosa, que guardase silencio. Lo más probable era que toda aquella historia fuese producto de los delirios que su padre era presa. Era mejor dejarle parlamentar, no contradecirle, repitió, y que los calmantes hiciesen su labor.

Si ella intervenía, seguramente que Ramfis se iba a alterar más de lo que estaba. Por el momento, fuese verdad o mentira lo que contaba, el paciente se encontraba bastante tranquilo.

Aída accedió, aunque, por su edad adolescente, no estaba conforme con la enfermera, no quería que su papá empeorase por su culpa. Siguió escuchando el relato de aquel hombre del que nadie, ni siquiera su madre, le había hablado nunca.

La finca propiedad de Aníbal se llama "Mango Fresco" y está en Manoguayabo –continuó Ramfis–. Un día a papá se le ocurrió presentarse allí para ver cómo seguía su hermano pero, ante la presencia estupefacta de sus espalderos y de sus empleados, con un machete atado a su cintura, le chilló: "¡Quiero mucha sangre!". El propio "Jefe" que estaba acostumbrado a estas y mucho peores cosas, se intimidó. ¡Se trataba de su hermano! En otra ocasión, Aníbal instruyó a los militares que estaban a su servicio para que reuniesen y atasen, mediante una cuerda fuerte, a un grupo de agricultores para agruparlos en medio del corral para animales. Una vez obedecidas sus órdenes, Aníbal, sable en mano, con los ojos desorbitados y enrojecidos, agredió a los infelices campesinos, repitiendo lo que le había dicho a su hermano en la ocasión en la que fue a visitarle: ¡Quiero ver que sangran! ¡Soy el emperador Julio César y eso es lo que deseo! Los militares no tuvieron más remedio que acatar sus órdenes. Pero, en el momento en el que se informó a papá de aquel horrible e innecesario crimen, mandó al Secretario de las Fuerzas Armadas, el Teniente General Fausto Caamaño, para que se personase en la finca con el fin de implantar el orden. Aunque, por lo que me contó, ya no abrigaba demasiadas esperanzas pues estaba, finalmente, tomando conciencia del desequilibrio mental del que Aníbal era presa. De todos modos, siempre se lo ocultó a su madre, mi abuela, para evitar que sufriese. Las indicaciones del "Generalísimo" fueron que se fusilase a los militares que estaban al servicio de Aníbal, aunque era consciente de que no eran culpables, y a su propio hermano, como te he comentado, si lo encontraban allí, por más que a él le doliese. No era cuestión de internarlo en un manicomio, a su modo de ver. Mejor era la muerte a dejarle terminar el resto de sus días en una de esas terribles instituciones. Caamaño declinó cumplir aquella disposición, a sabiendas de que se la estaba jugando, porque también conocía la debilidad que papá tenía para con su familia y consideró que era posible que entendiese su postura. No obstante, sentía temor. Antes de acatar semejante barbaridad, que sabía que finalmente dolería a su jefe todopoderoso, instruyó a uno de sus ayudantes para que informara del caso a Doña Julia para ver si cabía la posibilidad de que ella, lo antes posible, sacara a Aníbal de la finca "Mango Fresco". También solicitó que ella no le dijese nada al "Jefe", aunque estaba más que seguro de que aquello era algo prácticamente imposible. Trujillo estaba muy apegado a su madre al igual que ella a él. Se la jugó, pero finalmente le salió bien. Doña Julia incluso agradeció que él le avisase y al parecer no mencionó el asunto. Caamaño se dirigió, como se le había indicado, a Hato Nuevo, que era el lugar en donde estaba emplazada la propiedad. Pero ya Aníbal se había largado, quizás porque presentía las actuaciones de su hermano o tal vez alertado por su progenitora. El hombre procedió a cumplir lo encomendado por Trujillo. Bastante osado había sido con avisar a Doña Julia y temía que el "Jefe" tomase represalias, en contra suya o de su familia. Nunca lo llegó a saber pues no se atrevió a hacer indagaciones al respecto. Mandó a fusilar nada menos que a veintisiete militares y capataces que estaban al servicio de Aníbal Julio. Dio gracias a Dios por no haberse encontrado allí con él, y se marchó con la conciencia sucia, por aquella injusta matanza, pero bastante aliviado de sus temores.

Más tarde, en un interdicto, encomendado por el propio Trujillo, –continuó Ramfis– su hermano fue declarado no apto para realizar ningún tipo de trabajo, debido a su grave enfermedad. De modo que, desesperado, el 21 de diciembre de 1948, Aníbal Julio se pegó un tiro en la sien. Residía, por entonces, en una casa situada en "Isabel La Católica" que hacía esquina con "Padre Billini", en la capital dominicana. Mi padre no asistió a su funeral y prohibió que se informara a "Mamá Julia", que era como se la llamaba en la familia, de aquel suceso. Aunque a algunas lenguas chismosas debió escapársele, pues ella lloraba sin motivo aparente, con bastante frecuencia, pero nunca mencionó el asunto a Rafael, como ella llamaba al que era su hijo predilecto.

Ramfis siguió y siguió parloteando. Para su hija aquello era una auténtica tortura, pero nada podía hacer. Al rato recordó otra supuesta historia que su padre había contado y se preguntó en silencio:

¿Cómo podía ser verdad que a él le hubiesen nombrado militar cuando era tan pequeño? Aquello no podía ser verdad.

Él, su padre, tendría grabado en su memoria el momento en el que le hicieron aquellas fotos. Y por ello, en medio de su ensueño, creería que de veras su abuelo le había nombrado militar. Tantana no le había comentado nada, por lo menos que ella recordase.

¿Qué podría haber decretado yo, con la edad que tenía? ¿La obligación de que todos los niños tuviesen que montar a caballo, jugar a la pelota u otros juegos? –continuó Ramfis–. Sí, ya no me cabe ninguna duda… mi padre enloqueció… El poder absoluto, los infinitos halagos, los crímenes y las injusticias llegaron a trastornarle.

Aída puso su mano en la frente del doliente y comprobó que tenía fiebre. Avisó entonces a la enfermera que, aunque tenía turno permanente, mientras su hija estaba con él, salía al pasillo, de vez en cuando, para dejarles solos con su intimidad.

Al verla entrar, Ramfis se sobresaltó.

¿Estoy en el Hospital Marión? ¿Es que me han herido a mí también? ¡Pero si yo no estaba aquí cuando el atentado! Este hospital fue fundado por papá, como muchas otras cosas… Él hizo cosas buenas por el país… Pero, ¿valía la pena pagar tan alto precio? ¿Valía la pena, para ello asesinar a tanta gente? ¿Valía la pena el llegar a perturbarse de este modo? –se preguntaba Ramfis en voz alta.

Todo aquel remolino de pensamientos le torturaba, incluso cuando aparentemente dormía plácidamente.

Las puertas de la muerte

Ella, Parca, permanecía en su habitación día y noche. Sabía que se lo iba a llevar, ide ase lo que idease la ciencia. La muerte puede estar en numerosas partes del mundo y a todas horas, al mismo tiempo. Es uno de sus grandes poderes.

—Dígame señorita, ¿éste es el Hospital Marión, verdad? —preguntó Ramfis dirigiéndose a la enfermera.

—No, no… —contestó ella suavemente mientras le tomaba la temperatura y la tensión— Estás en la Clínica Covesa de Madrid. Has tenido un accidente de coche.

—¿La Clínica Covesa de Madrid? Pero si aquí trabaja mi amigo Luis Morcuende. ¿Cómo es que no ha venido a verme?

—El doctor Morcuende viene a verte a diario y está involucrado con el equipo de médicos que te están atendiendo. Lo que ocurre es que, la mayor parte del tiempo, te la pasas delirando. Por eso no te enteras… El otro día ni sabías que tu hija Aída estaba aquí, como ahora.

—¿Mi hija está aquí? —volvió a preguntar Ramfis— ¿Y cómo es que no me ha dicho nada?

—Sí, papá. Te estoy hablando mucho pero tú no te das cuenta —dijo la joven, levantándose del sillón para que su padre pudiese verla lo más claramente posible.

Según se dijo, por aquel entonces, Ramfis fue recogido por la Guardia Civil española, en la carretera de Burgos, que era la que le conducía a su casa de "La Moraleja". Le trasladaron de inmediato al Hospital "La Paz", al igual que a la desafortunada Duquesa de Albuquerque.

Como era un hombre fuerte, que gozaba de buena salud, parece ser que entró caminando, por sus propios medios. No quería que le ayudasen. Pero, por más que lo intentó, tuvo que ser asistido pues sufría fracturas considerables que se lo impedían.

Una vez allí, Ramfis llamó a Víctor Sued, quien se presentó de inmediato. Ramfis le expresó que prefería ser trasladado a la Clínica Covesa, en donde él conocía a médicos reputados y amigos.

Se le proporcionaron, obviamente, los primeros auxilios y, a continuación, una ambulancia lo trasladó adonde él pretendía.

Mientras permaneció en "La Paz", se le mantuvo en observación y la analítica dio cuenta de que el valor hematocrito de su sangre iba descendiendo de forma considerable. Aquello revelaba, de forma clara, que el paciente estaba padeciendo una hemorragia interna. Pero Ramfis no confiaba, como la mayoría de los españoles pudientes de la época, en aquella entidad pública que, con el tiempo, ha demostrado ser excelente.

Aída no se enteró de aquello hasta después de su fallecimiento. Entonces llegó a pensar que, tal vez, si le hubiesen dejado allí, su padre no hubiese muerto.

Ramfis pareció tranquilizarse durante unos minutos, al cabo de los cuales preguntó: Pero, ¿dónde están Víctor Sued, Kalil Haché, Aliro Paulino, Guarién Cabrera, César Báez, Gilberto Sánchez Rubirosa, el propio Rubirosa y otros amigos? ¿Por qué no han venido?

—Papá —contestó la hija—, te aseguro que todos los que están en Madrid han venido a verte. No te preocupes por eso. Todos tus amigos te quieren. -

No quiso repetirle que Porfirio había muerto unos años antes porque se dio cuenta de que no serviría más que para volver a alterarle.

La vida de Ramfis parecía haber sido alegre. En general la gente estaba segura de ello. Sin embargo, sus ojos revelaban una profunda tristeza. De eso se había percatado Aída, aunque, como de costumbre, no se había atrevido a preguntarle.

Pero, en la mayoría de las ocasiones, lo que realmente hace feliz a un chiquillo está representado por cosas sencillas: poder jugar en la calle con sus amiguitos, comer cuando tienen hambre, descansar en una cama o en un catre, cuando tienen sueño, resguardados de la intemperie… El tener unos padres y parientes que les den y demuestren su amor, ser dueños de una mascota, de algún juguete…

Pero el dinero en sí se les importa un pito porque es algo de lo que no saben. Por eso le dan tan poco valor y, cuando nos lo piden, lo hacen a lo grande.

La auténtica alegría de vivir no radica en llevar una vida disipada, como la que había llevado Ramfis. Ese tipo de existencia logra y hace olvidar, momentáneamente, el dolor interior, el remordimiento y otros sentimientos a los que nos da miedo enfrentarnos.

"If you can't fight us, join us"… —exclamó de pronto Ramfis—. ¡Ay!, ¿por qué muchos padres nos empecinamos en que nuestros hijos sean como queremos que sean? Me he percatado de que eso no sólo ocurre en la República Dominicana. Aquí también hay muchos que obligan a sus hijos a seguir sus pasos profesionales. ¡Por eso hay tantos médicos, arquitectos, ingenieros, etcétera, que son más que mediocres! Si sus progenitores les hubiesen dejado estudiar o realizar lo que a ellos realmente les gustaba, probablemente se hubiesen convertido en auténticas "lumbreras". ¡Cuántos errores cometemos a veces! Cuando asesinaron a papá, no tuve más remedio que regresar al país. A pesar de que Balaguer, que era el Vicepresidente, había asumido la presidencia, aquella era mi obligación. No tenía otra opción y, de no haberlo hecho, me hubiese sentido muy culpable. Me vi obligado a aclarar que mi intención era retirarme de la política en cuanto se serenara la situación y que, a partir de entonces, todo quedaría en manos del "excelentísimo" Joaquín Balaguer. Los hijos solemos reclamar y culpar a nuestros padres por nuestros errores. ¡El asesino soy yo! Tenía que haber sido firme en mis decisiones y haberme ido definitivamente del país, pero una panda de supuestos amigos me aconsejaron mal pues querían que tomase el poder. De ese modo podrían seguir beneficiándose de la situación. ¡Hasta mi propia madre me empujó a que vengase a papá! Decía que aquello era lo mínimo que podía hacer, que si no, ni siquiera era un hombre "de cuerpo entero". Pero lo que hice fue convertirme en un homicida, al igual que ocurrió con lo de Estero Hondo, Constanza y Maimón. Si yo no hubiese querido matar a nadie, mi padre no hubiera podido obligarme. Aunque lo hubiese pretendido, ¿qué podía haberme hecho si me hubiese negado? ¿Matarme? ¿Exiliarme? ¡Ja! Eso me hubiese encantado. Adoro mi tierra natal pero siempre me ha gustado más vivir en Europa, sobre todo en París.

De pronto, Ramfis se incorporó como pudo en la cama y estuvo a punto de caerse. Entonces gritó: ¡Soy un asesino! ¡Todo no es culpa de Trujillo, coño! ¡Soy responsable de mis actos!

La enfermera intentó volver a recostarlo pero su escasa fuerza física, frente a la de él, se lo impidió. De manera que, como su estado de excitación aumentaba por segundos, avisó mediante el teléfono interno a dos enfermeros.

Aída estaba aterrorizada. Jamás había visto a su padre en aquel estado.

Para mí, sin embargo –prosiguió él dirigiéndose a alguien que, obviamente, no se encontraba allí– fue más cómodo hacerle creer que iba a seguir sus pasos. Sí sé que él jamás me creyó. Papá era demasiado listo como para que yo "se la diese con queso", como se dice aquí. Pueden hablar de él lo que quieran pero, que no era un hombre inteligente y astuto, no lo

147

puede afirmar ni el más acérrimo de sus enemigos. Y yo, sin él a mi lado, no hubiera sido
sino un "dominicanito" más.

La hija intentaba calmarle, pidiendo a Dios que le
sosegase y que los sanitarios llegasen pronto. Ramfis había
empezado a arrancarse sueros y otros tubos y pretendía
abandonar la cama, aunque los aparatos, a los que estaba
sujeto, se lo impedían.

Aída no sabía cómo evitarlo, no podía, así es que
empezó a gritar, pidiendo auxilio. Sabía que si su padre lograba levantarse, estaba expuesto a hacerse mucho daño.

Por fin, llegaron los enfermeros, le acostaron y le
amarraron a la cama. Aquello pareció alterar aún más a
Ramfis, que siguió vociferando. Al momento entró Víctor
Sued, también muy alarmado e intentó aplacarle, infructuosamente.

Por eso y múltiples presiones tuve que vengar
su muerte. ¡No tuve otra opción! –continuó.

–Por favor, papá, ¡apacíguate! –suplicó Aída, llorando.

Pero Ramfis parecía no encontrarse allí. Su mente le
había transportado a un tiempo del pasado que le hacía
sufrir desmesuradamente.

Sé muy bien –prosiguió– que la mayor parte de los que participaron en la conspiración
contra papá, desconocían que la auténtica fi-
nalidad de aquella acción no era su asesinato.
¿Cómo podían creer que lograrían conseguir
su objetivo? Afirmaron que su propósito era
secuestrarle y dar un golpe de Estado. ¡Ja! A

ese "gallo quisqueyano", después de tantos años cerca de él, no le conocían. ¡Secuestrarlo! ¡Jejejejeje! ¡Qué gran pendejada!

—En eso estoy de acuerdo, "General". —Se atrevió a musitar Sued, creyendo que Ramfis le escuchaba y que, el pronunciar aquello, le aliviaría. Pero el doliente ni siquiera se había percatado de su presencia y seguía con su soliloquio.

Mientras Ramfis seguía delirando, Aída vio desfilar por la estancia espectros cuyo rostro le eran totalmente desconocidos. Naturalmente, creyó haber enloquecido pues, todo aquello, la estaba superando. Pidió a Dios que, lo que contaba su padre, fuesen alucinaciones y no realidades. No se podía imaginar a su progenitor actuando de la forma que decía que lo había hecho.

Según declararon después Huáscar Tejeda, Estrella Sadhalá y Roberto Pastoriza durante los interrogatorios en la Aviación Militar Dominicana, el plan original lo desvió Antonio de la Maza. Él iba en otro carro, manejado por Imbert Barreras. Antonio fue quien comenzó el tiroteo contra el automóvil de mi papá y, claro, con esa acción, varió por completo lo tramado. Además, así mismo lo aseguró Huáscar Tejeda, quien declaró que había llegado a la conclusión de que Antonio de la Maza estaba buscando una venganza personal, por lo del injusto asesinato de su hermano Tavito. ¡Cómo se pasó papá, la verdad, con ese pobre muchacho!

Ramfis empezó a toser convulsivamente. Tenía los ojos inyectados en sangre. Sin embargo, tras aquel ligero ataque, siguió hablando y hablando, cada vez más turbado.

Pero la verdad, por lo que me han informado, fue que aquella fatídica noche no aparecieron el número necesario de individuos para realizar la operación que se habían propuesto. De la Maza no actuó según lo pactado ya que, no sólo no realizó las señales luminosas acordadas, sino que abrió fuego enseguida, regido por su odio y trastocando todo lo pactado –Ramfis se repitió y Aída no tenía idea de quienes hablaba–. También, que se había personado un par de veces a casa de Juan Tomás a buscar dinero y a hablar del complot. Éste insistía en que lo fundamental era apresar a Trujillo y así lo creían los demás. ¡Ilusos! Apresar a papá, quien hubiese preferido, como lo hizo, la muerte, antes que caer en manos de semejante panda de inútiles traidores o de cualquiera. ¡Pero si ni por los gringos se dejó achantar! ¡Ni por la Iglesia Católica, cuando se puso en su contra!

Tan hundido estaba Ramfis en sus delirios que ni siquiera se percató de que los dos sanitarios habían conseguido reducirle y le habían vuelto a enchufar los frascos y los tubos, ni de que la enfermera inyectó una sustancia en uno de los sueros y otra directamente en una de sus venas.

Querían poner, en el lugar de Trujillo, ¡de Trujillo!, al que era en la época Secretario de las Fuerzas Armadas, nada menos que a Pupo Román. ¿Se habían vuelto locos o qué? Claro, querían poderle manejar a su antojo. Estrella Sadhalá reveló también que en una de las visitas a casa de Antonio de la Maza, éste le había dicho que había un plan para aprehender al Generalísimo y dar un golpe de Estado –repitió Ramfis–. En dicho plan estaban implicados también Juan Tomás Díaz, Pedro Livio Cedeño, Huáscar Tejeda y Roberto Pastoriza. Aparte de Imbert Barreras, Amiama Tió y otros traidores… Y que después le dijo que, una vez perpetrado el secuestro, papá sería conducido a la casa de Juan Tomás, donde estaría esperando Pupo Román. ¡Está claro que habían perdido la cabeza! ¡Pero si casi todo el ejército apoyaba al "Jefe", coño!

–Parece que así fue, "Generai"… sí –afirmó Víctor Sued, que seguía sin percatarse del delirio del que Ramfis era presa y pensaba que le estaba escuchando.

Pupo, ¡el que traicionó a todos pues nunca cumplió con lo pactado con los asesinos de papá! Pero ese, que encima estaba casado con una sobrina suya, ¡ese se llevó lo suyo antes de morir! Tuvo una muerte lenta y dolorosa. ¡Traidor por doble partida!

151

A Aída sí le resultaba familiar aquel nombre pues su madre le había hablado de él, aunque sólo le había dicho que había traicionado a su abuelo. Y, claro, si además formaba parte de su familia, aunque fuese por casamiento, era más que lógico que recordase su nombre, aunque no su rostro.

Ahora me está doliendo todo el cuerpo. Sobre todo el pecho –dijo Ramfis–. Siento un regusto a sangre en la boca y como si me hubiesen puesto un peso de 100 kilos encima... ¡Dios mío! ¿Qué estoy haciendo? ¿Cómo voy a poder dormir tranquilo jamás en mi vida con el horror que estoy provocando? ¡Quiero irme ya! –prosiguió.

–¡Cálmate, Ramfis! –exclamó uno de los médicos que se había personado en la habitación y, sujetando a su cara una mascarilla de oxígeno, le indicó: Es normal que sigas sintiendo una sensación de ahogo. Pero, si respiras despacio y lo más profundamente que puedas, verás cómo te sientes aliviado. ¡Tienes que colaborar con nosotros!

Ramfis le miró a los ojos y, recobrando súbitamente una leve lucidez, asintió con un gesto de cabeza.

El médico continuó hablándole como si con ello pudiese insuflarle algo de vida y energía.

–Sé que estás pasándolo mal, hombre, pero si pones un poco de tu parte quizás podamos vaciarte, de una vez por todas, esos pulmones que se empeñan en encharcarse. Te diste un buen golpe en el tórax con el volante de tu coche. ¿Por qué no llevabas puesto el cinturón de seguridad?

Tu automóvil, que ya feneció en el impacto pues fue tremendamente fuerte, debe de tenerlo, ¿no?

—Sssí… claro… imagino… —pronunció el paciente con una voz muy débil—, pero yo nunca me lo pongo. Me parece una mariconada.

—Bueno, hijo, así te parecerá. Sin embargo, esa "mariconada", como la llamas, hubiese podido evitar que estuvieses ingresado aquí, como lo estás. No es por las piernas ni otros traumas, te lo aseguro. De eso ya te habríamos dado el alta, aunque, como es lógico, se te hubiera hecho visitar al traumatólogo, para ir comprobando cómo ibas mejorando. Pero ese nefasto golpe en el pecho te lastimó enormemente los pulmones —continuó—. Eso es lo que te produce los ahogos tan intensos que padeces. Pero no vas a irte ya, no te preocupes, o más bien sí porque sé que estás deseándolo, de esta clínica. Es por lo que te pido que pongas de tu parte. Si lo haces, tampoco tienes por qué marcharte de este mundo pero, repito, tienes que hacernos caso. ¿Por qué dices que quieres irte y adónde?

Ramfis no contestó. Sólo le miró a los ojos y, como respuesta, le hizo una pregunta.

—¿Por qué no se podrá ensayar la vida, doctor? Muchas veces lo he pensado. ¿Quién sabe? Quizás no estaría aquí ahora. Aunque, es verdad, esto que me está ocurriendo lo he deseado más de una vez. ¡Morir! Pero hubiese querido que fuese de una forma más rápida. Aunque, a aquellos hombres no les di esa oportunidad. Les di una muerte lenta. ¡Merezco esto!

—No sé de qué me estás hablando, Ramfis, pero tienes que tranquilizarte y respirar despacio y profundamente

–contestó el galeno–. ¡Si no me haces caso, voy a tener que bajarte de nuevo al quirófano! ¿Es eso lo que deseas?

–¡No, no, por favor! –suplicó el enfermo–. No quiero que me vuelvan a llevar al quirófano.

–Pues ya sabes lo que tienes que hacer para evitarlo –contestó el médico.

Al día siguiente Ramfis parecía estar más tranquilo y preguntó qué día y qué hora era.

–Veintidós de diciembre, nueve y media de la mañana –contestó Aída, algo más animada al comprobar que, en aquel momento, su padre no deliraba. Pero su leve alegría resultó ser muy breve pues, enseguida después, Ramfis empezó a hablar de nuevo como si estuviese viviendo en épocas pasadas.

No puedo continuar con esta relación de pareja en la que, sin haberme divorciado todavía y teniendo seis hijos, estoy actuando como lo estoy haciendo. ¡Me siento mal, culpable!

Al rato, Ramfis retornó al presente. Miró a su hija y sonrió levemente. Después le dijo que siempre había sido un mujeriego, aunque ya se lo había comentado en varias ocasiones. Había sentido ese compañerismo, esa confianza para expresarse desde que ella había comenzado a trabajar para él. Antes la había sentido bastante distante pero pudo comprobar a tiempo, o eso quería pensar, lo valiosa que ella era como persona, además de profesionalmente. Lo que dijo su padre arrancó alguna lágrima de dicha a Aída. Era la primera vez, desde que ocurriera el accidente, que ella vertía un llanto de alegría. Se sintió orgullosa y amada. Le besó la frente y le dio las gracias. Pero él retomó el tema de sus continuos enamoramientos. Añadió que, en numerosas ocasiones, no todas las mujeres habían caído en sus brazos.

–¿Sabes? Una de ellas fue Kim Novak. Aquello me dolió, pero cuando tomó esa decisión, no quiso echarse atrás. ¡Ay! Mi bella y admirada Kim. Yo estaba seguro de que a esa mujer, actriz, famosa, rica y con una vida nada monacal, aquello no iba a afectarle. Pero sí. Le importó el hecho de que yo fuera ya padre de seis muchachitos. Me dejó plantado.

Aída consiguió sonreír, al ver la mueca de impotencia que Ramfis ponía y al comprobar que su padre estaba evocando su pasado con tranquilidad.

–Nunca la olvidaré –continuó él–. Tiene tanta clase que, hasta Tantana, con lo celosa que siempre fue, después de enterarse de ese gesto suyo, empezó a admirarla. Dice que esa sí es una mujer valiosa. ¿Quién entenderá a las mujeres? Ahora resulta que Kim se ha convertido en una especie de ídolo para ella.

–Ya lo sé, papá… Ella misma me ha contado esa anécdota… –contestó la joven, sonriendo.

–Sin embargo, como sabes, y no te me hagas la tonta, a Lita la odia a muerte. ¡Afirma que ella "le quitó a su marido"! ¡Ah! Y que es una "starlette" de poca monta, ¡Je, je! Cada vez que Lita me oye decir eso, pues se lo recuerdo cuando me hace enfadar, se pone mala. ¡Pero mala! Y me dice que ella ha actuado con actores fenomenales, como Paul Newman y Anthony Queen, entre otros… ¡Entonces el que se pone malo soy yo! ¡Je, je!

De aquel modo desenfadado transcurrió el veintidós de diciembre.

Ramfis intentaba hacer reír a los hijos que se habían personado a visitarle. Ellos se tranquilizaron aspirando que las alucinaciones de las que él había sido presa hubiesen tocado a su fin.

Tanto en la televisión como en las emisoras de radio, se escuchaban, desde la mañana, las voces de "Los niños de San Ildefonso", cantando los números premiados de la lotería de Navidad.

Aquel día, en España, la gente estaba más pendiente de los resultados de la misma que de la salud del hijo del que había sido el presidente Trujillo. Algunos no tenían ni idea de quién era aquel hombre. Otros, empero, especulaban sobre la posibilidad de que hubiese sido él quien había provocado el accidente que segó la vida de la Duquesa de Albuquerque.

Basaban su hipótesis en que, seguramente, el famoso y apuesto Ramfis Trujillo había conducido su flamante Ferrari llevando una buena borrachera encima. Algunos periódicos habían empezado a insinuar, incluso a afirmar, esa posibilidad. De esto, obviamente, no se enteraron ni el doliente ni su prole, hasta después de su fallecimiento.

Como dos días más tarde se festejaba la Nochebuena, Ramfis indicó a sus hijos que su deseo era que la celebraran como si él hubiese estado presente en el festejo.

Añadió que ya se encargaría de sobornar a alguien para que le trajese una copita de champán francés. Les prohibió terminantemente que el 24 de diciembre por la tarde acudiesen a la clínica.

Los chicos rieron pero se negaron rotundamente a acceder a su petición hasta que él saliese de la clínica, restablecido por completo.

–¿Qué más dan las fechas, papá? ¡Festejaremos todos juntos en otro momento, cuando te repongas del todo! –exclamaron al unísono.

Él los miró con aquella cara que ponía cuando iba a regañarles por lo que fuese. Dirigiéndose a su tercera hija que, por su condición de mujer casada y la ausencia de María, la mayor, parecía haberse convertido en una especie de líder.

–¡Aída Azilde! –la espetó–. ¡El que ahora esté enfermo no significa que no siga siendo tu padre! ¡Quiero que celebren la Nochebuena igual que si ya me hubiese repuesto del todo! ¿O es que ustedes me quieren matar antes de tiempo?

–¡No, papá! –contestó ella, algo atemorizada y bastante triste–. ¿Cómo puedes decir una cosa así?

–¡Pase lo que pase! –insistió él.

–Pero, papá… ¡si no te va a pasar nada! –exhortaron todos, nuevamente al unísono.

–Les voy a decir una cosa. ¡Óiganme bien! –Continuó Ramfis de forma autoritaria–. Si me ocurriese algo fatal, quiero que celebren todas estas fiestas, igualito que si yo estuviese con ustedes, porque, de alguna manera, lo estaré.

Los chicos permanecieron silenciosos y perplejos durante unos instantes, preguntándose que si su padre fallecía, ¿cómo iban ellos a poder festejar nada?

Ramfis, adivinando lo que estaban rumiando, prosiguió.

–Sé muy bien en lo que están pensando… Pero es un favor que les pido. Siempre he querido que mi velatorio, mi entierro y mi funeral no fuesen como los de todo el mundo. La gente llorando, de luto, lamentándose. Eso será inevitable para los demás. Algunos lo harán con sinceridad, otros con hipocresía. Sin embargo, se lo pido, hijos míos, aunque no salga de esta… Quiero que sea como el merengue de mi admirado Joseíto Mateo. Uno que se llama "Cuando yo muera". ¡Así mismo quiero que sea!

–¡Pero, papá! –le interrumpieron, angustiados–. ¿Por qué piensas que te vas a morir?

–Independientemente de si muero o no, quiero que me hagan una promesa. No, mejor un juramento.

Se hizo un silencio en la estancia y el enfermo continuó dando órdenes a sus retoños.

–Quiero que celebren estas fiestas navideñas. ¿Está claro? Si he fallecido antes, desde el más allá, me alegraré viéndolos… –continuó–. Si es verdad que existe otra vida, yo les haré llegar, de un modo sutil, un mensaje de que estoy bien. Algún signo, no sé… algo. Eso, si festejan. Pero, si no… ¡les daré un buen susto! ¡Me presentaré por la noche y les jalaré los pies! ¡Je, je!

–¡Ay, papá! Siempre con tus bromas pesadas –rieron todos menos Aída, a quien esa petición le dejó un regusto amargo.

Pero, aunque Ramfis no se percató de ello, ninguno quiso hacer aquel juramento. Se dijeron, tácitamente, que no celebrarían la Nochebuena, como si lo hubiesen pactado, mientras él estuviese ingresado.

Si después, como a veces temían, fallecía, intentarían cumplir su voluntad. Pero, por el momento, preferían olvidar la noche del 24 de diciembre. No obstante, no comentaron nada para no irritarle.

Fue, en aquel momento, cuando Aída recordó la última vez en la que había ido a visitar a su padre a su despacho y le había encontrado rodeado de velas a causa del apagón que se había producido en todo el sector.

De pronto, una ráfaga de viento abrió una de las ventanas de la habitación de la clínica, sobrecogiendo a todos. Aída, entonces, volvió a sentir el presentimiento de que era posible que la muerte de su padre se produjese. Intentó desechar aquel funesto pensamiento, mas reapareció la sensación de aquella nefasta presencia. Parecía como si se hubiese introducido a través de la ventana.

No hizo ningún comentario pero no pudo retener algunas lágrimas. Decidió refugiarse unos minutos en el cuarto de baño para que nadie la viese llorar.

Aquella noche, a Ramfis tuvieron que llevarle a la Unidad de Vigilancia Intensiva (U.V.I.), que hoy en día ha cambiado su nombre por el de U.C.I., Cuidados Intensivos. Sus pulmones se habían vuelto a encharcar y él había sufrido otra crisis cardiaca, aunque, nuevamente, su corazón ganó la batalla.

Cuando le subieron a su habitación, los médicos decidieron que trasladarían allí un equipo completo de aparatos, de la mejor tecnología de la época, por si volvía a producirse el percance.

El único que supo del episodio fue Víctor Sued, que apenas se movía de la clínica. No quiso avisar a sus hijos cuando vio que éste había respondido a los cuidados que le habían proporcionado.

Mientras, ajena a lo que estaba ocurriendo, Aída evocaba, recostada en el sofá de su habitación de hotel, el tiempo vivido junto a su padre. Había sido, desde unos meses atrás, un lapso muy satisfactorio para ambos. Dios no podía llevárselo ahora que, por fin, le había recuperado, se dijo, intentando convencerse de ello. Ella siempre había estado más unida a Tantana y, muchas veces, si él no la mandaba a buscar, no iba a verle.

Es harto sabido cómo reaccionan en muchas ocasiones los adolescentes. Su madre era muy absorbente y Aída, con ocuparse de ella ya tenía bastante. En las pocas ocasiones en las que la dejaba salir de casa, prefería reunirse con sus amigas e ir al cine.

Recordó cuando ella había sido su secretaria, a petición de él. A espaldas suyas, estaba trabajando en una empresa anglo-española y, por ser políglota y tener un título estadounidense, ganaba el doble que sus compañeras.

Su jefe era un inglés, ya entrado en la madurez desde hacía tiempo, exigente pero muy simpático. Se llamaba Thomas Douglas Morrison y sentía predilección por su joven, pero eficiente, Secretaria de Dirección.

A pesar de sus conocimientos, la joven era obediente, eficaz y demasiado humilde de carácter, a su modo de ver. Le parecía excesivamente inocente, incluso para su edad. Por ello, intentaba protegerla de los "buitres" que, enarbolando la bandera de sus pequeños títulos de "jefecillos de departamentos", intentaban aprovecharse del trabajo de ella, cuando él no la necesitaba.

Asimismo, alguno de ellos, ni siquiera se molestaba en disimular su empeño en intentar conquistarla pues la muchacha era muy bonita, aunque le faltaba "cuajarse" un poco, debido a sus recién cumplidos dieciséis años.

El señor Morrison siempre fue un hombre respetuoso que sabía dar órdenes sin mirar a nadie "por encima del hombro".

Desde la primera entrevista de trabajo que había mantenido con ella, la había captado y la consideraba casi como si fuese su propia hija. Aída siempre sintió un gran afecto y agradecimiento por ese hombre que tan bien se comportó, a pesar de ser un trabajador incansable y exigirle a ella lo mismo.

Pero, inesperadamente, un día Ramfis la descubrió. Al ver que nunca llegaba a tiempo cuando él reclamaba su presencia, empezó a sospechar. Mandó a su chofer personal, Gabriel, a que la siguiese sin que ella lo advirtiese. El hombre cumplió bien con su trabajo y, después de ver que, cada mañana, a la misma hora, la chica salía de su casa y se dirigía a una empresa, dedujo, muy razonablemente, que ella estaba trabajando allí.

Tras haberlo comprobado, Gabriel informó a su jefe de que su hija era la secretaria de uno de los directores.

Una vez que Ramfis tuvo noticias de ello, se personó allí, pero sin montar ningún tipo de espectáculo. No era su intención el perjudicar, de ningún modo, a su hija.

Una vez en la sede, mediante un teléfono interno, el conserje la llamó, mientras ella se afanaba en escribir a máquina las cartas que el señor Morrison le había dictado.

Cuando la localizó, le exigió, muy amablemente, que compareciese en su despacho. Para no hacerla quedar mal, simplemente le dijo que quería verla sin dilación aquella misma tarde.

Aída pasó todo el día temblando pues respetaba enormemente a su progenitor. Pero, no obstante, también estuvo meditando sobre los argumentos que plantearía para poder seguir con su empleo.

Al llegar a su término la hora del trabajo, la joven se dirigió al cuarto de baño para acicalarse un poco. Gabriel, el chofer, la esperaba aparcado frente a la puerta de entrada evitando que nadie se diese cuenta de ello.

Ella le saludó cariñosamente, como solía hacerlo, y se montó en el vehículo que, obviamente, no era el "Ferrari" de su progenitor. No le hizo preguntas pues sabía a la perfección que aquel hombre estaba cumpliendo órdenes.

Una vez que se personó en el despacho de Ramfis, con la expresión desencajada por el disgusto, Aída salió del automóvil y se dirigió, a paso lento, hasta el portal.

Saludó amablemente a Francisco, el portero del inmueble, y cogió el ascensor. Sentía temor a pesar de que había intentado prepararse para aquella entrevista. Cuando llegó al segundo piso, respiró profundamente y entró en la oficina de su padre. No pronunció palabra alguna, se limitó a darle un beso que fue correspondido.

Ramfis la hizo entrar y sentarse, le ofreció un refresco que ella no desechó y se le atragantó desde el primer sorbo, aunque ella intentó disimularlo.

Entonces, aquel tono de voz de reproche que la joven tan bien conocía, le prohibió que continuase trabajando para la empresa en la que ejercía sus labores de secretaria.

Al ver la cara afligida de su hija, Ramfis sintió que le debía una explicación. Le manifestó que él no podía permitirse el lujo de dejarla trabajar para otros porque, si lo hacía, estaba totalmente seguro de que la gente habría dicho que él no la mantenía.

Poco le importaba a ella lo que otros pudiesen decir pero, al parecer, para su padre, aquel absurdo asunto, sí parecía ser trascendente. Y, como se propuso no ceder enseguida, siguió porfiando. Quiso convencerle de que ella, a pesar de su edad, con la preparación que había adquirido, podía ser económicamente independiente.

Le dio toda clase de detalles, informándole del montante del sueldo que ganaba y de lo contenta que se encontraba en aquella empresa. Le habló del señor Morrison y de la estima en la que él la tenía. Le dijo que esa, además, era una forma de poder tener cierta libertad.

Pero Ramfis, que no era tonto, supo vencer aquella liviana contienda. Trocó todos sus argumentos, sin ofenderla ni llevarle la contraria, ofreciéndole el mismo puesto, de Secretaria de Dirección suya, con el mismo salario e independencia. Pero, eso sí, debía ejercerlo en su oficina. Aquella era su condición irrefutable.

Aída, entonces, no tuvo más remedio que acceder, muy a pesar suyo pues, en la compañía en donde ella trabajaba, también prestaba sus servicios el que se convertiría en su primer marido. Aquella era la única forma de poder verse con él, ya que su madre, Tantana, era muy estricta y apenas la dejaba salir. Sin embargo, en aquel momento, la joven no se atrevió a revelar su secreto a su progenitor y no tuvo más remedio que aceptar su oferta.

Le pidió, no obstante, que le concediese unos días de plazo para que el señor Douglas encontrase a alguien que la sustituyese. Él, comprensivo, accedió a su petición que, además le demostró que ella era una muchacha responsable, pese a su corta edad.

Cuando llegó a su casa, Aída contó lo sucedido a su madre quien, aunque intentaba disimular su contento, se sentía feliz.

A Tantana le gustaba mantener a su hija a buen recaudo y a ella tampoco le agradaba que trabajase en un lugar en donde no podía controlarla. Junto a su padre las cosas serían distintas, pensó.

Aquella noche a Aída le costó conciliar el sueño. Le encantaba su trabajo, la liberación, por unas horas, de la sempiterna tristeza de su madre y, sobre todo, el que ésta le permitía ver a diario a Paco.

A la hora del almuerzo, que la propia empresa proporcionaba a sus empleados por un más que módico precio, los jóvenes se apresuraban a engullir sus platos con el fin de tener un breve tiempo para compartir a solas. Se adentraban, entonces, en un conocido parque que se encontraba muy próximo al edificio de oficinas situado en la calle Sánchez Pacheco. Allí, en cualquiera de sus bancos de madera, se sentaban a conversar y, cuando nadie les veía, se daban inocentes besitos, trazando planes de futuro matrimonio.

Hoy en día, el Parque de Berlín es más amplio, más conocido y es uno en los que, cuando es temporada, se celebran festejos y verbenas típicas madrileñas.

Pero, tras la conversación y el compromiso mantenido con Ramfis, aquello terminaría de forma brusca y Aída se sentía triste. El despacho de su padre estaba demasiado lejos como para acudir a aquellas citas diarias.

De modo que, aquella noche, sin mencionar nada a su madre, la jovencita empezó a dar vueltas en su cama, sin lograr conciliar el sueño. Unas horas más tarde, vencida por el cansancio, cayó por fin en los brazos de Morfeo. Sin embargo, una vez que logró dormirse, Aída disfrutó de un bello sueño. En él vio una figura femenina, ataviada con una túnica color azul claro y resplandeciente y de una extraña y hermosa luz que la envolvía por completo.

Ésta le confirmó e instruyó de forma muy clara:

–¡Ten confianza!– y después desapareció.

Cuando despertó, a la mañana siguiente, Aída, que estaba acostumbrada a ese tipo de experiencias oníricas, nocturnas e incluso diurnas, se sentía bien, radiante. Sabía que tenía que fiarse de su sueño y que debía tener fe.

Se arregló, bajo la mirada satisfecha de su progenitora, se marchó a la oficina en autobús, como de costumbre, y una vez que hubo llegado, subió al despacho de su jefe.

El señor Douglas estaba, como cada mañana, preparado para dictarle decenas de cartas. La recibió con una sonrisa y un "Good morning, Aída" encantador. Pero, antes de que el hombre comenzara su cotidiana labor, ella le interrumpió, de forma respetuosa.

Quería contarle lo acontecido el día anterior en el despacho de su padre, darle prioridad a ese asunto que a él también le atañía, muy a pesar de ella.

Douglas, un hombre de cultura internacional, que sabía bien a quién tenía como secretaria, comprendió enseguida los motivos del hijo del que había sido el dictador Trujillo. Así se lo dijo y añadió que, si alguna vez decidía volver a trabajar con él, la recibiría con los brazos abiertos. Alabó su buen hacer y su comportamiento intachable en la compañía.

Aída, no obstante, no pudo contener algunas lágrimas. Él la consoló diciéndole que la vida era así, que cambiaba continuamente.

El resto de los empleados de la oficina, incluyendo al Director General, que ni tan siquiera hablaba correctamente inglés, desconocían aquella historia. La mayoría de ellos, por aquel entonces, no sabían ni siquiera en donde estaba emplazada la República Dominicana.

Ese hecho, lejos de molestar a Aída, le agradaba porque a ella le gustaba pasar inadvertida. Prefería ser "una más del montón", aunque destacase por el conocimiento de distintos idiomas. La gente, en términos generales, no entendía el motivo de los continuos desplazamientos que la habían obligado a aprenderlos. Tampoco se interesaba en averiguarlos y ella procuraba no dar explicaciones.

España se encontraba en pleno apogeo del yugo franquista y, la gran mayoría, se conformaba con tener un trabajo y en poder, de vez en cuando, acudir a disfrutar un partido de fútbol o una corrida de toros. Lo de aprender idiomas era algo que no se consideraba demasiado útil puesto que España era "única, grande, libre", según pregonaba el dictador. Lo de viajar al extranjero tampoco tenía demasiada relevancia en la época, salvo para las personas de cierta cultura.

Así había acostumbrado Francisco Franco a los españoles, con el fin de mantenerlos bien disciplinados.

Aquello daba un respiro a la joven que quería ser como las demás: una secretaria que se ganaba su sueldo y que vivía con su madre.

Bastante sorprendente era ya, a la sazón, que sus progenitores estuviesen divorciados. ¿Divorciados? Le preguntaban en múltiples ocasiones, pero si el divorcio no existe…

Aquello era algo que, el español medio, no comprendía. Separados era una cosa; divorciados era otra muy distinta, ilegal, además.

El matrimonio, que no se podía celebrar únicamente por lo civil, sin pasar antes por la vicaría, era indisoluble. Así lo decía la Santa Madre Iglesia, el Papa de Roma y, por lo tanto, el Todopoderoso, el cura de la parroquia y, sobre todo, el mismísimo Franco, "Caudillo de España por la Gracia de Dios".

Lo único que existía, siempre mediando y valorándolo la Iglesia Católica, y con motivos de mucho peso, que la mayoría también desconocía, era la anulación eclesiástica del vínculo. Pero aquello, según se comentaba, estaba reservado únicamente a los ricos. Costaba muchos "duros" y muchos datos convincentes que aportar para que pudiese convertirse en una realidad. Quien se casaba era consciente de que lo hacía "hasta que la muerte lo separase de su cónyuge". Era un hecho que había que aceptar sin más.

Una vez que Aída empezó a ocupar el puesto que su padre le había ofrecido, la experiencia resultó ser muy satisfactoria para ambos. Tenían que verse todos los días, al ser él su nuevo jefe, cosa que la joven no recordaba que hubiese sucedido nunca en su vida.

Ella, que estaba acostumbrada a escribir velozmente a mano, utilizando el método Gregg de taquigrafía, sonrió recordando la forma extremadamente pausada en la que Ramfis le dictaba las cartas.

Esto, en un principio, la ponía bastante nerviosa pero, poco a poco, fue adaptándose a su manera de hacer las cosas.

Recordó también que, en el despacho de su padre, a vista de cualquiera que entrase, él conservaba enmarcada una fotografía de Kim Novak dedicada de forma amorosa. Poco le importaba la opinión de Lita al respecto.

También evocó una anécdota que, en aquel momento, ella no comprendió. En un periódico proveniente de la República Dominicana, que reposaba encima de una mesa, vio una caricatura de su progenitor. La ilustración lo representaba como a un demonio, con cuernos, rabo y enarbolando un tridente en una de sus manos. Debajo de la misma rezaba un título: "El diablo".

La vista de aquel dibujo la llenó de tristeza e indignación. Enseguida protestó, ante la mirada divertida de Ramfis, y le preguntó:

–¿Qué significa esto, papá? ¿Por qué te dibujan y te llaman así?

Ante la pregunta de su hija Ramfis se limitó a esbozar una sonrisa y contestó:

–Hija, recuerda siempre esto: Que hablen bien o que hablen mal… ¡Lo importante es que hablen!

Lo que entonces no podía imaginar Ramfis era que, poco tiempo después, fallecería y que, durante muchos años, seguirían hablando de él.

Aída se convirtió en la empleada que más temprano llegaba y más tarde se marchaba de la oficina. No quería que los demás pensasen que ella gozaba de ningún privilegio por ser la hija del dueño.

Abstraída, como estaba, en sus recuerdos, evocó que, aprovechando la invitación de su padre a su casa de Cascais, situada en la costa de Portugal, durante el que sería su último verano en este mundo, había decidido comunicarle su deseo de contraer matrimonio. Acababa de cumplir los diecisiete años aquel mismo mes y el miedo la corroía. Pero cuando tuvo la ocasión de encontrarse a solas con él, pudo desechar sus temores y obtuvo las fuerzas necesarias para expresárselo directamente, sin tapujos.

Ella, que se había estado preparando para un rechazo por parte de su padre, debido a su juventud, fue gratamente sorprendida. Ramfis consintió a su petición, sin más.

Es probable que él presintiese que las continuas depresiones de Tantana podían haber afectado a su hija. Tal vez aquella era una forma inconsciente de escapar de la tristeza, sin sentirse culpable, se dijo.

El caso es que no le puso ninguna traba y se limitó a decirle:

—Mira, hija, el matrimonio es una cosa muy seria, más de lo que a tu edad puedes imaginar. Además, aunque en España no existe el divorcio, por culpa de tu padrino, te aseguro que, si la cosa no funciona, como sea, yo te "descaso".

Aquella afirmación de su padre no agradó a la romántica Aída, que estaba convencida de que su unión iba a ser "para toda la vida". No se animó, empero, a contradecirle. Se limitó a cantar las alabanzas y las virtudes del que era su novio, Paco Muñoz.

Ramfis la dejó terminar su letanía y, una vez que lo hubo hecho, le soltó, de forma un tanto socarrona:

–Es posible que tengas razón, hija… y que lo de ustedes salga bien. Por lo que me cuentas del joven, él es como una especie de curita, y tú eres, a mi modo de ver, ¡como una monjita!

Aída, cuya felicidad no podía disimular, permaneció en silencio hasta que su padre retomó la conversación.

–Lo que sí te voy a decir es algo en lo que tú, como inocente que eres, no habrías ni pensado, si yo no viviera… El matrimonio se celebrará próximamente, cierto, ya que noto en ti cierta premura, pero se hará a mi manera…

–¿A qué te refieres, papá? –se atrevió a preguntar la joven.

–A que, antes de que te cases, ante notario, se va a redactar un documento de separación de bienes.

–¿Y eso qué es, papá? –volvió a preguntar ella, desconocedora total de aquellos asuntos legales.

–Mija, eso quiere decir, para que me entiendas bien, que lo tuyo es tuyo y lo de tu novio es suyo. Eso, en España, no es una costumbre frecuente. La gente suele contraer matrimonio en el régimen de "bienes gananciales". Lo que significa que el patrimonio de ambos pertenece, a partes iguales, a los dos. ¿Comprendes? Muchas personas, debido a ello, se casan por interés. ¡Y yo quiero evitar que a ti te ocurra lo mismo! –contestó él, mirando fijamente a los ojos de su hija.

–¡Pero, papá! –replicó Aída, un tanto ofendida–. ¡Paco no es así, él me quiere!

–¡No lo pongo en duda, hija, no lo pongo en duda en absoluto! ¿Quién no se iba a enamorar de una muchachita tan bella, tan buena y tan inocente como tú? Sin embargo, la vida da muchas vueltas. Sólo el tiempo sabrá decir lo que es verdad y lo que no lo es… Y, si tanto te quiere el tal Paco, no pondrá ningún impedimento a que se redacte el documento del que te he hablado. De modo que mi decisión es irrevocable. ¡Si no, no hay boda! ¿Entendido? –pronunció él al ver la carita de tonta decepción de su hija.

–Sí, papá, lo he entendido, creo… y pienso que él no se opondrá a ello, aunque, tratándose de un español, español, español, quizás no comprenda estas cosas –contestó ella en tono humilde y con cierto temor a que su novio o sus progenitores no accediesen a las exigencias de Ramfis.

–No te preocupes, hijita. ¡Yo mismo hablaré con el padre de Paco! Así a ti te resultará menos engorroso el enfrentarte a esos españoles, españoles, españoles, como dices. Por cierto, cómo se llama el Don?

–El nombre del papá de Paco es Ángel… Ángel Muñoz –contestó Aída.

–Bueno pues, cuando yo regrese a Madrid, a primeros de septiembre, debes facilitarme su número de teléfono. Yo mismo llamaré al señor Muñoz para concertar una entrevista con él. Mientras tanto, cuando te vayas, pasado mañana ¿no?, puedes ir diciéndole a tu Paco que les he dado mi consentimiento. Pero no debes mencionar lo del papel ese que tanto puede asustarle, como tú misma afirmas. ¡Deja eso en mis manos!

–Así lo haré, papá. Sí, Dios mediante, me voy pasado mañana pero quisiera disfrutar un poco contigo de tus vacaciones, aunque con ese collarín que llevas puesto…

–¡Eso no es nada, mija! El otro día, dando un paseo a caballo por la playa, y de noche, el pobre animal metió la pata, nunca mejor dicho, en un hoyo que alguien había cavado; perdió el equilibrio, se cayó y desplomó todo su peso sobre mi cuerpo. Me "desequilibró" también una cervical. Pero el médico me ha dicho que, en unos días, me repondré del todo. Mientras, podemos disfrutar de conversaciones, de escuchar música, leer… y puedes ir a la playa con tus hermanos. Además, como habrás visto, aquí hay una piscina rodeada de un jardín muy bonito. Sé que te gusta nadar.

–Claro, papá. Gracias por todo…

–¡Ah!, por cierto, hablando de música, quiero regalarte un álbum de mi gran amiga y gran artista Olga Guillot. Una cubana con auténtica "garra" cantando en el escenario. No vayas a creer que, aparte de amistad, hay o ha habido algo más entre nosotros. Sabes que te lo diría. Nunca te escondí la fotografía de Kim y hasta te he presentado a Irán Eory, ¿no? Espera un momento, voy a buscarlo.

Dicho esto, el hombre se levantó del sillón en donde estaba acomodado, entró en una habitación contigua y salió con un disco de 33 r.p.m., como se llamaba entonces a los vinilos que contenían varias canciones.

Se dirigió al tocadiscos y lo puso. Aquella fue la primera vez en que Aída escuchó la voz dulce-amarga y un tanto agresiva de la gran Olga Guillot, una artista cubana exiliada, como tantas otras. Quedó impresionada por la grandeza que, a través de un simple disco, emitía aquella mujer que aún Aída no había tenido el placer de conocer.

–Mija, quiero que también conozcas esta romántica canción, "Por amor", interpretada por Niní Caffaro, aunque creo que la compuso el maestro Solano… ¡Es hermosa! Quiero regalarte también ese disco. Aunque sé que eres incondicional de los Beatles, tienes que empezar a descubrir otra música.

—Papá, en eso mamá ha sido pródiga. No la menosprecies, por favor. Gracias a ella conozco muchas canciones de vuestro amado Carlos Gardel. Sé que a ambos os "requetechiflaban" sus tangos y su formar de "cartar", como dicen los argentinos. Además, ella me ha enseñado algunas arias de música clásica y de ópera. Siempre ha sido gran admiradora de Mario Lanza y de la soprano Anna Moffo. Por supuesto, hasta me habló de que el "Gran Caruso" llegó a estallar, con la vibración de su voz, algunos cristales mientras cantaba en una sala. ¡Y eso sin usar micrófono! He escuchado a cantantes italianos antiguos como Beniamino Gigli, Aurelio Fierro, cuyo "Tango del mare" me parece inigualable. Por supuesto, esto que te estoy diciendo, no puedo comentarlo entre los pocos amigos que tengo que ya me catalogan como a una joven-vieja…

—Sí, sí, mija, conozco la cultura musical de tu mamá… Es muy buena…

—Pero, aunque sé que le gustaba, ella prefería a Celia Cruz. ¡Quizás, con lo celosa que era, llegó a creer en las habladurías de la gente, je, je! —comentó Aída.

—Pues no creas, es muy posible… Tu mamá se ponía celosa hasta del palo de la escoba. Oye, esta canción llamada "Se me olvidó que te olvidé", de Olga… —pronunció Ramfis, mientras entregaba los discos a su hija.

Cuando Aída escuchó a la Guillot, quedó prendada para siempre de su voz. Y al oír "Por amor", se sintió enamorada del amor. En aquel momento no era de su novio, era del amor en sí.

Desde hacía un tiempo, Ramfis veraneaba en Portugal tras la "Ley Orgánica" que dictaminó Franco. A pesar de haberle dado asilo, por ser su compadre y por estar en deuda con Trujillo pues él le ayudó, al igual que hizo Perón, durante la posguerra española, aquel documento lo mantuvo en prisión domiciliaria durante un tiempo. Aída, que era su ahijada, no supo nada hasta después del fallecimiento de Ramfis. Su padre jamás se lo comentó.

Así, absorta en sus agradables recuerdos, pues no quiso pensar ni un solo instante en las barbaridades que él contaba, pasó la joven la noche. Después se colocó las manos en el vientre, como queriendo acariciar a su bebé nonato. De ese modo se fue quedando dormida.

Al día siguiente, cuando Aída arribó a la clínica, la estancia semejaba un quirófano. Era ya 23 de diciembre. A pesar de que ese hecho alarmó a sus hijos, como Ramfis parecía estar bastante animado, pronto olvidaron sus temores. Eran demasiado jóvenes y no querían, ni podían, imaginar que su padre perdería la vida tan sólo cinco días más tarde.

–¡Conmigo no pueden mis pulmones! –exclamó, débilmente, cuando les vio entrar–. Y estos benditos aparatos, aunque son muy feos, me van a ayudar a seguir vivo. ¡Así que no los miren tan mal! Además, de ese modo, no tienen que estarme bajando al bendito quirófano. Eso no me agrada en absoluto. Los médicos lo saben y, por ello, han decidido subirlos aquí. Lo he pedido yo mismo… –mintió.

Sin embargo Aída, intuitiva como siempre, sintió una punzada en el corazón. Si habían colocado todo aquello en la habitación de su padre, sería porque su salud había empeorado. Decidió, entonces, salir al pasillo para hablar, a solas, con Víctor Sued que estaba tirado en un incómodo sofá. El hombre tenía aspecto de gran agotamiento, unas hondas ojeras demarcaban sus ojos vidriosos y el nudo de la corbata le llegaba casi al ombligo.

A pesar de ello, la joven decidió interrogarle sin piedad y, por fin, pudo sonsacarle el episodio de la noche anterior. Entonces se confirmaron las sospechas de ella: su padre había empeorado.

Prometió, no obstante, no contar a sus hermanos lo que él, obligado por su obstinada terquedad, le había revelado.

—¿Para qué vas a decir nada a tus hermanos, mija? Al fin y al cabo tu papá ya salió de peligro… Eso es lo importante, ¿no?

A la hora del almuerzo, los muchachos decidieron bajar a comer alguna cosa en la cafetería de la clínica. Aída prefirió quedarse junto a su padre. Tenía un nudo en el estómago, no tenía apetito y sentía unas terribles náuseas. Aquellos deseos de vomitar, sin lograrlo, no la abandonaron mientras duró su primer embarazo. Sin embargo, en aquel momento concreto estaban motivados por su constante preocupación.

Al rato Ramfis volvió a dormirse, revolviéndose como podía en la cama, inquieto, aunque no pronunció palabra alguna. Entonces, la joven retornó a presenciar un desfile de almas que parecían querer advertirle de algo muy triste.

Pero no sintió miedo por ella sino porque, todo aquello, era un presagio, estaba segura. Su padre iba a morir, si Dios no lo impedía, pensó llorando silenciosamente. Se puso a rezar para que eso no ocurriese.

Trató distraerse recordando, de nuevo, los episodios agradables y amorosos que había vivido con él.

Era verdad que su progenitor jamás abandonó a ninguno de sus hijos. Pero ella no había tenido la suerte de compartir con él tanto como sus otros hermanos. Se había empeñado en estar siempre al lado de su madre, a la que consideraba más débil, más desamparada. Había rechazado el marcharse a colegios de Estados Unidos, Inglaterra, Alemania y de Suiza, por no dejarla sola.

Se levantó de la butaca en la que estaba sentada y se dirigió a la ventana cuya persiana dejaba entrar la luz del día. Fue cuando su mente volvió a las evocaciones del reciente pasado transcurrido junto a él.

Pero, lejos de entristecerse por ello, aquellos recuerdos hicieron que las náuseas que la acosaban cediesen.

A pesar del respeto filial, que rayaba el temor, que le tenía a Ramfis, en más de una ocasión se le había enfrentado. Con todo el poder que él tenía sobre su familia, no pudo con la "buenecita y obediente" Aída, si se trataba de algo que tuviese que ver con Tantana.

Desde el mes de septiembre anterior, tras haber obtenido, en agosto, la autorización de contraer matrimonio, Aída decidió, por primera vez, irse a vivir con su progenitor. Su madre se oponía rotundamente a su relación de pareja y, aunque ella no lo sabía, había llegado a escribirle a Ramfis. De esto la joven no tuvo idea hasta mucho más tarde.

Parecía que Tantana no recordaba su propia experiencia, cuando su padre, Pedro Adolfo Ricart, se había opuesto a sus amoríos con Ramfis.

En su misiva, su madre hablaba auténticas "pestes" de aquel joven de diecinueve años que no había dado, hasta el momento, motivos de queja. Tantana no soportaba la idea de que nada la apartase de su hija y Paco representaba una gran amenaza.

A pesar de ello, o quizás debido a ello, lo que consiguió Tantana fue que Ramfis diese su consentimiento para que Aída contrajese matrimonio con Paco, no sin antes averiguar su procedencia y a qué se dedicaba. Esto no lo llegó a saber, tampoco, ninguno de ellos hasta después de su fallecimiento.

Después, recordó la joven, una vez que Ramfis hubo regresado a Madrid, tras sus vacaciones estivales, ella no quiso volver a vivir a casa de su madre. Era la primera vez que actuaba así pero quería evitar el tener que enfrentarse y discutir con ella por motivo de su compromiso matrimonial.

En la habitación de la clínica, la enfermera de turno permanecía en su puesto, atenta a la inquietud del paciente, a los sueros y a los aparatos a los que estaba conectado. A él ya le habían desatado pues se habían percatado de que aquello le enervaba aún más.

A Aída, que parecía estar pendiente de lo que acaecía en la calle, a través de los cristales de la ventana, le vinieron, de nuevo, una amalgama de recuerdos. Algunos lograron hacerla sonreír.

Nunca se había sentido tan cercana a su padre como en el lapso anterior a su boda y cuando trabajaba para él.

Recordó también que guardaba, celosamente, una tarjetita que él le había dejado en su habitación de su casa, en París, cuando tenía ocho años, durante unas vacaciones navideñas.

Junto a ella, en un sobre, Ramfis le había dejado unos cuantos francos, que era entonces la moneda en curso, asegurando que había sido el "El Niño Jesús" quien lo había hecho.

Aunque estaba interna en el colegio Mont-Olivet de Lausanne, en Suiza, tanto ella como su hermana María solían pasar sus vacaciones en la casa de París, junto a su hermano Ramfis Rafael que, en la época también estaba estudiando en Suiza.

Ninguno vio a Lita, que era ya oficial compañera de Ramfis, en aquella casa situada junto al "Bois de Boulogne", en el boulevard Maurice Barrés. Nunca Ramfis les habló de ella, hasta después de fallecido Trujillo, y estando ya en el exilio.

Aída recordó muchas cosas, en aquellos críticos momentos, mientras Ramfis yacía en su lecho. El hombre parecía haber podido conciliar un sueño tranquilo, pero la hija no lo estaba en absoluto.

La joven volvió a acomodarse en el sillón cercano a su padre, sin hacer el menor ruido. Las piernas empezaban a pesarle. La enfermera parecía satisfecha con la evolución que estaba teniendo el paciente. Pero la hija, de forma súbita y sin entender el motivo, se estremeció recordando las palabras, rotundas, categóricas, sobre el asunto aquel de regresar a la República Dominicana: "¡No, a mí no van a matarme, hija!"

Se preguntó por qué estaría tan seguro de ello. ¿Sería que él mismo presentía que moriría antes? Intentó arrebatarse aquellas tristes ideas de la cabeza y recordar sólo los momentos alegres. Volvió, entonces, y de puntillas, para no hacer ruido, a acercarse a la ventana.

Se concentró en recordar la parte divertida de su padre. Hasta llegó a sonreír, evocando las tonterías que, a veces él decía para que ellos, sus hijos, se desternillasen de la risa. Una de ellas era una frase en la que, sin ningún pudor, desplazaba las tildes, consiguiendo que, aquel absurdo párrafo, sacado de a saber dónde, resultase cómico:

"En los tiempos de los apostóles, había muchos barbáros, que se subían a los arbóles, para comerse a los pajáros…"

Su padre, cuando se tornaba alegre y con ganas de bromear, era un campeón. Aunque muchas veces solía gastar bromitas pesadas que no tenían gracia alguna.

Aída le fue descubriendo, de forma grata e inusual porque, cuando aún vivía en la entonces Ciudad Trujillo, le veía poco. Se ausentaba con frecuencia de casa, algo de lo que Tantana siempre se quejaba, y ella, prefería la compañía de su abuelo, al igual que el resto de sus hermanos.

Pero aquel hombre que ella había conocido de niña, ahora no le parecía el mismo. De hecho, no recordaba el haber mantenido ninguna conversación contundente con él, hasta que empezaron a encontrarse a solas en Madrid. Sólo conseguía rememorar dos tipos de anécdotas amorosas, que acontecían, además, en ocasiones puntuales: cuando viajaban a Constanza y cuando se alojaban, durante unos días, en su casa de Boca Chica.

Cada vez que su madre anunciaba que iban a desplazarse a ese hermoso lugar montañoso, Constanza, Aída se ponía a temblar. El tortuoso camino, lleno de curvas, conseguía que la chiquilla se marease.

Lo único agradable resultaba ser que, entonces, Ramfis cambiaba su actitud severa por la de un padre cariñoso. La sacaba del automóvil, para que le diese el aire y vomitase, si así lo deseaba. A continuación, le impregnaba la frente con un alcohol que contenía mentol o alguna sustancia que se le asemejaba. Una vez que la niña empezaba a sentirse mejor, le ofrecía unas golosinas de menta que a ella le sabían a gloria; eran caramelitos de amor, según su progenitor le decía. Por ello, a pesar de no ser, en absoluto, de su agrado la perspectiva de aquel viaje terrestre, Aída sabía que iba a tener, por un momento y sólo para ella, a su papá.

Con el transcurso de los años, ya hecha una jovencita, se preguntó más de una vez si aquellos mareos serían, de forma inconsciente, una forma de llamar su atención.

La segunda anécdota, la de la casa de la playa, era mucho más divertida. Aída recordaba, o así lo quería, que sus padres estaban unidos cuando se encontraban allí.

En la capital no era lo normal. Ella apenas recordaba, pues casi nunca se producían, las típicas comidas familiares que acaecen en casi todos los hogares, salvo en casa de su abuelo.

Evocaba, de forma clara, ver partir a sus progenitores, desde "Boca Chica", en barco. Iban de pesca, mar adentro, felices, juntos, como a ella le gustaba verles. Y también cuando, al atardecer, regresaban con sus presas, alguna de ellas de tamaño considerable.

Le encantaba escuchar, durante la hora de la cena de la pareja, cómo recordaban sus hazañas marinas, si así se lo permitían a ellos, los hijos, que permanecían callados. Había una que era la preferida de Aída, a pesar de la frustración que había sufrido su madre. Después de haber estado, gran parte del día, intentando pescar un atún, tarea nada fácil, pues ellos luchan de manera enérgica para que no se les cace, cuando por fin pudo izarlo a bordo, se acercó un tiburón y arrancó al pez la totalidad de su cuerpo.

Aída, que era aún muy pequeña, no entendía el gran esfuerzo que su madre había estado realizando. Y lo de que sólo hubiese obtenido la cabeza del atún le producía risas.

Tantana tuvo que conformarse con la testa del pescado, como único trofeo que fue embalsamado y colocado en una pared. Muchos años después, cuando Aída regresó por primera vez del exilio a su tierra natal, tuvo la oportunidad de contemplar algunos de los ejemplares capturados por sus padres: una picúa o barracuda, una manta raya, aquella cabeza de atún. Eso le produjo una dulce nostalgia de una porción feliz de su infancia junto a sus progenitores.

Recordó también que, debajo de un almendro dominicano, que son diferentes a los españoles, cuando los chicos se bañaban junto a su padre en las transparentes aguas de la playa, "Boca Chica", antes de meterse en el mar, Ramfis jugaba con ellos. Recogía algunos de aquellos frutos, los machacaba con la ayuda de una piedra y decía: "Tin marín de do pingüé, cúcara mácara, títere fue...".

Al que le tocaba la almendra, podía introducirse en el agua, "en lo bajito", eso sí. El último en hacerlo era Ramfis que, entonces, se llevaba a los chiquillos más lejos, en donde el agua era más profunda.

La naturaleza parecía haber cambiado desde entonces pues ella recordaba aquella profundidad basándose en la estatura de su padre, que era un hombre alto para la época. También, la famosa "Matica" ya no era la misma. Ésta había sido, en su época, un diminuto cayo situado enfrente a la playa. Ella lo recordaba a la perfección.

Le explicaron, más tarde, que aquel cambio se había producido debido a algunos ciclones que habían azotado la costa. La "Matica" ya no era la misma cuando ella regresó a la República Dominicana.

Mientras evocaba esos entrañables recuerdos, Aída también recordó que fue allí, en "Boca Chica", en donde vivió sus primeras experiencias extrasensoriales. Pudo vislumbrar a ciertos personajes que se desvanecían de forma misteriosa. La primera vez, según recordaba, fue en una ocasión en la que la castigaron encerrándola en una habitación contigua a la suya. En medio del silencio nocturno, súbitamente penetró "algo" en la estancia.

Ese "algo" abrió la puerta, se dio una vuelta por el cuarto y, del mismo modo que había entrado, volvió a salir. A ella le pareció una especie de cajón con cuatro patas y le causó mucho miedo. Pero, al día siguiente, nadie le creyó y ella prefirió no insistir para evitar que la castigasen.

Aquella casa, la de "Boca Chica", le traía numerosos recuerdos, la mayoría de ellos, agradables. Además, fue allí, en la piscina del que después se convertiría en el Club Náutico, en donde su padre le enseñó a nadar. Ramfis tenía una peculiar y nada seductora forma de hacerlo.

Tiraba a sus hijos en la parte honda y después se lanzaba él para rescatarles. Los chicos tragaban algo de agua pero, la segunda vez, ya empezaban a nadar, de forma torpe, como es lógico. Mas, enseguida le perdían el miedo al líquido elemento, para gran regocijo de su padre.

Tantana, como madre al fin, prefería no presenciar aquellas especiales clases de natación y alguna vez reprochaba a su marido. Pero él hacía caso omiso a sus amonestaciones y la verdad era que su manera nada delicada funcionaba con mayor rapidez de lo esperado.

Por entonces, Aída ni hubiera soñado las cosas terroríficas que, con el transcurso del tiempo, descubriría sobre su padre. Su mente divagaba entre el pasado en su tierra natal y el vivido en Madrid junto a él.

–¿A que no sabes cuál ha sido la auténtica y más amada mujer de mi vida? –le preguntó, un día cualquiera, Ramfis a su hija, mientras daban un paseo por la finca que rodeaba su casa de "La Moraleja", un lugar precioso, casi mágico, poblado de encinas y pinos.

A Aída nunca le terminó de agradar aquella vivienda, a pesar de que el entorno sí la subyugaba. Le parecía demasiado triste, mal decorada, aunque poseyese algunos cuadros auténticos de pintores excepcionales, tales como Sorolla o Murillo. Ella era consciente de que su decoración había corrido a cargo de Lita. Y, del mismo modo, se había dado cuenta de que no compartía gustos con ella.

Todo resultaba, a su modo de ver, excesivamente frío e impersonal, a pesar de su suntuosidad. La única excepción era una sala de estar que tenía un sofá tapizado en una tela vellosa, muy confortable, que asemejaba una cama.

Allí, además, su padre había colocado el equipo de música. En aquel lugar fue donde le reveló, algo más de un par de meses antes de morir, su intención de regresar a la República Dominicana. Y en tal ocasión fue donde escuchó un merengue que pedía que él volviese para "arreglar las cosas". Misteriosamente, aquel disco, tras su fallecimiento, desapareció del mercado. Años más tarde, Aída intentó, sin éxito, encontrarlo en Internet.

El día en que él formuló aquella pregunta sobre "la mujer de su vida", mientras paseaban, la jovencita no supo qué responder. Ella, consciente de lo mujeriego que era su progenitor, se encogió de hombros y permaneció en silencio durante unos instantes, observando la reacción de su padre.

Ramfis no tardó en afirmar que Violeta había sido la mujer de su vida.

–¿Violeta? –inquirió ella sorprendida–. ¿Quién es esa Violeta, papá? Nunca había escuchado hablar de ella. Vamos, que su nombre no me suena en absoluto… No recuerdo haberte oído mencionarla antes y…

Él la interrumpió haciéndole, a modo de respuesta, otra pregunta.

–¿Pues quien había de ser, hija? Mi yegua querida, la única que me ha sido realmente fiel, aparte de tu mamá, claro, pero que, a diferencia de ella, nunca me reprochó nada… ¡Jajaja! Y, por si fuese poco, hasta me salvó la vida antes de ella morir.

La muchacha no pudo contener la risa y exclamó:

–¡Hay que ver cómo eres, papá! Conque Violeta, ¿eh? Será más bien "la yegua de tu vida", ¿no? Sí, la recuerdo muy bien, pastando y corriendo libre por aquí. Te obedecía como si fuese un perrito faldero. ¡Y eso que era una yegua de polo imponente! A mí hasta llegó a asustarme un día que me siguió corriendo hasta el coche porque tú se lo habías mandado. Sinceramente, esa "bromita" tuya me pareció de muy mal gusto. Ahora sé que tenías la situación completamente controlada, pero entonces... ¡Ay, papá!, ¿por qué te gustan tanto ese tipo de bromas pesadas? ¿Y qué es eso que me estás contando de que el animalito te salvó la vida?

Según Ramfis narró a su hija, durante un partido de polo, la yegua sufrió un infarto que le costó la vida. Pero como él, su dueño, iba montado sobre ella, haciendo uso de las escasas fuerzas que le quedaban, se fue retirando hacia un lado del campo hasta que lo depositó, sano y salvo en el suelo. Él pudo desmontarse y ella le lanzó una tierna mirada de despedida. Pocos segundos después murió, con cara de satisfacción, por haberle rescatado.

Según Ramfis explicó a Aída, aquella última mirada con la que, sin hablar, la yegua le transmitió todo su amor, le había marcado mucho.

—Por eso la enterré aquí en el jardín de mi casa, con su lápida incluida, hija, al igual que a mi perro Adonis, allá en "Haina Moza" pero, como habrás visto, sin estatua.... Fíjate que tu mamá tenía celos porque es verdad que era muy prepotente y hacía honores al nombre que le puse. Después Tantana cambió su actitud pues el animal te salvó de ahogarte en la piscina de la casa de tus abuelos. ¡Seguramente ya ni lo recuerdas pues eras muy pequeñita!

—¡Claro que lo recuerdo, papá! —contestó Aída—. Fue impresionante la manera en la que tu perro, agarrándome del cuello de la camisa, me sacó del agua. Lo tengo graba-do en la memoria como si hubiese ocurrido ayer. Mi tío Radhamés quedó paralizado ante el hecho… ¡Claro, era todavía muy niño!

–Hija, te pido que no me hables de tu tío. Han ocu-rrido cosas entre nosotros que preferiría no mencionar y…

–Descuida, papá, y perdona si el haber nombrado a tu hermano te he molestado. No era esa mi intención.

Padre e hija siguieron paseando y guardaron silencio durante unos instantes.

Aída se preguntaba, sin entender, qué mal habría po-dido hacer su tío. Pero era evidente que Ramfis se sentía apesadumbrado al evocarlo. Su cara tenía un gesto de dis-gusto y de cierta tristeza. Sin embargo, prefirió no pregun-tar y cambió de tema, alabando la belleza de los árboles, plantas y flores que había en el camino que conducía a la casa principal.

–Estoy cada vez más convencido de que, en general, los animales son mucho mejores que nosotros, los seres humanos… –continuó Ramfis.

–Yo también lo creo así, papá.

–Ya conoces la célebre frase de Diógenes de Sínope, apodado "Cínico": "Cuanto más conozco a los hombres más quiero a mi perro" – continuó.

–Sí, la conozco, papá… Pero, ¿no te parece un poco exagerada? También existen personas buenas, ¿no crees? –contestó la joven, a modo de pregunta.

–¡Claro, claro! –afirmó él–. Pero tú eres todavía una niña sin maldad en tu corazón. ¡Algún día, por desgracia, te darás cuenta de lo que aquel insólito personaje quiso decir!

Un quejido de dolor de su padre sacó a Aída de sus remembranzas y la regresó a aquel triste presente. La muchacha se acercó a su lecho y él abrió los ojos. El hombre parecía tener fiebre pues su mirada era vidriosa y estaba sudando abundantemente. La enfermera ya estaba atendiéndole.

Ramfis estaba bastante alterado e intentaba, infructuosamente, incorporarse en la cama. La sanitaria trató de tranquilizarle, le tomó la temperatura e inyectó una sustancia en uno de los sueros.

Él comenzó a delirar de nuevo y a pronunciar frases que a Aída le parecieron no tener sentido.

¡Sí, sí! Lo recuerdo perfectamente… ¡Fue el 18 de noviembre cuando me trajeron a la Hacienda María a esos hijos de puta! –gritó con los ojos desorbitados y llenos de odio. Allí maté a seis de los asesinos de papá, sí, pero no fui yo solo, como han querido decir muchos de los que se consideraban "mis amigos". Me trajeron nada más y nada menos, por órdenes Américo Dante Minervino, que a Huáscar Tejeda, Pedro Livio Cedeño, Roberto Pastoriza, Tunty Cáceres, Salvador Estrella Sahdalá y Modesto Díaz, desde la "Penitenciaría Nacional de la Victoria", culpándolos del crimen. ¿Qué otra opción tenía? Mi obligación era esa: ¡matarlos! Claro que, sabiendo a lo que tenía que enfrentarme, me emborraché, pero bien… Me los pusieron muy cerca, de modo que era difícil errar los tiros. ¡Eran unos traidores! ¡No podía fallarle a papá de nuevo! ¡Tenía que vengar su muerte, carajo!

A continuación, Ramfis empezó a sollozar como un chiquillo y, por más que la enfermera y Aída trataron de calmarle, no lo consiguieron. Estaba muy trastornado, como transportado a otro planeta, a otro tiempo que quizás no había existido nunca. Eso quería pensar la hija, y la sanitaria no entendía todo aquel pesar y resquemor.

Pero eso sí, a mí que no me vengan ahora con vainas. Es verdad que ellos también estaban bien tragueados, pero conmigo se encontraban, participando en la matanza, Pechito, Gilberto Sánchez Rubirosa, el General Tunty Sánchez, Federico Cabral Noboa, el Coronel Juan Disla y José Alfonso. Ahora parece que fui yo el único pero que vengan y me lo digan a la cara, ¡coño! Después dijeron que yo había trazado solito el plan de la ejecución junto al Mayor Bernardino, pero no… ¡no fui yo solo, no! Aunque eso no me exculpa. ¡Soy un asesino! Tenía que haberme ido sin hacer más que pactar con Balaguer y no haber perseguido a nadie, pero me sentía tan culpable con respecto a papá…

Al ver que Ramfis había vuelto a alterarse, la enfermera sintió temor y llamó de nuevo a los asistentes para que la ayudasen a sujetar en su cama a aquel hombre que parecía haber perdido la razón.

Éstos volvieron a atarle mediante sendas vendas, semielásticas pero fuertes, fabricadas para ese fin. Ramfis seguía removiéndose y les lanzaba toda clase de improperios, porque parecía confundirles con otras personas. Y continuó monologando.

¡Huascar Tejeda, Pedro Livio Cedeño, Roberto Pastoriza, Tunty Cáceres, Salvador Estrella Sahdalá, Modesto Díaz, Juan Tomás Díaz, Antonio de la Maza! ¡Traidores de mierda! ¿A que ahora no hay cojones, eh? Para atacar a dos hombres solos, sin carro blindado, sin escolta, sí los había, ¿verdad? Pero ahora soy yo el que manda, ¡carajo! ¡Y les puedo asegurar que no se van a divertir mucho, no! ¡En cambio yo, que además tengo un buen "jumo", lo voy a pasar en grande! ¡Jajajajaja!

Aída estaba alucinada y seguía sin entender nada. No sabía de quiénes estaba hablando su padre ni por qué pronunciaba aquellas espantosas palabras.

Cuando se reuniese con Tantana, su madre, le preguntaría. Era posible que ella pudiese aclararle algo. Pero, por el momento, lo único que deseaba era que Ramfis se calmase.

Se dirigió a la enfermera y le pidió que llamase al médico de guardia. Su padre estaba muy mal, le dijo, con lágrimas que le salían a borbotones.

La mujer asintió, con un gesto, y se dispuso a llamarle mediante el teléfono interno de la clínica. Ella le había suministrado unos calmantes muy fuertes y estaba asustada. No quería arriesgarse a inyectar al enfermo algún medicamento más potente sin orden expresa del facultativo.

Ramfis continuó hablando y hablando y su voz parecía la de alguien que ha ingerido mucho alcohol. Aída estaba realmente atemorizada. Le parecía como si aquel hombre no hubiese sido su padre.

Como en el colegio español la habían amedrentado tantas veces, desde que contaba con tan sólo siete años de edad con la espantosa representación del mal, el demonio, tenía la impresión de que éste había sido poseído por él.

Ramfis hablaba de supuestas vivencias y de personas pasando del arrepentimiento al odio. Eso no podía ser normal, se decía la joven en silencio. Y aquellos cambios en el tono de su voz tampoco podían serlo.

Volvió a percibir la extraña presencia que nadie, con la única excepción de ella misma, parecía ver ni sentir en la habitación.

El niño que llevaba en su vientre, ante la inmensa descarga de adrenalina de su cuerpo, empezó a agitarse de forma insólita. Aída cayó, literalmente, en la butaca que se encontraba cerca de la cama de su padre, agotada, sin fuerzas, llorando.

La enfermera le tomó el pulso y se preocupó también por ella, una pobre jovencita embarazada que acudía cada día a la clínica para acompañar a su progenitor. Mientras, llegó, para gran alivio de ambas, el médico de guardia. Él también quedó sorprendido al escuchar las barbaridades que su paciente no decía sino que chillaba fuera de sus cabales.

No, no fui yo solo el que mató a esos pendejos, a esas malas personas. Es verdad que eso era lo que yo hubiese querido… Pero, ¡ah! Ahora hasta mis propios amigos niegan que ellos colaboraron activamente conmigo… ¡Eso me cae muy mal! ¡Mucho peor de lo que ellos creen! Ahora sé que algunos son unos lambones pero, al igual que a papá, no me interesa deshacerme de ellos. Nadie puede comprender lo que yo sentía en aquellos momentos. ¡Nadie, excepto ellos mismos que además secundaban mis acciones!

–Papá, por favor, ¡cálmate! –consiguió exclamar la hija que yacía en aquel sillón y no lograba levantarse aunque ese hubiese sido su deseo.

De poco sirvió aquella frase, pronunciada con una voz muy pequeñita. El médico le había dado unas gotitas de Efortil y un vaso de agua con azúcar pero la detuvo cuando vio que ella intentaba incorporarse.

–¡Niña! –la amonestó de forma autoritaria–. ¡Estás en estado y, en estos momentos, tienes la tensión por los suelos! Déjanos trabajar con tu padre, si quieres que se reponga. No nos obligues a tener que ocuparnos también de ti.

La enfermera mandó a llamar a Luis Morcuende, a quien Aída quería y tenía gran confianza. Sabía que aquel hombre era muy buen amigo de la familia.

Él acudió lo antes que pudo y, tras echar un vistazo a Ramfis, se ocupó de la muchacha, instándola a que, cuando se le regulase la presión arterial, se marchase a descansar. Pero le advirtió que tendría que coger un taxi y no su coche si no quería correr riesgos innecesarios. Pero Aída se negó a abandonar la clínica hasta que comprobase que su padre se había tranquilizado. Se quedó sentada en la butaca, rezando y llorando.

Morcuende también se preocupó por el estado de negativa euforia en el que había encontrado a Ramfis. El médico, no obstante, le tranquilizó y le pidió que volviese a sus quehaceres, que no eran pocos, en el laboratorio. Él se haría cargo de su paciente e intentaría convencer a esa muchachita testaruda para que se marchase.

El hombre accedió de mala gana pero no tuvo más remedio que acatar sus órdenes. Se despidió de Aída, dándole un beso y aconsejándole, de nuevo, que se marchase.

—Si quieres y te sientes lo suficientemente fuerte para ello, antes de irte, cosa que debes hacer, pásate por el laboratorio… ¡No te voy a hacer análisis, no te preocupes! Solo quiero darte un beso. Sabes cuánto os quiero.

Pero ella, terca de nacimiento, no le hizo caso. Bajó a la cafetería de la clínica a tomar una Coca-Cola y, en cuánto recobró las fuerzas, regresó a la habitación. Su padre parecía haberse calmado un poco pero seguía hablando, aunque ahora lo hacía lamentándose.

¡Tanto daño, tanta muerte provocada por mí, coño! Y he tenido que esperar a que mataran a papá para demostrarle cuánto le quería, a pesar de todo…

Aída se acercó al lecho donde Ramfis yacía y la enfermera le dijo que, por fin, los calmantes habían logrado tranquilizarle levemente. Aunque, por lo que ella misma podía comprobar, su padre seguía delirando y parecía sufrir mucho.

Ella quiso decirle algo para consolarle pero la sanitaria se lo impidió. Era mejor que desahogase tranquila, aunque tristemente, algo que le producía un gran pesar. O, al menos, eso parecía porque ella tampoco entendía a lo que el paciente se refería en sus lamentaciones.

Mi casa de París… ¡Desearía estar allá! No quiero seguir aquí en este país de malagradecidos… –pronunció débilmente Ramfis mientras volvía a caer en un profundo sueño.

La enfermera se acercó al sillón en donde Aída había vuelto a sentarse.

–Hija, tu padre está tranquilo ahora y tú estás embarazada… Si no lo haces por ti, hazlo por tu bebé. Vete a casa y descansa un rato… Mira, chiquilla, yo no estoy autorizada a hacer lo que voy a decirte, y te pido que no lo comentes con nadie porque me estoy jugando mi puesto de trabajo, pero te prometo que, cuando él se despierte, te llamo por teléfono, si me das el número, claro, y te aviso.

–¡Pues claro que te lo voy a dar! ¿Cómo te llamas? ¡Eres encantadora!

–Mi nombre es Inmaculada, pero los amigos me llaman cariñosamente Inmacu. Solo soy humana, hija… Perdí a mi padre cuando apenas era una niña y comprendo que estés preocupada. Sin embargo, a pesar de que sé que eso es mucho pedir, tienes que intentar tranquilizarte y reposar todo lo que puedas… ¡por tu niño! ¿Te llamas

Aída, verdad? Es que, alguna vez, he escuchado a tu padre llamarte así.

–Sí… ese es mi nombre, Inmacu… Te apunto mi número de teléfono ahora mismo. ¡Muchas gracias y no dejes de avisarme que yo llegaré en quince minutos, como mucho!

–Así lo haré, bonita… ¡cuídate! Veo que eres una buena hija pero recuerda que también tienes que pensar en ser una buena madre, desde ya mismo.

Aída cogió su bolso y se dirigió a la puerta no sin antes echar un vistazo a Ramfis que, aquella vez, parecía haber conciliado un sueño sosegado.

Cuando hubo arribado a su habitación, se derrumbó en la cama. Estaba realmente agotada, tanto física como emocionalmente. Cogió el teléfono que estaba en su mesilla de noche y marcó el número de su ginecólogo. Contó al médico por el trance que estaba pasando y éste la escuchó con paciencia y cariño. Después le indicó que era conveniente que tomase al menos cuatro tazas diarias de infusión de tila.

No quería mandarle químicos, de momento, pero si era necesario lo haría, aunque fuesen muy suaves. Ella se negó pero él le explicó que, el estar en tensión de forma continua produciría en el feto daños peores que un tranquilizante. Añadió que, además, como ella no estaba acostumbrada, era posible que con unas grageas de valeriana conseguiría el mismo efecto que con productos más fuertes.

También le recomendó que era bueno que, cuando pudiese, fuese a visitarle para que él la revisara y que le pidiese al amigo de su padre que le hiciese una analítica. Lo lógico sería que, con tantos disgustos y tanto trajín, los minerales le hubiesen bajado. Ella asintió. Por nada del mundo quería que su bebé nonato se viese afectado por su estado anímico.

Después de colgar el auricular, se acomodó y consiguió dormir un par de horas. Después pidió una sopa, que era lo que le apetecía y tras haberla tomado se puso un chándal limpio y se dirigió nuevamente a la clínica.

Inmacu, la enfermera, había cumplido su palabra. Cuando llegó, aunque Ramfis seguía monologando, estaba tranquilo. La sanitaria le hizo un gesto de triunfo utilizando su dedo pulgar. Ella le dio un abrazo y las gracias.

La gente va pregonando que dizque no soy hijo de mi padre porque, aunque tengo el pelo negro, soy muy blanco de tez… ¡Pero si en eso soy igualito a mi madre! –decía el doliente, pero sin alterarse–. Y, además, parecen no haberse fijado en cómo son mis hermanos Angelita y Rhadamés, que tienen, como yo, la piel blanca, y ellos, el cabello de color castaño claro. Para colmo, dicen que soy hijo de un novio cubano que tuvo mamá antes de comprometerse con papá, un tal Rafael Dominici… ¡Qué risa me produce esa absurda afirmación! ¡Cubano! ¡Si por lo menos ese novio hubiese sido inglés, francés o americano! Pero, ¿por qué motivo el hijo de un cubano tendría que tener la tez más clara que el de un dominicano? Además, ¿no se han dado cuenta del parecido que algunos de mis hijos tienen con su abuelo Trujillo? ¿O es que acaso Tantana ha sido amante de mi papá? ¡Comemierdas! ¡Chismosos de mierda! ¡Panda de envidiosos que ya no saben qué inventar para desacreditarnos!

Aída se sentó cerca de su progenitor. Se sentía más tranquila porque, aunque él seguía hablando, no parecía estar demasiado alterado, aunque sí indignado.

La enfermera le informó que, durante su ausencia, había estado durmiendo y que, cuando despertaba, hablaba así, de forma sosegada. Por eso no había considerado necesario el llamarla. Como le había recomendado, ella, en su estado, necesitaba descansar. La joven volvió a darle las gracias.

Entonces recordó lo que su médico le había encomendado y bajó a la cafetería a tomarse una infusión de tila.

Aquella decisión fue acertada porque, cuando volvió a la habitación, la situación de calma anterior había dado un giro total. Ramfis se agitaba y vociferaba y la enfermera ya había llamado a unos compañeros para evitar que se levantase de la cama. Tenían que atarle y desatarle continuamente. Tuvieron que volver a amarrarle porque se había arrancado los sueros y se había desprendido de algún que otro aparato.

Aída sintió que, la criatura que guardaba en sus entrañas, se agitaba al igual que ella. Empezó a llorar e Inmacu se tuvo que volver a hacer cargo de ella.

—No tengo potestad para prohibirte que vengas a visitar a tu padre –le dijo–. Pero sí la tengo para comentar esto con los médicos. Tienes que reponerte, chiquilla, y asumir que él está en un estado muy especial. Entre el trauma que sufrió en el accidente, los dolores, la medicación, que es muy fuerte, y quizás recuerdos suyos que tú desconoces, es normal que se ponga así. Si no eres consciente de ello, si por tu edad no tienes la capacidad de comprenderlo, será mejor que dilates tus venidas a la clínica.

—¡No, no! –exclamó Aída–. Sería incapaz de no seguir viniendo asiduamente. Creo que me haría aún más daño…

—¿No tienes madre? –preguntó la sanitaria.

—Gracias a Dios, sí –contestó Aída–. Aunque ellos están divorciados y…

—¿Y? –inquirió Inmacu–. ¿Acaso no te llevas bien con ella?

—¿Con mi mami querida? ¡Me llevo fenomenal! ¡La adoro!

—Pues mi consejo es que, ahora mismo, la llames por teléfono y quedes, a la hora que te parezca bien, con ella. Cenáis juntas, habláis, te desahogas y, si es posible, hasta duermes con ella…

—Pero… ¡es que estoy casada! –protestó la joven.

—¿Y qué más da? Si tu marido te quiere lo comprenderá e irá a quedarse en casa de algún familiar o de algún amigo. Y, de no ser así, pues que le den "pol culo", y perdona la expresión. Al fin y al cabo sabemos que todos los hombres son iguales. ¡Menudos desgraciados! Mira, nena –prosiguió–, no soy una cotilla, ni mucho menos pero te voy a hacer una pregunta que, si no quieres, no estás obligada a contestar.

–Dime, dime, Inmacu…

–¿A que fue tu padre el que abandonó a tu madre?

Aída recordó, en décimas de segundo, todas las noches en vela que pasaba su progenitora recordándole y hablando de él. Evocó las veces en que la vio deprimida, doliente, yaciendo en una cama sólo porque él la había dejado por Lita, esa "starlette", como solía llamarla.

Ella era la madre de sus seis primeros hijos y le aguantaba todo. Hasta su suegro la apoyaba y se sentía orgulloso de que su hijo estuviese casado con una Ricart, una mujer decente, repetía sin cesar.

Recordó, asimismo, a todos los buenos partidos que había rechazado por si a Ramfis le daba por volver con ella. Hasta al propio Aristóteles Onassis había despedido ella, educadamente, mientras veraneaban, en cierta ocasión, en Montecarlo.

Aunque, por entonces, Aída no tenía ni idea de quién era ese señor, sí recordaba el episodio. Durante unas vacaciones que, como es obvio, su padre había costeado, el armador había vislumbrado a esa belleza de mujer que era Tantana. Enseguida se informó de dónde provenía y supo, además, que estaba divorciada y en qué hotel se alojaba: el "Hermitage".

Ni corto ni perezoso, Onassis se encargó de comprar una pulsera de brillantes que, enseguida, le envió con una tarjeta en la que la invitaba a cenar, de forma muy respetuosa, como era su estilo.

Cuando llamaron desde la recepción del teléfono interno del hotel, Tantana cogió el auricular y asintió. Sin embargo no hizo ningún comentario y Aída se moría de curiosidad por saber de qué trataba aquella inesperada llamada.

Un par de minutos después, tocaron a la puerta de la habitación y su madre le pidió que abriese, dándose cierto aire de femenina importancia. El señor que había llegado tenía aspecto elegante y, de forma más que correcta, preguntó si podía entrar pues tenía que entregar un paquete a Doña Octavia Ricart.

Antes de que la niña pudiese formular la pregunta, Tantana contestó con un perezoso "Sí, dile que pase, mija".

El hombre le comentó que le habían encargado que permaneciese allí, si a la señora no le importaba, porque su jefe le había pedido que esperase su respuesta. Añadió, no obstante, que lo haría en la entrada de la "suite", para no molestar.

La curiosidad iba creciendo a pasos agigantados en el interior de Aída. Sus hermanos Claudia y Rafael, menores que ella, estaban entretenidos jugando. Ella tenía ya doce años y empezaba a interesarse por el mundo de los adultos.

Aunque no tenía idea del valor que tenía la pulsera que su madre sacó de un estuche de terciopelo negro, quedó maravillada por su belleza.

Tantana la dejó encima de una mesa redonda, enfrente de la cual estaba sentada. Abrió el sobre que contenía la tarjeta y su rostro reflejó un disgusto que Aída no comprendió. A continuación se levantó y se dirigió al mueble en donde se guardaban los folios, sobres y tarjetas pertenecientes al hotel.

Cogió una de aquellas tarjetas, se volvió a sentar y se dispuso a escribir. Una vez hubo terminado, introdujo la pulsera en su elegante estuche y dijo, lánguidamente y para sí misma: "Voy a devolver esto a su propietario…"

Tantana parecía no percatarse de que su hija la observaba atentamente. La chiquilla, que no entendía nada de lo que estaba ocurriendo, no pudo contenerse y exclamó:

–Pero, mamá… ¡Si es preciosa! ¡Si a ti no te gusta, dámela a mí!

Fue en aquel momento en el que Tantana tomó conciencia de su presencia y, respondiendo a su inocente reclamación, contestó:

–No puedo, hijita… El hombre que me la ha mandado quiere invitarme a cenar.

Aída, que debido a su edad seguía sin comprender la situación, se limitó a preguntar:

–¿Y qué hay de malo en eso, mami? ¿Por qué no sales y te diviertes un poco? Yo cuidaré de mis hermanos, no te preocupes.

Tantana pareció ignorar lo que la niña le había dicho, se levantó de su asiento, se dirigió al pequeño hall en donde el enviado esperaba, discretamente, y le entregó el estuche y la tarjeta.

Con gran educación, deferencia y cortesía le dijo:

–Haga el favor de entregar esto, de parte mía, al señor Onassis.

El hombre, amable y respetuoso, asintió con la cabeza, e inclinándose le dio un beso, de esos que se dan sin rozar los labios, en la mano a Tantana.

Ella le abrió la puerta, esperó hasta que el ascensor llegase, algo que a él pareció incomodarle, y después cerró la puerta de la habitación.

Aída, que seguía sin comprender la situación, se armó de valor y preguntó a su progenitora:

—Mami, ¿por qué has devuelto esa pulsera tan bonita a un caballero que, encima, te ha invitado a cenar? ¿Tan mal te cae?

Tantana sonrió y acercó, hacia ella, a su hija. Le dio un beso y un abrazo y le contestó:

—Mi amor, hay cosas que todavía no puedes entender… Eres una niña.

—¡Pues explicármelas, mamá! —exigió ella, sintiendo cierto temor a ser reprendida y un poco de indignación porque pensaba que ya no era tan niña.

Pero su madre no se enfadó. Sonrió y le explicó que "aquel caballero" era un hombre encantador, al que había conocido en el casino unos días antes. Le dijo que era muy, muy rico y célebre mundialmente. No es que fuese un buen partido, es que era el mejor que una mujer podría desear.

—Pero tú sigues queriendo a papá… —se atrevió a pronunciar Aída—. ¡Me encantaría que te olvidases ya de él, mami! ¡Me sentiría feliz sabiendo que tú lo eres! Me…

Tantana la interrumpió y dio un gran suspiro.

—Mami —Ella siempre conservó su forma de hablar dominicana—, es cierto… Sigo queriendo a tu papá y creo que le querré hasta la muerte. No tengo ganas —prosiguió— de entablar ninguna relación con otro hombre, aunque él fuese como fuese.

–¿Era muy malo contigo? –preguntó la chiquilla arrepintiéndose después por haber formulado aquella pregunta.

Su madre no le respondió enseguida pero, al rato le dijo:

–¡Mira, muchachita del carajo, no seas fresca!

Encendió un cigarrillo Salem, que era los que ella fumaba por entonces, alternándolos con Kent cuando no le apetecían los mentolados. Se volvió a sentar e intentó explicar la situación a su hija, a la que veía que iba creciendo, de la mejor manera que pudo.

–Aidita, te voy a dar un consejo que, si quieres, podrás aplicar en tu vida.

–¿De qué se trata, mami?

–Nunca, nunca, a menos que él te guste, aceptes un regalo de un hombre… ¡Ni siquiera un cigarrillo! –dijo apuntando al que se estaba fumando–. ¡Porque él, después, va a venir a reclamarte las cenizas!

Así quedó zanjada aquella conversación entre madre e hija.

Hasta pasados unos cuantos años, Aída, que lo único que lamentaba era que su madre no se decidiese a rehacer su vida con otro hombre, no supo quién era el tal Onassis. Al fin y al cabo, su padre sí lo había hecho. ¿Por qué su mamá no podía hacer lo mismo y sentirse feliz? Pero, en aquel momento, no se atrevió a hacerle más preguntas.

Cuando se enteró, ya siendo una joven, reprendió no pocas veces a su progenitora. Ella le decía que no estaba equivocada, pues aparte de considerar a Aristóteles Onassis todo un señor culto y educado, sabía que era el dueño de una de las fortunas más grandes del mundo. Además era griego, con lo cual, la idiosincrasia de su país era más parecida a la del suyo.

No obstante, siempre que su hija abordaba el tema, ella le contestaba que "el amor tiene razones que la razón no entiende". Y suspiraba recordando a su perdido y único gran amor. Entonces Aída callaba aunque le producía tristeza que su madre se hubiese hundido de aquella manera, siendo, como era, tan bella y especial.

De pronto, un doloroso quejido de Ramfis la sacó de sus evocaciones y la regresó al presente. Éste se removía en la cama, intentando, sin éxito, incorporarse. Con los ojos abiertos de par en par, su padre parecía dirigirse a alguien y volvió a levantar la voz.

> Mira, Angelita, nunca he querido decirte lo que pienso de ti porque te quiero mucho… –dijo– Pero, a pesar de mi gran amor fraternal, que siempre impidió el sincerarme contigo porque cada vez que lo intentaba estallaba la tempestad de tu ira, creo que ha llegado el momento de hacerlo.

Aída se acercó a su progenitor e intentó tranquilizarle asegurándole que su hermana no se encontraba en la habitación.

Mas, como de costumbre, Ramfis, en su delirio, hizo caso omiso de sus palabras y continuó hablando, en un tono aún más elevado.

> Nunca, tampoco, ha sido el temor a esa ira a la que me refiero lo que me lo ha impedido. ¡Ni

hablar! No olvides que soy tu hermano mayor… Pero me daba cuenta de que, cuando eso ocurre, porque sigue ocurriendo, no escuchas, es inútil, es una pérdida de tiempo… Cuando te empecinas en algo, cuando quieres conseguir lo que se te antoja, sin medir las consecuencias, el intentar razonar contigo es como querer hacer germinar una semilla en pleno desierto. Pero ahora, que sé que voy a morir, no tengo más remedio que hacerlo. Creo que es una obligación el intentar que, antes de que te toque el turno a ti, tomes conciencia de tu maldad caprichosa y desenfrenada.

La enfermera, al ver el estado al que había retornado su paciente, inyectó otro tranquilizante en una de las botellas de suero a las que estaba conectado.

También se le acercó, le acarició la cabeza y le dijo:

–Ramfis, tienes que tranquilizarte. Tienes que cooperar con nosotros si no, no podremos ayudarte.

Pero él no la escuchó y siguió reclamando a su hermana cosas que Aída seguía sin comprender.

Sí, sí, ya sé que, cuando mataron a papá, tuviste que salir del país. No tuviste más remedio que abandonar tu "falsa corona". Y digo falsa porque… ¿qué diablos hiciste para ganarte ese galardón? Sólo el ser hija de quien eras y que, al contrario que a mí, te celebraba todo. No, Ita, no te ampares diciéndome que estoy celoso por lo de papá… ¡Te estoy hablando claro, simplemente! Y, si lo hago es porque, como te he dicho infinidad de veces, te quiero mucho… De no ser así ¿qué sentido tendría que te dijese estas cosas? –prosiguió–. Y comprendo muy bien tu desazón, tu malestar al haber perdido tu situación… ¡Eras muy jovencita!

Aída retornó a uno de sus múltiples e inútiles intentos por calmar a su padre diciéndole:

–Papá, tía Angelita no está aquí… Está en Estados Unidos junto a mi hermana María. No agotes tus fuerzas hablando con alguien ausente.

Pero Ramfis no la escuchaba y continuó.

Además, tuviste que cargar con el pendejo de tu marido, a quien ya no querías. Y, eso sí, con tus tres hijos… Pero, cuando te enteraste de lo de Jean Awad, empezaste a odiarle de forma precipitosa. ¡Te conozco muy bien! Supe, desde entonces, que a Pechito le quedaba poco tiempo a tu lado, aunque hubiese aguantado "carros y carretas", como se dice aquí, para que no lo echaras de tu vida… Pero en eso se equivocó ¡y mucho!

La joven decidió llamar por teléfono a su madre para que, si Ramfis no empeoraba, se vieran por la noche. Todo aquello la tenía estresada y nerviosa, además de muy cansada. Tenía ganas de verla y compartir con ella. Pero tampoco, le explicó, quería marcharse mientras le viese en el estado en el que estaba.

Tantana, aunque compungida también, le dijo que en algún momento tendría que abandonar la clínica, que no podía permanecer allí toda la noche y menos en su estado de gravidez. Debía evitar perder a su bebé y el permanecer allí tantas horas podía hacerle mucho daño, tanto a ella como a él.

Añadió que, aunque fuese tarde, estaría esperando su llamada para que se reuniesen. Lo más importante era que ella pudiese desahogar su pesar con su mami, que tanto la quería, aunque a Paco le molestase. Nunca le quiso, aunque omitió su sentimiento, y seguía sin quererle. Pero, la verdad sea dicha, el muchacho no se opuso en absoluto.

–Y no te preocupes, mija, aunque yo no tengo coche, y tú sí, cogeré un taxi. Tú, lo que tienes que hacer es irte lo antes posible, darte un buen baño, ponerte una bata y esperarme. Después decidiremos entre las dos si nos quedamos en tu habitación o salimos a tomar algo… Según cómo te sientas, mi amor.

La jovencita se sintió aliviada y apoyada por las palabras amorosas de su madre. Le prometió que más tarde la volvería a llamar, ocurriese lo que ocurriese.

Ramfis seguía alterado, hablando en voz alta y dirigiéndose a su hermana Angelita. Aída no comprendía sus motivos porque, hasta donde ella sabía, su padre quería mucho a su hermana. Se preguntaba el motivo por el cual ahora, en uno de sus numerosos delirios, él expresaba tanta agresividad hacia ella.

Pero la joven no podía más, no era el momento de analizar las cosas sino de aceptarlas y pedir a Dios que le diese sosiego a su progenitor.

Ita —así la llamaban a veces cariñosamente—, no sabes cuánto me alegraría que te arrepintieses del mal que has hecho en tu corta vida. Mucho más corta que la mía, ¡carajo! ¿Por qué papá te añoñó tanto hasta el punto de dejarte realizar injusticias y barbaridades? A mí, al fin y al cabo, siempre estuvo reprochándome que no era el hijo que él esperaba y que no merecía sucederle. ¿Pero y a ti? ¿Eso es lo que él esperaba de ti?

A Ramfis el rostro se le descompuso en un gesto de amargura. Algunas lágrimas resbalaron por sus mejillas. La hija se apresuró a secárselas con un pañuelo de celulosa.

En el cuarto de baño había una botella de colonia "Brut de Fabergé", que era la preferida de Ramfis. Durante aquellos días habían preferido aplicarle, después del aseo, una fresquita, elaborada especialmente y sin alcohol para niños.

Pero Aída decidió ponerle un poco de la suya, con la intención de ungirle, un poco, la sudorosa cabeza. Siempre pensó que los aromas tienen el poder de recordarle a uno circunstancias de su vida. Y, quizás, esa, que siempre la hacía acordarse de él, obraría el milagro de evocarle momentos más agradables.

No obstante, mientras iba y volvía, no podía dejar de hacerse silenciosas preguntas.

¿Qué habría hecho su tía, tan grande y maléfico, como para merecer que su hermano hablase así de ella en sus febriles ensoñaciones?

Desde que era una niña, su tía Angelita no había agradado a Aída. Siempre lograba que sus padres se peleasen y, el primer gran castigo que ella recibió, injustamente, fue por culpa suya.

En aquella ocasión le había dicho a su padre que ella había "hablado mal de la familia" y que eso tenía que derivarse de algo escuchado en casa de "los Ricart". Por entonces ella tendría unos tres o cuatro años de edad y no comprendía lo que era hablar mal de alguien.

Su madre la acosó a preguntas durante casi un día entero hasta que se percató de su error y la liberó del encierro al que la tuvo sometida en su aposento. Su cuñada había vuelto a meter baza entre la pareja, utilizando a la chiquilla como pretexto.

Una vez que Aída hubo ungido a su padre, se produjo un lapso en el que Ramfis pareció calmarse un poco. Pero sus ojos delataban que no había terminado su monólogo que, para él, no era tal. Y así fue pues, apenas una par de minutos después, el hombre reinició sus acusaciones en contra de la que él creía que se encontraba presente.

Me sentiría feliz en este poco tiempo que me queda de vida… –retomó.

–¡Papá, no digas eso, por favor! No vuelvas a decir que vas a morirte…

Pero él no la escuchaba. Ni siquiera la veía. Parecía estar distinguiendo solamente a Angelita. De modo que prosiguió, dirigiéndose a ella.

Me sentiría feliz de que te arrepintieses e intentases remediar, o por lo menos suavizar, pidiendo perdón públicamente por lo ocurrido en el pasado. ¡Todavía estás a tiempo! ¡Yo no! Sería posible, quizás, si actuases así, obtener la oportunidad de salvar tu espíritu. Por supuesto, es ya imposible borrar el mal que has hecho. Pero creo que, si lo reconoces e intentas ayudar a esas personas a las que, por simple y estúpido capricho hiciste tanto daño, todo el que se te antojó, cabe la posibilidad de que Dios te perdone… ¡Siempre fuiste muy envidiosa, Ita! Odiabas a Tantana, todavía no entiendo por qué, pero sé que la odiabas. Sin embargo, intentabas copiarla en todo lo que podías. Aunque, a pesar de ser tú también muy bonita, nunca lo conseguiste. Ella tenía un cuerpo y unos modales de los que tú careces. ¡Ja! ¡Pero, ¡si hasta empezaste a usar su colonia, "Champagne de Caron"! Pero, en ti, su aroma no era igual que en ella… Ni nada de lo que hicieses era similar… ¡Niña estúpida!

Al oír lo que Ramfis acababa de decir, Aída aguzó el oído. Era verdad que aquella era la colonia favorita de su madre pero, en su tía, ella ni la recordaba. Sería que, en su piel, no producía el mismo efecto aromático que en el de su progenitora. O sería que Angelita ya no la usaba y ella no recordaba a su tía emanando aquella dulce fragancia, que le era tan familiar.

La enfermera, que había sido suplantada por las tantas horas que Inmacu había permanecido al lado de Ramfis, estaba alucinada.

Aunque estaba acostumbrada al padecimiento de delirios en los enfermos, no comprendía las terribles cosas a las que se refería el doliente del que tenía que hacerse cargo.

Preguntó a su hija pero ésta no supo qué contestar. No obstante, como el hombre seguía hablando con alguien que no se encontraba allí, Aída le explicó que ese alguien se trataba de la hermana de él.

Ella asintió y no hizo más preguntas, intuyendo que aquel asunto podría envolver algún conflicto familiar. Sin embargo, sugirió a la joven que, en vista de su embarazo, debía retirarse pronto, ya que en su rostro empezaba a manifestarse un cansancio que no le haría bien ni a ella ni a su bebé, le dijo.

Aída le contestó que hasta que no dejase a su padre durmiendo tranquilamente no se marcharía. Ella lo entendió aunque, según le comentó, no estaba en absoluto de acuerdo. Para eso se encontraban ella y su compañera, además de los médicos de la clínica, vigilándole día y noche. No era cuestión, le dijo, de tener, además, que ocuparse de ella si enfermaba. Eso no mejoraría a su padre, al contrario.

Aída, que era muy cabezota, le dio la razón, pero le explicó que prefería quedarse un rato más. Si empezaba a encontrarse mal, se marcharía. Pero, por el momento, prefería estar allí, aunque prometió que bajaría a tomar algo a la cafetería.

La sanitaria, que dijo llamarse Carmen, se encogió de hombros pero volvió a reprenderla suave y cariñosamente.

—¡Sólo un ratito! —suplicó Aída.

Mientras, el doliente siguió hablando, dirigiéndose a Angelita, con los ojos llorosos y suplicantes.

> Yo me arrepiento de no haberlo hecho antes, Ita... Lamento el no haberme dado cuenta de muchas cosas porque, inconscientemente, pensaba que aún era joven, que tenía tiempo. Pero ya ves, aunque sólo tengo cuarenta años, la muerte ha venido a buscarme... No llores, Angelita... —dijo mirando al vacío—. Eso es algo natural. Aunque lo sabemos de sobra, los seres humanos parecemos querer olvidar que cualquier día puede sucedernos. ¡Es ley de vida! El que nace está sentenciado a morir. Ahora me siento afligido pero me temo que ya es demasiado tarde. Yo también hice mucho daño, incluso mucho más que tú. Pero existe una diferencia...

Ramfis empezó a toser compulsivamente y la enfermera tuvo que aspirarle gran parte de mucosa, mediante unos tubos destinados a ello. Al rato la tos desapareció pero no se llevó los monólogos delirantes con ella.

> Pero, lo tuyo, es diferente... —continuó el enfermo—. Cuando yo hacía daño, de forma inconsciente y desenfadada, pretendía reconciliarme con mi padre. Quería que me volviera a tener el respeto que me había perdido. Aunque, repito, todo es culpa mía y no de él. Eso no me exime de mi responsabilidad... Al

igual que decidí vivir una vida loca, repleta de fiestas, de mujeres y de alcohol, podía haberme negado a cometer las bestialidades que cometí, intentando seguir sus pasos. ¡Tenía que haberme enfrentado a él en muchas cosas! Pero, aunque no quería demostrarlo, hasta a mí, papá me daba miedo… ¡jajajajaja!

Ramfis inició una histérica risotada tras la cual hizo una pausa y se puso a sollozar en silencio. Aída empezó, de nuevo, a rezar para que se calmase y pudiese descansar.

Pero lo tuyo, Angelita, no tiene nombre… –prosiguió–. Además, tú eres una mujer, eres madre, se supone que deberías ser más sensible. Aunque es verdad que, a pesar del amor que le tengo, tienes un carácter muy parecido al de mamá. Creo que ella es más dura que papá y creo que hasta le induce a hacer el mal… Mamá es ambiciosa y no tiene demasiados prejuicios, aunque quiere dárselas de buena cristiana. Mira cómo se ha portado con la propia Tantana, que no lo merece, aunque tenga sus defectos, como todos los tenemos. Yo le he sido infiel y ella me ha soportado eso y muchas cosas más. Sé que no he sido un buen compañero, salvo en raras excepciones… Pero, coño, ¡yo soy un hombre! Los hombres, por naturaleza, no solemos ser fieles. Pero, ¡ay de ella si se le hubiese ocurrido faltarme!

Ni la enfermera ni Aída lograron que Ramfis parase de hablar y comentaron que, con tal alteración, el calmante no podría hacerle efecto. A pesar de ello, como estaba autorizada a hacerlo, Carmen volvió a inyectar otro en uno de los sueros. Le ordenó, literalmente, a la hija que aprovechase para bajar a la cafetería a comer alguna cosilla.

Aída obedeció a regañadientes, alentada por la idea de que cabía la posibilidad de que, su presencia en la habitación, podría entorpecer el sueño de su progenitor.

En el pasillo encontró, con cara de inmenso agotamiento, a Víctor Sued que, al verla salir, se le acercó y le preguntó por Ramfis. Aída le contó lo que estaba ocurriendo y él la invitó a tomar un sándwich.

Mientras estaban en el ascensor, la joven le dijo a Sued que a él también se le notaba cansado y que pensaba que era bueno que también se fuese un rato a su casa.

Pero Sued, con el acento cibaeño que aún le caracterizaba, contestó –Mija, la que tiene que irse eres tú. Yo no estoy embarazado, je, je… Además –el rostro se le tornó triste–… además tú sabes muy bien que yo quiero mucho a tu papá, ai Generai…

–Lo sé, Víctor, lo sé… –logró contestar ella mientras salían del cubículo y se dirigían a la cafetería.

Cuando Aída regresó a la habitación, su padre seguía despierto. El calmante no le había procurado el tan anhelado y reparador sueño que tanta falta le hacía. Le había provocado un "efecto rebote" y se encontraba aún más excitado que antes. Seguía monologando, aunque, para él, era evidente que se estaba dirigiendo a alguien. Por las cosas que decía, todavía creía estar conversando con su hermana Angelita.

El daño que hiciste, lo realizaste única y exclusivamente por y para satisfacer tus caprichos.
Nada tenía que ver papá, en tus historias. Pero

él te consentía demasiadas cosas… cosas personales que podían llegar hasta el crimen. Eso jamás lo he comprendido pero, "helas", como dicen los franceses, así fue.

Aída, a pesar de que desde muy pequeña no se había relacionado bien con su tía, no podía dar crédito a lo que estaba escuchando. Lo más probable, se dijo en silencio, era que Ramfis siguiese delirando y sufriendo terribles pesadillas. Él, por su parte, continuó hablando, como si Angelita hubiese estado presente.

La joven, además de sentirse apesadumbrada, de tanto en tanto, notaba aquella presencia escalofriante e invisible que le auguraba malos presagios.

¡Siempre has sido una malcriada! –Continuó Ramfis, ignorando, de nuevo, la presencia de su hija y la de la enfermera–. Y León Estévez, tu exmarido, te ha permitido un comportamiento que ningún hombre que se precie hubiese aceptado… Creo que era por miedo a perderte, pero ya ves: ¡te casaste con otro, a pesar de todo! ¡Y con otro Luis José! ¡Jajajajaja! Y no tuviste reparos nunca en hacer lo que se te daba la gana… Después, cuando decidiste alejarte de Pechito, hermanita, te prendaste de Luis José Domínguez, que estaba casado con Inova Marte, supuestamente gran amiga tuya. Entonces no tuviste reparos ni te paraste a pensar en la amistad que supuestamente te unía a esa mujer. Te enamoraste de él. Todavía no entiendo por qué, aunque esas son cosas en las que uno no debe meterse. Cada uno es como es y tiene sus preferencias. Pero el que Inova fuese tu "querida amiga" no impidió que, entre él, Domínguez, y tú se iniciase un idilio tan fuerte que consiguió que su matrimonio se disolviera. No te crítico en ese sentido porque yo también terminé divorciándome de Tantana. Pero Lita no era amiga suya. Ni siquiera se conocían. A mi modo de ver, eso es muy diferente porque la amistad verdadera es algo que hay que respetar.

Aída intentó de nuevo interrumpir aquel monólogo que parecía agotar a su progenitor.

–Papá, estás aquí, en la clínica Covesa de Madrid… –pronunció suave y dulcemente–. Has tenido un accidente con tu maravilloso Ferrari, creo que modelo "365 California". Aunque podría haber sido con cualquiera… Eso es cierto. El mismo en el que aprendí a conducir, el de la academia, que era un Seat 850 podía haberte provocado una colisión quizás peor, por ser más bien un automóvil endeble. Nada que ver con el tuyo, claro.

Ramfis pareció, por unos segundos, escuchar lo que su hija le decía y la miró fijamente.

–Sabes que no entiendo mucho de coches, pero tú mismo me lo hiciste probar un día en el recinto de "La Moraleja". En esa parte que aún está desierta, no hay construcciones y era imposible que hiciese daño a nadie. Menos aun cuando iba al lado y ayudada, obviamente, por Gabriel, tu chofer. No, no eres tan desentendido con la gente que quieres pero… ¡Menudo susto me di cuando apenas rocé el acelerador! Empezó, literalmente, a volar, ¡caray! Esa es una máquina mortal, más que un coche. ¡Jejejeje! Todavía recuerdo la cara de risa que aquel hecho provocó en Gabriel, que tenía todo controlado. No sé cómo pero lo tenía todo controlado.

–¿Gabriel? –preguntó Ramfis y Aída, por un momento se sintió aliviada pues lo que pretendía era hacerle "regresar" al presente y que abandonase aquella supuesta conversación con su tía.

Quizás, pensó, entre el aroma de la colonia, con la que le había ungido la nuca, lo que ella le recordaba y su falsa risa, pues la verdad es que no sentía ningún deseo de reír, él lograra borrar todo aquello de su mente y olvidase a Angelita.

Tal vez, ¡ojala, Dios mío!, se tranquilizaría y se dormiría. Ya no sabía qué hacer para aliviarle.

Pero Ramfis miraba, con ojos vidriosos. A la única que parecía ver era a su hermana. Y continuó hablando con Angelita, a pesar de su ausencia.

–Ita, ¿ese Gabriel es otro novio tuyo del que nunca te he oído hablar? –preguntó.

Fue cuando Aída se percató de que no había logrado su objetivo. Su padre seguía empeñado en mantener una conversación con alguien que no estaba presente.

–Ya se sabe, es vox populi, que eres bastante putica… ¡Pero de ahí a convertirte en una asesina!

Aída abrió los ojos y aguzó los oídos. Decididamente, su padre estaba delirando de forma muy enérgica.

Una cosa es que a ella su tía nunca le hubiese caído bien. Otra muy distinta era que Ramfis la estuviese llamando asesina. ¡Eso no podía ser más que fruto del mal ensueño de un cerebro quebrantado!

Se levantó de la butaca que tenía instalada y preguntó a la enfermera:

—¿Usted no cree que sería conveniente que le viese un psiquiatra?

La sanitaria le respondió que, por el momento, lo más importante era salvarle la vida y que, lo más probable era que, cuando Ramfis estuviese bien, todas aquellas pesadillas cesarían. Añadió que los calmantes producían esos efectos pues, al fin y al cabo, eran drogas que podían hacer alucinar a quien las tomara. Y él, su padre, las recibía directamente por las venas. A su modo de ver, aquella situación era normal.

> Angelita, me dijeron que Pilar Báez está muerta porque tú la mandaste a matar. Sólo porque te gustaba su marido y ella representaba un estorbo para ti. ¡No quisiera creerlo pero tienes que contarme la verdad, soy tu hermano, carajo! Y, si no fue así, si lo que ocurrió fue un accidente o una negligencia médica... ¡Ay!, eso quisiera creer, ¿por qué dejaste que siendo, supuestamente, tan amiga tuya, la exiliasen a un pueblucho cercano a la frontera con Haití? ¿Por qué motivo no interviniste? Papá te hubiese hecho caso, como siempre. ¡No iba a ser únicamente para lo malo! Esa fue una orden

que él hubiera podido anular en un abrir y cerrar de ojos… ¿Qué te pasó con ella? ¿Y por qué tanta hipocresía de tu parte?

Al escuchar lo que su padre acababa de decir, a pesar de lo que Carmen le había afirmado sobre la medicación, la joven, olvidando el estado en el que él se encontraba, no pudo impedirse el preguntarle:

–¿Quién es esa, papá?

Lógicamente, él ignoró su pregunta y prosiguió con sus supuestas conversaciones con Angelita.

¡Te conozco demasiado bien y no creo en las "casualidades" que te rodean! Aunque espero que ésta si sea un falso testimonio causado por la envidia que nos tienen. ¡Eso espero, Ita! ¡Pero a mí me tienes que contar la verdad, repito!

Tras pronunciar esas palabras, el enfermo empezó a revolverse en la cama. La enfermera se le acercó, le agarró con cuidado por la barbilla y le obligó a que la mirase.

–¡Ramfis! ¡Ramfis! ¡Escúchame bien, por favor! –le dijo de forma intensa–. ¡Si no dejas de moverte así van a tener que volver a amarrarte! ¿Es eso lo que deseas?

Él pareció reaccionar ante aquella amenaza. Pero no lo hizo de una forma normal, sino como un chiquillo al que se le amonesta.

–No, no me amarren, por favor… –contestó–. Sé que he sido malo pero voy a quedarme quieto.

Y así lo hizo. Permaneció casi inmóvil lo cual no impidió que retomase su imaginada conversación con Angelita.

Y, después que asesinaron a papá, al imbécil de mi ex cuñado, no se le ocurrió otra cosa que mandar a matar a Awad… ¿Qué fue lo que pasó? ¿Acaso le amenazaste con traerlo a Europa? ¿Por qué esperó a que ya no estuviésemos en la República Dominicana para hacerlo? ¿Creía que así no sospecharían de él? ¿Tenía miedo de que papá, o yo mismo, le hubiésemos censurado? ¿O es simplemente que es un estúpido? El caso es que simplemente siguió tus pasos, al igual que siempre ha querido seguir los míos, pero… ¡ja! Ese no da la talla, no… Ese no ha sabido ser un hombre. Fíjate que hasta he oído decir que va pregonando que él no tuvo que ver con los asesinatos de la Hacienda María. Va diciendo que él sólo fue testigo pero que no participó en ninguno. ¡Pero si todo el mundo sabe lo cruel que siempre ha sido! Y, claro, ahora que ya no es mi cuñado, el único culpable soy yo. Asimismo, me han dicho que quiere regresar "limpio" al país y que desea reconciliarse con su exmujer. Es que era a ella a quien quería, el muy idiota, pero, claro, ¡cómo iba a despreciar a la hija del "Jefe"! ¡Jajajajajaja! No le convenía sino que más bien le interesaba. ¡Menuda posición social y económica se le ofrecía aceptándote! Algo con lo que nunca hubiese ni soñado. Y además, siendo tú tan bonita…

Luis José León Estévez, al que habían apodado "Pechito", nunca fue "santo de devoción" de Tantana. Aída apenas le conocía pues, aunque alguna vez había coincidido con él en casa de su tía, después que se casó con ella en el año 1958, nunca había conversado con él. Menos aun después de muerto su abuelo. No recordaba haberle visto ni una sola vez más.

Pero, por aquel entonces, él era oficial de la Fuerza Aérea, íntimo amigo y compañero de parrandas, correrías y orgías de Ramfis, además de ser también su asesor y cuñado. Gracias a ello "Pechito" pudo realizar una carrera meteórica. A la edad de 23 años, le nombraron Director de la academia militar Batalla de las Carreras y poco después fue remontado hasta obtener el rango de Teniente Coronel.

Según le había contado Tantana, a pesar de su mote, porque siempre mantenía una posición erguida y engreída, las jóvenes le apelaban "Pimpollo", como queriendo decir que era buen mozo, soberbio y gentil. Su madre nunca lo entendió y así se lo contaba a Aída.

—"¡No comprendo a esas muchachas! ¿Ese hombre es como le describen? Yo no me hubiese fijado en él ni aunque hubiese sido el último de la Tierra. Además es malo…".

—¿Por qué dices que es mala gente, mami? —preguntó un día Aída a Tantana.

—No preguntes tanto, mija. De todos modos, ¡no lo entenderías!

Entonces, la chiquilla callaba como era su costumbre, para evitar ser reprendida por meterse en asuntos de adultos.

–¡Queriendo siempre parecerse a tu papá! –prosiguió Tantana–. Imitando su forma de vestir, usando las mismas gafas Ray Ban e intentando lograr idéntico corte de su bigote… ¡Qué payaso de circo, con perdón a los payasos, a quienes respeto mucho! Ya sabes cuánto me gusta la ópera "I pagliacci", sobre todo el área "Vesti la giubba". Es una forma despectiva de hablar del que fue tu "tío", sin ejercer, claro, como ella, tu tía carnal, Angelita… que sí lo es, pero sólo biológicamente hablando.

De lo que no habló Tantana a Aída, para preservar la memoria de su suegro, fue de que aquel hombre había sido uno de los más crueles torturadores y asesinos de los años de la dictadura.

En los meses que siguieron al magnicidio, cuando Ramfis estaba al frente de las Fuerzas Armadas, Balaguer era únicamente el presidente nominal. Pero aquello no impidió que el nuevo mandatario emprendiese una embalada de represión y de venganza. En ella, cientos de dominicanos fueron torturados. Pero eso tampoco lo quiso comentar nunca Tantana a su hija.

Es bien sabido, hoy en día, que León Estévez estuvo en la Hacienda María, el día que seis de los asesinos de Trujillo fueron arrebatados a la Justicia. Habían sido detenidos por militares y llevados allí para que Ramfis y sus camaradas los mataran a balazos o hiciesen lo que les viniese en ganas.

Por participar en este asesinato, León Estévez fue condenado, en el año 1965, con no poca insistencia de parte de las autoridades, a treinta años de cárcel. Sin embargo, no se sabe bien el motivo, el hombre no cumplió ni un solo día de aquella pena impuesta. Quizás porque, para entonces, ya vivía en el exilio.

Pero, una cosa que nunca llegó a saber Ramfis, ni sabía Tantana en aquellos momentos, fue que en el año 1977, por "prescripción" de aquella condena, regresó, tranquilamente, al que ya se había vuelto, después de mucho tiempo, Santo Domingo. Allí se trocó en un próspero empresario.

Tantana tampoco mencionó ese episodio a su hija. No quería dañar en Aída la imagen de su padre, a quien siempre quiso, a pesar de los perjuicios que él había ocasionado a ella y a su familia.

¡Ja! –Continuó Ramfis, refiriéndose al que había sido su cuñado y apoyador–. En eso, hay que reconocer que fue hábil el muy… Durante el exilio se había separado de Angelita y se atrevió a acusarla de haber "secuestrado" a sus tres hijos, cuando él poco caso les hacía. Siempre de parranda, de borrachera… Siempre lambiándome, hasta que vio que ya no le hacía falta. Pero, lo que más me duele es el hecho de que siga asegurando que él, aunque siempre estaba conmigo, lo hacía por miedo y no por convicción, presenciando todo aquel horror, mas no participando en él. ¡Hipócrita! Por eso ya no nos dirigimos la palabra. Por miedo… ¡Si se divirtió mucho matando en medio de su loca borrachera! ¡Traidor de mierda!

Algunos minutos después, Ramfis, recobrando algo de lucidez, pidió que le incorporasen porque se sentía incómodo. Con la ayuda de la manivela que tenía la articulada cama, la enfermera hizo lo que le pidió.

–¿No estás peor así, papá? –preguntó Aída con dulzura–. ¿No te sientes mal en esa postura?

La enfermera hizo un gesto en el que le indicaba a la joven que, el estar más levantado era mejor para ayudar a aliviar sus pulmones.

No obstante, Ramfis seguía ignorando la presencia de su hija. Parecía no verla y continuaba manteniendo su supuesta conversación con su hermana. Parecía estar muy disgustado con ella, algo a lo que Aída no estaba acostumbrada pues ambos se habían llevado siempre muy bien.

¡Dios mío, Angelita! Si por aquel entonces tú eras ya una mujer casada –prosiguió–. Una mujer que le pone los cuernos a su marido es una auténtica puta .¡Peor! Por lo menos, las prostitutas lo hacen por dinero, muchas de ellas por tener problemas y carecer de recursos para saber resolverlos de otra manera. ¿Pero tú? ¿Que a qué "entonces" me refiero? –preguntó Ramfis como si, a quien se estaba dirigiendo, le hubiese contestado–. ¡Sabes muy bien a qué me refiero, no te hagas la tonta! Repito, te quiero mucho pero no olvido las cosas… Me estás faltando al respeto y soy tu hermano mayor, no lo olvides. ¿Cómo te atreves a decirme que quién soy yo para hablar? Sí, cometí muchos errores, incluso crímenes pero, repito, todo lo hice por papá, no por capricho, como tú que todo lo hacías, repito, por puro capricho.

Aída, aunque con gran desasosiego, empezaba a acostumbrarse a que su progenitor mantuviese diálogos con personas que no se encontraban en el cuarto de la clínica.

De repente, Ramfis cambió de tema.

Sí, sí. Me refiero a aquellas muchachas, apodadas "Las Mariposas", a las que dicen que mi papá mandó a matar. Eso ocurrió pocos meses antes de que lo matasen a él... Me duele porque, además, nunca quiso contarme la verdad... Las hermanas Mirabal... ¡pobrecillas! –continuó–. Es verdad que estaban en contra de su régimen pero eran tan jóvenes, tan llenas de vida... ¡Podría haberlas exiliado! Por más que le insistí, nunca me contó lo que en verdad había ocurrido. El caso es que las mataron de manera cruel, despiadada, junto al señor que las condujo a la cárcel a visitar a sus maridos y, a la que no lo tenía, a acompañar a sus hermanas. Papá no quiso admitir que fue él quien lo hizo. Pero yo me pregunto, de no haber sido así, ¿por qué no lo desmintió jamás? ¿Por qué motivo no buscó y juzgó al culpable? Si no fue él, ¿cuál fue la razón de que aquel horrible crimen quedase impune? Y no sólo en Dominicana sino para resto del mundo, no lo contradijo. Y, de haber sido él, como se dice, aquella fue, a mi modo de ver, una de sus peores maniobras políticas. Tenía que haberse exculpado públicamente, haber buscado a los supuestos culpables, haberlos juzgado… ¡Qué sé yo! Pero no lo hizo, al igual que con aquel estúpido español, Galíndez, que ni siquiera se consideraba como tal, por ser vasco… Pero eso lo comprendo pues, en su tesis, afirmó que yo no era hijo de Trujillo. Y, claro, si no fue él quien le mató, le vino muy bien que la gente creyese que fue así. ¡Un hombre, con los cojones bien puestos, no puede admitir que digan que un hijo suyo no lo es! Sin embargo, lo de esas muchachas, las Mirabal, no lo entiendo. Nunca lo he entendido ni estoy de acuerdo, fuese o no fuese él quien mandase a ejecutar su homicidio.

Aída, ante aquellas afirmaciones hechas con tanta convicción, se atrevió a preguntar.

—Papá, ¿de qué estás hablando?

—De nada que conozcas, mija, y que espero que nunca llegues a conocer —contestó él, débilmente.

Ramfis había regresado de nuevo al presente, abandonando la supuesta charla con Angelita y observando el rostro de su hija.

La joven se quedó pensando durante unos instantes en lo que su padre había dicho. ¿Quiénes serían aquellas mujeres? ¿Habían existido realmente o eran otro producto de su torturada imaginación? Sin embargo, como él parecía sentirse mejor, no quiso hacer preguntas para no volver a alterarle. Optó por distraerle hablando de otros temas.

Ramfis la miraba y asentía con la cabeza. Intentaba sonreír pero los hierros que sujetaban su fracturada mandíbula se lo impedían.

–Fíjate, papá, qué tonterías las que te voy a contar. Cuando te canses, porque en verdad son boberías, me lo dices. No te preocupes que no me voy a ofender por ello.

–Cuenta, cuenta, mija… –pronunció él, con una voz muy frágil.

–No sé si recuerdas, ni siquiera sé si lo sabes, que fue abuelito el que me llevó en su coche al aeropuerto para coger el avión que tenía que llevarme a Nueva York. Pero bueno, eso da igual. Lo importante es que, como sabes, él no quería que me fuese de nuestro país… ¡Fuiste tú el que se empeñó con lo de la "educación europea", pero él no estaba de acuerdo!

Ramfis asintió recordando que, en efecto, aquello era verdad.

–Eso ya pasó, papá, y hoy en día sé muy bien que lo hiciste por mi bien. De modo que no te estoy reprochando nada, al contrario. Simplemente te digo esto porque, como niña de siete años que era, me las arreglé para contarle una "trola" mientras íbamos de camino… Y él, que ya sabes cómo era con nosotros, sus nietos, me siguió la corriente. Incluso le dio una orden al chofer… ¡Je, je, je! Cosa que me satisfizo mucho porque, la verdad sea dicha, en aquel momento hasta yo me creía lo que estaba viendo. La verdad era que pensaba que le ordenaría dar la vuelta y que me llevaría a su casa, que era lo que más deseaba en aquel momento. Pero, a pesar suyo, porque se lo vi en la cara de tristeza que puso, no pudo hacerlo porque aquellas eran tus disposiciones –continuó evocando aquello de lo que estaba segura que había ocurrido. Aunque nadie le hubiese creído, de todos modos.

–¿Y qué fue lo que contaste a tu abuelo, mija? Nunca me comentó nada –dijo Ramfis, un tanto intrigado, algo que agradó a Aída porque por fin había logrado apartarle de sus tormentosos delirios.

–Le dije que había dos mujeres muy malas adentro del coche, o carro, como se dice allá. Una estaba sentada enfrente, sonriendo satisfecha, y la otra se encontraba entre los dos, como queriendo separarnos. Le comenté que les tenía miedo a ambas. Abuelito hizo detener al chofer para que las sacara y así lo hizo aquel hombre, siguiéndole la corriente. No creo que él se tragase aquella engañifa pero así procedió y hasta las amonestó para que se marchasen.

Ramfis no pudo impedir, a pesar del dolor en la boca, el reírse con la historia que su hija acababa de narrarle.

La enfermera, que les observaba y escuchaba, tampoco pudo reprimir una ligera y discreta risotada. El enfermo la miró y, con cara de satisfacción, pues le encantaban las bromas, le preguntó:

–¿A usted qué le parece, señorita?

Ella sonrió y le comentó que le encantaban las argucias de los niños cuando querían lograr alguna cosa. Su imaginación es algo que nunca debería perderse. La pena era que la vida, a veces demasiado dura, lograba que uno la olvidase. Por ello, continuó, consideraba importante el leer a aquellos escritores cuya fantasía, a pesar de los pesares, seguía latente.

—En eso estoy completamente de acuerdo… —logró musitar Ramfis—. Pero, Aída, sigue contándome cosas de esas, si las hay. ¡No sabes el bien que me hacen!

Ella respiró, tranquila. Su padre se estaba interesando por cosas banales, incluso tontas, de su infancia que parecían solazar su malestar.

—Papá, mamá me ha contado, muchas veces por petición mía y para mi deleite, aunque me daba miedo, un cuento de un hombre sin cabeza que se aparecía en la casa en donde yo nací.

El hombre, evocando aquellos recuerdos en los que nunca había creído hasta que él mismo tuvo su propia experiencia, permaneció callado durante unos momentos.

—¿Es que acaso ocurrió de verdad? —preguntó Aída, muy intrigada pues a ella ya le habían sucedido cosas muy extrañas y no sabía ya en qué creer.

—No, no que yo sepa… —se limitó a contestar él—. Pero dime, ¿qué fue lo que tu mamá te contó?

—Pues me dijo que, cuando yo había nacido, poco tiempo después, se le empezó a aparecer, por las noches, un hombre que no tenía cabeza pero que la miraba, cuando tú no estabas. Yo siempre le preguntaba que, si carecía de cabeza, cómo podía mirarla. Ella, que ya sabes cómo es, contestaba que ignoraba cómo lo lograba. Pero que observarla, sí lo hacía. Y añadió que, en esa casa, que a ella tanto le gustaba, comenzaron a ocurrir cosas muy extrañas de las que tú mismo fuiste testigo pero no quisiste reconocer…

—¿Qué tipo de cosas, mija? —preguntó Ramfis.

—Bueno, no las recuerdo todas, papá. Cosas como que se había producido un ruido estruendoso, cuando estabais reunidos entre varios amigos, al lado de lo que allí llaman "el pantry". Y que os había parecido, a todos los presentes, que se había roto toda la cristalería que allí se guardaba. Sin embargo no había pasado nada... Por lo visto tú mismo lo comprobaste... Pero vuestros invitados se fueron largando, haciendo uso de cualquier pretexto, rápidamente...

—Bueno, bueno... Esas son cosas de tu mamá que, como sabes, es muy supersticiosa.

—Sí, sí, lo sé, pero como me has pedido que te cuente anécdotas...

—Claro, mi amor, me distraen de toda esta vaina por la que estoy pasando. Sigue, por favor.

—Es que si te vas a enfadar conmigo, papá, prefiero desviar la conversación. Sé que te gusta Becquer, por ejemplo, y yo lo estoy descubriendo. Me he leído sus "Rimas y Leyendas" y, la verdad, son muy interesantes.

—Sí, sí... —contestó Ramfis con voz cansina—. Pero, en estos momentos, si tienes otras historietas que recuerdes...

—De acuerdo, como quieras papá... —contestó la hija, cuya intención era entretener, en lo que pudiese, a su progenitor. Le producía mucha pena verle postrado de aquel modo.

—Mamá me aseguró que, aparte de aquel hombre sin cabeza, y lo de la cristalería, ocurrían cosas extrañas en nuestra casa.

—¿Qué cosas, mija? —preguntó de nuevo el doliente.

—Pues, como que se abrían las puertas y ventanas sin motivo alguno. Que se prendía y se apagaba la televisión, que entonces era en blanco y negro, y la radio, sin que nadie las tocase.

–Es verdad –dijo Ramfis–. Nosotros teníamos televisión, claro… Pero por entonces era en blanco y negro, como afirmas. Tu abuelo, en aquel viaje que realizamos para que Franco te bautizase y después dirigirnos a Roma, cargó con muchas de ellas para regalarlas a los que no podían costeárselas en España. El motivo del viaje hacia Italia era con el fin de que Trujillo firmase un concordato con la Iglesia.

–¿Y de qué se trata ese concordato que mencionas? –preguntó la joven, interesada en descubrir cosas nuevas.

–¡Bah! –contestó él–, cosas políticas, estúpidas que no sirven para nada y de las que ahora nos aburriría hablar tanto a ti como a mí.

–Yo no la veía casi nunca, papá… –dijo Aída refiriéndose a la televisión–. De vez en cuando me llamaba la atención una serie que había que, si mal no recuerdo, se llamaba "Felipa y Macario". Pero siempre terminaba aburriéndome y me iba a jugar con mis hermanos.

–¡Felipa y Macario! –pronunció él de forma nostálgica.

–¿A ti te gustaba ese programa, papá?

–No. Nunca lo veía, pero sí lo recuerdo y me trae memorias de una etapa medianamente feliz.

–¿Solo medianamente? ¿Nunca fuiste feliz con mamá? –preguntó ella.

–Sí claro, al principio… Pero después, qué sé yo, la vida te conduce a reductos que crees que son mejores y la verdad es que no lo son.

—A mí no me va a conducir a ningún otro reducto, papá… Yo me he casado para toda la vida –dijo Aída, convencida.

—¡Ojala sea así, mija! –contestó Ramfis–. Lo deseo de todo corazón pero…

—¿Pero qué, papá?

—Nada, nada, la vida es muy caprichosa. Dios quiera que contigo me equivoque. Eres una muchachita buena, trabajadora, responsable… Quizás la vida te depare un futuro estable y, dentro de lo posible, feliz. Eso es lo que deseo porque, aunque no te lo he demostrado como hubiese deseado y en muchas ocasiones, te quiero mucho.

A Aída se le saltaron lágrimas de emoción. Nunca su padre le había hablado así. Pero, para que no volviese a agitarse, cambió de tema. De modo que continuó con sus infantiles relatos que tanto parecían divertirle.

—Hay muchas cosas que en este momento no recuerdo, papá. Pero, cuando me vuelvan a la memoria, te las iré contando. Las niñeras nos asustaban mucho para que nos quedáramos quietos acostados, a la hora que mamá nos imponía. Ya sabes que ella era muy estricta en eso. Menos cuando llegaba abuelito y le oíamos llamar a Ramfis, "¡Vagabón!", como él le decía a mi hermano, ya sabes. Aquello suponía, para nosotros, una auténtica liberación pues sabíamos que abuelito nos sacaba de la cama y nos llevaba a su casa. ¡Y mamá era incapaz de negarle ese placer! Ya conoces la debilidad que sentía por él.

—Es verdad, mija… –contestó el doliente–. Tu mamá consideraba que tu abuelo era como a su segundo padre. Y él también la quería mucho… Creo que incluso más que a mí.

—¡No digas eso, papá! Él la quería mucho, eso es verdad, pero tú eras su hijo. ¡El hijo de su alma!

—Bueno, dejemos ese tema, hija, que me entristece. Cuéntame otras cosas que te hayan ocurrido durante la infancia y de las que yo no me haya percatado.

—Aunque era muy pequeña, creo que tendría unos tres años de edad, más o menos, sé que me enfermé muy gravemente. Eso lo conoces tú mejor que yo. "Papá viejo", como llamábamos a abuelito muchas veces, le pidió a mamá que me dejase llevarme a su casa. Creo que por eso me sané. ¡Me encantaba estar allí, junto a él! Y ella, según me contó, en su desesperación, pensó que lo más probable era que ocurriese así. Recuerdo todavía el cuarto que me prepararon, al doctor Jorge, esos sueros que me ponían en los muslos. Recuerdo, también que me dormí durante mucho tiempo pero, después, me puse bien. Y abuelito, aparte de mami y vosotros, claro, estaba tan contento, el pobre.

—Estoy seguro de que te mejoraste por estar en su casa pero también hay una cosa que creo que sólo me contó a mí.

—¿De qué se trata papá?

—Al principio me reí de él pero, después, con el transcurso del tiempo, me he dado cuenta de que tenía razón. De eso, como te digo, no habló con nadie más que conmigo. Ni siquiera con tu mamá.

—¿Ves cómo te quería más a ti que a ella, papá?

—El caso es que, cuando todavía estabas en nuestra casa, al borde de la muerte, él se escapó, sin que nadie se diese cuenta, y se fue a rezar al Malecón para que Dios te salvase la vida. Sabes que él también sufrió de difteria, cuando tenía apenas cinco años. Milagrosamente, salvó su vida en aquella época y viviendo, pobremente, en San Cristóbal. Pero seguramente sabes que esa enfermedad puede heredarse. Yo también padecí un principio que lograron atajar a tiempo. No obstante, tu abuelo se sentía culpable, ya ves –dijo Ramfis.

–Siempre afirmó que estaba seguro de que había sido su patrón, el Arcángel San Rafael, quien le había preservado de una muerte prácticamente segura. Se puso a rezarle pidiéndole que se lo llevase a él pero que te salvara a ti, solo, al borde del mar y llorando. Y le pareció oír que el ángel le había escuchado. Parece que sí porque, pocos días después, te pusiste bien.

–¿Eso te lo contó abuelito por entonces? –preguntó Aída intrigada.

–Sí, mija, me lo contó en cuanto te sanaste. ¿Por qué? –preguntó Ramfis.

–Porque mamá me contó la misma historia pero muchos años después, cuando yo era ya mayor. Antes de que matasen a abuelito, por lo visto, él le hizo a ella el mismo relato. ¿Pero ves que, aunque creas lo contrario, incluso sabiendo que eras menos creyente que mami, a ti te lo contó enseguida? ¿Ves como sí te quería más que a ella? –contestó Aída, satisfecha.

–Bueno sí, mija, veo que es verdad porque, por entonces, yo no creía en nada y hasta me reí de él... Pero ahora que estoy a punto de...

–¡No digas barbaridades, papá! ¡No vas a morirte ahora! Pero sí es bueno que empieces a creer en cosas que no se palpan, no se ven, sólo se sienten, en este mundo.

–Estás exponiendo grandes verdades –pronunció él levemente–. Pero, cuando las recuerdes, cuéntame más cosas tuyas, por favor…

–Una vez que hube llegado a Madrid para ir al colegio de esas monjas terribles, recuerda que, cuando podíamos salir, vivíamos en la que era entonces la Embajada de la República Dominicana. De embajadores estaban tía Belén, la hermana de abuelita María, y su marido, Rafael Comprés, como bien sabes. Aquel era un hombre que imponía pero, a mi hermana María parece que nada le daba miedo porque se enfrentaba incluso a las monjas en el cole. Yo era como muy tontorrona y todo me daba miedo.

–Sí, sí, hijita, ya te conozco bastante. Imagino cómo serías hace diez años… pero sigue, por favor –pidió Ramfis.

–Pues que, antes del Día de los Inocentes, compramos algunos artículos de esos para gastar bromas. Uno de ellos era una especie de globo, o vejiga, como se dice en nuestro país, de goma dura. Se sigue vendiendo. Se llena de aire, se pone debajo de un cojín adonde se vaya a sentar al que le quieres hacer el "relajo", como también se dice allí y, con su peso, suena igualito que si se hubiera tirado un "peo". María, mi hermana, lo había preparado todo y se lo puso al tío Rafael debajo del cojín de la silla que él presidía en la mesa del comedor. Todo estaba listo, sin que nadie lo notase, para la hora de la cena. María estaba encantada porque, al parecer, él no le caía muy bien…

–¡Je, je! ¡Tu hermana María! Siempre ha sido así, muy fuerte –exclamó Ramfis.

–Sin embargo, yo, mientras más se acercaba el momento, más sufría, más miedo tenía de que se me regañase.

De modo que, antes de que él y tía Belén llegasen al comedor, lo quité del sitio en donde ella lo había colocado.

—¿Y, qué pasó entonces, mija? —preguntó Ramfis, riéndose nuevamente.

—Pues, ¿qué iba a pasar? Fue mi hermana la que me regañó por ser tan cobarde y estúpida… Y, bueno, la verdad es que preferí eso a que aquel hombre se enfadase y con razón. Pero María, hasta el día de hoy, no me ha perdonado que no le gastásemos la broma al tío Comprés. Yo sigo alegrándome de no haberlo hecho. Él se dio cuenta de que estábamos tramando algo, claro pues le observábamos atentamente. Y tía Belén, que sabes lo enamorada que siempre ha estado de su marido, no nos quitaba ojo.

—¡Ja, ja, ja! —Ramfis no pudo reprimir una risotada por causa de la cual, y el dolor que le produjo, lanzó un leve quejido.

—¿Qué te pasa, papá? —preguntó Aída asustada.

—Nada, nada, hija… Son los alambres de la boca que, a veces, me hacen daño. Pero no es nada, no te preocupes y cuéntame más cosas que de las que te acuerdes.

—Bueno, recuerdo muy bien que, cuando estaba en el "Sagrado Corazón", como era tan buena niña, me hicieron miembro de la "Congregación del Corderito del Niño Jesús". Por eso, cuando te escribía, a ti o a quién fuese, debajo de mi rúbrica ponía "Cordero". ¡Me sentía orgullosa de mi título!

—¡Ah, sí! Yo también lo recuerdo —dijo Ramfis—. Por eso decidí sacarte de aquel colegio. Creía que habías cogido algún complejo, que no llegaba a entender, pero que me preocupaba. Ya sabes que, por aquel entonces, era muy raro que se mandase a los niños al psicólogo, a menos que mostrasen una clara dolencia mental. Tomé la decisión de cambiarte de ambiente para ver si alguien te había metido aquello en la cabeza, lo de "cordero" o como se dice en nuestro país, "ovejo". Si más tarde, estando en el de Suiza hubieses continuado con la misma cantinela, te hubiese llevado a un especialista. Aquello me preocupó mucho, no creas.

–Lo imagino, sí. Yo también, en tu lugar, me hubiese preocupado. Pero fue mamá, mucho más tarde y cuando dejé de hacerlo, la que me contó esa historia. Parece ser que, al principio, antes de hablar con las monjas, ella también se había turbado. Pero, cuando ellas le contaron el asunto, después que estábamos María y yo en Lausanne, se tranquilizó. Creo que te lo comentó pero tú estuviste esperando a ver cuál era mi reacción.

–¡Hay que ver lo "rompecabezas" que son, que somos, los hijos con nuestros padres. Por eso a mi mamá, tu abuela, que sabes que tanto me quiere, procuro no abandonarla y complacerla en todo lo que pueda. Ella tiene un carácter muy difícil pero es la que me trajo al mundo y le debo amor y respeto –exclamó Ramfis.

–Claro, papá. ¿Por qué habrías de portarte mal con abuelita? Es verdad que ella no es fácil de entender, en muchas ocasiones. Con mamá no fue buena, aunque ahora parece estar arrepentida de ello. Y conmigo fue dura, creo que sin darse cuenta, cuando era chiquita, estando ya aquí en Madrid –contestó Aída.

–¿Qué te ocurrió con tu abuela, mija?

—¡Bah! Una tontería pero que, para la niña de once años que yo era entonces, fue dolorosa porque lo único que anhelaba era consolarla. ¡Y no se dejó!

—¿Qué fue lo que te hizo, mija? —preguntó, intrigado el doliente—. Ya sé que ella nunca fue con ustedes como papá, que les dejaba hacer lo que les diera la gana. Pero ¿te hirió en algún aspecto?

—Pues, aunque no se lo conté nada más que a mami, aquel día, sí…

—¿Qué pasó ese día?

—Bueno, no sé si recuerdas que ella tenía un canario al que quería mucho. Creo que fue María la que le echó laca de esa para el cabello. No quiero mentir, pero ella misma me lo hizo notar pues el animalito le caía mal. Todavía desconozco los motivos. El caso es que aquello, o lo que fuese, lo mató. Abuelita María se puso muy triste y así me lo dijo cuando fui a visitarla.

—De modo que tomé una decisión: en la próxima visita, como ella seguía guardando su jaula, le llevaría un periquito. Eso, pensaba yo, la consolaría y le haría olvidar a aquel pobre canario. Así lo hice. Le pedí algo de dinero a mamá, y ella me dio su aprobación.

—¿Y entonces? —volvió a preguntar Ramfis.

—Entonces, todavía me duele el recordarlo, papá, cuando tu chofer me llevó la siguiente vez a visitarla, le pedí que parase en un sitio en donde vendían aquellos periquitos. Mami y yo teníamos algunos y eran muy simpáticos y de muchos colores.

—Compré el avecilla, que por entonces te la entregaban en una cajita de cartón con hoyitos para que no se asfixiase, y después le indiqué al señor que ya podía llevarme adonde abuelita. Me sentía tan orgullosa porque creía que, con mi tonto regalo, iba a aliviar su pena por lo del canario… ¡Pero no fue así!

–¿Cómo que no? –preguntó Ramfis, nuevamente interesado por lo que él desconocía.

–Cuando llegué a su casa, abuelita me ofreció un pedazo de bizcocho, al estilo dominicano, con chocolate derretido por encima. Yo lo devoré y ella se puso contenta. Ya sabes que siempre le ha gustado cocinar. Cocina muy bien y siempre le encantó que nos comiéramos todo, y más, de lo que nos había preparado. Hasta me envolvió otro trozo en papel de aluminio para que, cuando llegase a casa, me lo tomase con un vaso de leche. Con eso ya habría cenado, me dijo. Pero pensé que, lo que yo le había traído, le iba a producir aún más alegría y no se lo dije hasta que casi llegó la hora de irme. Menos mal que, el periquito, seguramente asustado o dormido por la oscuridad, no hizo el menor ruido. Lo tenía escondido en una bolsa de paja que solía llevar por entonces para hacerme la idea de que ya no era una niña y podía "llevar cartera". ¡Ya ves!

–¿Qué pasó después? –preguntó Ramfis, quien no tenía idea de aquella historia.

–Pues que, aprovechando que abuelita había ido al baño, fui sigilosamente adonde sabía que ella había guardado la jaulita del canario. Saqué al pobre periquito de su encierro, lo metí allí y lo llevé a la sala hasta que ella volviese… La verdad, papá, esperaba que ella se alegraría, pero no fue así. Se enfadó conmigo y me reprendió.

–¿Cómo? –volvió a preguntar Ramfis.

—Sí, así fue papá. Tuve que volver a meter al animalito en su cajita de cartón y en mi bolso —contestó Aída—.
"¡No quiero saber de más animales en mi casa!", fue lo
que abuelita me dijo, con un gesto de disgusto tan grande
que llegó a asustarme. De modo que, cuando me marché,
lo antes que pude y ahogando mi llanto, pues sabes que a
ella eso no le agrada, me lo volví a llevar y le di un beso de
despedida a abuelita, como si no hubiese ocurrido nada,
para no incomodarla más de lo que parecía estar. Pero,
cuando me monté en el carro, como siguen diciendo ustedes, me puse a llorar como una loca. Tanto que hasta el
chofer me preguntó qué era lo que me ocurría. Le contesté
que me dolía el estómago pero que, cuando llegase a casa,
mi mamá me sanaría. Le pedí que se diese prisa… ¡Pobre
niña!, me contestó el hombre, comprensivo. Seguro que
sí, hija. Tu madre se encargará de ponerte bien, ya verás.
¡Las madres son las madres! Y además, chiquilla —prosiguió—, ¿no conoces un refrán español que dice que "Una
madre vale para mil hijos pero mil hijos no valen para una
madre"?

No, la verdad es que no lo conocía, pero seguro que es verdad —contesté amable pero
dolorida por mi frustración. El hecho de que
abuelita hubiese despreciado mi regalito, una
estupidez que pensaba que la consolaría, me
partió el corazón, papá. Ella fue demasiado
dura conmigo, que todavía era muy pequeña
para entender ciertas cosas… Pero, aunque no
puedo olvidar aquello, la perdono, pobre. ¡Demasiadas cosas habían pasado con la muerte

de abuelito! –pronunció Aída, aunque aún no demasiado convencida por la dura actitud que había adoptado su abuela.

–Ya, ya, hija… Comprendo lo que sentiste entonces pero intenta perdonar a la vieja… Ella, como te dije, nunca fue demasiado fácil. ¡Creo que hasta papá le tenía miedo!

Este último comentario, hecho por él mismo, hizo que el hombre irrumpiese a reír, a pesar de su dolencia en la mandíbula.

–Pero, ¿qué estás diciendo, papá?, ¿abuelito le tenía miedo a abuelita María? –preguntó Aída auténticamente sorprendida.

–Deja eso, mija, déjalo. Es una vieja historia que seguramente te aburriría. Tampoco entiendo la reacción que tuvo mamá contigo… Pero no le hagas caso, ya sabes que ella es así. Seguramente, cuando te fuiste, se arrepintió. Pero eso no lo admitirá nunca y te recomiendo que no le saques el tema. ¡Tiene un carácter terrible!

–Descuida, papá, eso pasó hace mucho tiempo y, aunque en el momento me dolió, más que nada porque yo quería hacerla feliz y no lo conseguí, era una niña que no entendía esas cosas. Yo quiero a mi abuela, aunque muchas veces no la comprenda. Ahora, que se lleva mejor con mi mamá, la quiero más. ¿Cómo voy a hablarle de esa tontería?

–Pero, si recuerdas otras cosas por favor, cuéntamelas. Me hacen sentir mejor, como más vivo.

–Claro que sí, papá –contestó ella, aún dolida por aquel bobo recuerdo.

Enseguida se repuso y, olvidando el episodio, continuó hablando con su padre. Mientras, la enfermera le llevó un caldo que le hizo ingerir mediante un tubo de plástico. Él lo rechazó pero Aída le amonestó.

–¡Tienes que comer algo para que te repongas pronto, papá!

Una vez tragado aquel alimento, Ramfis volvió a proponer a su hija que le narrase cosas que seguramente él no conocía. Fue en aquel momento cuando, de pronto, se abrió, de nuevo y violentamente, una de las ventanas de la habitación. Pero, en vez de entrar el aire frío que correspondía al mes de diciembre madrileño, se adentró una brisa bastante caliente.

Aída creyó ver que con ella penetraba en la alcoba una sombra oscura, y se estremeció.

–¡Inmacu! –gritó–. ¿Qué ha sido eso? –preguntó a la enfermera, que también estaba extrañada.

–No lo sé, hija. Voy a llamar enseguida a los de mantenimiento.

–Pero, ¿cómo se explica que, en vez de entrar frío, haya entrado calor por la ventana? –volvió a preguntar.

–No lo sé, chiquilla. Yo de esas cosas no entiendo nada pero seguro que debe ser debido a algo que tenga que ver con las calderas de la calefacción. ¡No te pongas nerviosa por "gansadas" de esa clase! Ellos te darán una explicación, si así lo deseas. ¡Tranquila!

Lo que Aída omitió, como es obvio, fue que había visto entrar a aquella oscura sombra, o lo que fuese.

–Sí, Inmacu, tienes razón. Estoy demasiado excitada y en mi estado no me conviene.

–Así me gusta. ¡Compórtate como la madre que pronto vas a ser, no como una histérica! Perdona si te hablo así pero, compréndeme, es por tu bien y por el de tu padre. No se nos vaya a asustar también.

–¿Asustarme yo? –pronunció Ramfis al oír aquello–. ¡Me dan más miedo los vivos que los muertos! Y ya ni siquiera siento temor de nada porque…

–¿Por qué dices eso, Ramfis? –preguntó la enfermera mientras llamaba a los de mantenimiento.

–Porque, de todos modos, sé que voy a morir y ya no van a poder hacerme nada… –contestó él, convencido.

–¡Venga, venga, hombre! ¡No te me hagas el mártir ahora que estás mejorando! ¡Eres un hombre fuerte! –le reprendió ella.

Enseguida se personaron los técnicos y ajustaron la ventana que se había abierto. Lo del calor parecía ser, en efecto, algo que procedía de los sótanos, en donde estaban emplazadas las calderas de la calefacción.

Aída no quedó conforme pues ya no sabía si el miedo a perder a su progenitor le estaba haciendo ser víctima de visiones. Estaba segura de haber visualizado alguna cosa, que no parecía buena. No obstante, fingió quedarse tranquila con lo que aquellos hombres habían dicho. Entonces Ramfis volvió a requerirle que le contase cosas que recordase.

Ella, haciendo un gran esfuerzo y tras pedir a la enfermera que le diese un vaso de agua, retomó sus historias, las que recordaba o las que se inventase, si con eso lograba aliviar a su querido progenitor, se dijo.

–Bueno, papá, puede que te las cuente en desorden porque, como bien sabes, soy muy despistada.

—No importa, mija, cuéntame lo que vayas recordando, aunque no sea correlativo. Como ya te he dicho, tus relatos, tan inocentes, me hacen bien —contestó él.

—¡Jajajajaja! —exclamó Aída—. Todavía recuerdo el cuento de la famosa "ciguapa" con sus pies al revés. Pero no creo haberla visto nunca. Sin embargo…

—¿Qué? —preguntó él, curioso.

—Después que mataron a abuelito, algo que todavía no entiendo ni me habéis contado ninguno, cuando viajábamos en "La Fragata", hacia Francia.

—No te hemos contado nada, mija, porque todavía eres demasiado joven para entender ciertas cosas.

—¡Papá! Ya no lo soy tanto… ¡Recuerda que voy a hacerte abuelo dentro de poco y que estoy casada! —replicó ella, un tanto indignada pues, a su edad, se creía ya lo suficientemente mayor.

—Sí, sí… —contestó él tornándose triste de nuevo.

Al Aída ver que aquello entristecía a su doliente padre, cambió el tema.

—¡Deja eso ya, papá! —le dijo—. Lo que quería contarte es que, estando en aquel enorme barco, o al menos yo lo recuerdo así, en mi habitación, cuando la niñera apagó la luz, algo que siempre me ha dado miedo, apareció "ella".

—¿Y quién era "ella", hija? —preguntó Ramfis, curioso nuevamente.

—Pues, ¿quién iba a ser? Siempre me decían que, si me ponía a llorar, ella aparecería. Y así lo hizo. La vi claramente, aunque no lo creas.

—Pero, mija, ¿a quién viste?

—A "La llorona". Llevaba puesto rulos, o rolos, como se dice en la República Dominicana, y también lloraba. Era flaca y fea y me produjo mucho miedo.

—No grité, no llamé a nadie pues las niñeras me habían advertido de que, de haberlo hecho, ella se habría enfurecido.

—Y entonces, ¿qué hiciste?

—Me di la vuelta en la cama y apreté los ojos para hacerle creer que me había dormido. Lo pasé muy mal, pero no tenía otra opción… —contestó Aída que aún no había olvidado aquel episodio.

—¿Qué pasó después? —preguntó Ramfis simulando un gran interés.

—No sé cuánto tiempo pasaría, pero terminé quedándome dormida. Cuando desperté ya entraba luz por el "ojo de buey". ¿No se llama así a las ventanas de los barcos? Y esa mujer se había esfumado. Desde entonces me prometí a mí misma no llorar por las noches, aunque tuviese miedo. Nunca más volví a verla. Pero lo que sí te aseguro es que ella lloraba más que yo. Me dio miedo pero también su llanto me produjo compasión. Parecía inconsolable…

—¡Qué desgraciadas esas niñeras! Con tal de que las dejaran tranquilas se inventaban cualquier cosa, las muy… —pronunció Ramfis.

—No, no, papá. ¡Yo la vi, al igual que he visto muchas otras cosas que nunca me he atrevido a contaros para que no me regañarais!

—¿Otras cosas? ¿Qué tipo de cosas, hija? —preguntó Ramfis.

—Sucesos que ocurrían en casa y de las que nadie parecía darse cuenta, excepto yo.

—¿Y por qué no nos los contabas, mija?

—¿Para que me diesen una pela, papá? Nadie me hubiese creído y yo no tenía, por ser pequeña, argumentos de peso, ¿comprendes?

—Si, sí, comprendo tu temor. Pero, si recuerdas alguna, por favor, cuéntamela… Estoy en una situación muy especial en la que creo en todo. ¡Entiéndeme tú a mí, mi amor!

—Claro que te entiendo, papá. Te sientes mal. Estás todo el tiempo diciendo que te vas a morir, cosa que no va a pasar pero… ¡Te comprendo a la perfección! Si las recuerdo te las contaré, descuida. Pero es verdad que, desde muy pequeñita, me empezaron a ocurrir vicisitudes extrañas. No sé si por culpa de lo que las niñeras contaban, pero…

—¿Pero qué, mija? —preguntó Ramfis, interesado.

—Cuando llamaste a Suiza y le dijiste a María, mi hermana, que habían matado a abuelito no lo creí. No vertí ni una sola lágrima hasta que regresé a nuestro país. Pensé que habías mentido, a pesar de que no entendía el motivo para hacerlo.

—Estuve rebuscando, cuando volví, por todas las habitaciones de todas nuestras casas. Entonces fue cuando me di cuenta de que, en efecto, él ya no estaba. Pero tú tampoco lo estabas. No sé adónde te encontrabas durante aquel tiempo. Pero, sinceramente, presentía que no estabas haciendo nada positivo porque sentía un gran dolor en mi pecho, en mi corazón. Y sabes que fue allí cuando cumplí mis nueve años, no sé cómo explicártelo… Es algo que me ha ocurrido desde muy niña: sensaciones extrañas, buenas o malas, presentimientos, pensamientos, "apariciones" inexplicables… Sólo estaba segura de que estabas mal y se me aparecía gente que me reprochaba, personas que ni siquiera yo conocía. ¡Pasaba mucho miedo por las noches! Pero, ¿quién se hubiese atrevido a preguntar, a comentar aquello por aquel entonces?

–Es verdad –consintió Ramfis–. No sólo no te hubiéramos hecho caso sino que te hubiéramos dado una pela. Bueno, yo no, porque sabes que nunca lo he hecho, pero tu mamá en eso no era fácil.

–No me hubieras creído, papá. Aparte de que, por aquella época, apenas si te vi un par de veces…

–Pero, mija, ¿no recuerdas anécdotas más divertidas?

–Sí, sí, papá. De Roma, por ejemplo… Por poquito, y sin ser conscientes de ello, no matamos a Rafa. Claro que mamá no se enteró porque Amparo, la niñera dominicana que teníamos entonces, era una sonsa, ¡que si no!

–¿Qué me dices? –preguntó Ramfis.

–Queríamos jugar a los médicos y, por supuesto, María iba a ser el cirujano que iba a "operar" al pobrecito niño. Como allí no había lagartijas, como en nuestro país, en donde sí las "operábamos" después de haberles puesto, en el hociquillo, un algodón empapado en alcohol de curar, que las dejaba "anestesiadas". Las lagartijas sobrevivían a nuestras "intervenciones quirúrgicas". Y, cuando se les pasaba el efecto del alcohol, se largaban. Mientras, las acostábamos en las camitas de nuestras muñecas. No teníamos intenciones, por supuesto, de abrirle la barriguita a Rafa, pero sí necesitábamos anestesiarle de algún modo, para seguir jugando como con aquellos pobres animales.

—¿Y qué fue lo que se les ocurrió hacer con su hermano?

—Pues, como sabíamos que, lo del algodón con alcohol en la nariz no le iba a dormir, decidimos que lo mejor era que lo ingiriese. Encontramos una botella de Cinzano, que había en la cocina, e inconscientes de que aquello hubiese logrado producirle un coma etílico, y era dulce, le hicimos beber más de media botella. Él, al principio estaba encantado, claro; pero después ya no podía más. Y nosotras le obligamos a tomárselo. ¡Pobre!

Ramfis no pudo reprimirse y exclamó:

—¡Coño! ¿Y qué hicieron después?

—Nada, cuando vimos que estaba lo suficientemente "anestesiado", le acostamos, le pusimos yodo en el vientre. Después, mediante unos cuchillos de plástico, por el lado que no cortaban, a Dios gracias, hicimos como si le estuviésemos operando de una apendicitis, como hacíamos allá con aquellos reptiles.

El padre de Aída no podía dar crédito a lo que estaba oyendo y dio gracias por todos sus hijos, porque no había llegado a ocurrir nada grave o mortal, incluso.

—Ahora Rafa odia el Cinzano y no me extraña —continuó ella—. Me lo ha dicho en varias ocasiones pero nunca reveló lo que le hicimos.

—Y tu mamá, con lo que es ella, ¿no se dio cuenta de aquel incidente? —preguntó Ramfis, realmente intrigado.

–No, no. Ella había salido y vino algo más tarde que de costumbre, a la hora en la que él ya solía estar durmiendo. Y, como te he comentado, esa mujer, Amparo, era una inconsciente que no le dijo nada, en absoluto, cuando llegó a casa.

–Pero, el niño, ¿se fue a acostar en ese estado? –volvió a preguntar Ramfis.

–¡Qué va, papá! Cuando empezamos a sospechar que mami podría presentarse en cualquier momento, le hicimos beber qué sé yo cuántos vasos de agua caliente. ¡Vaya tortura, pobre! Habíamos terminado la operación y había que hacerle vomitar, claro. Después le dimos una ducha de agua bien fría y le obligamos a que se tomase un caldito caliente. ¡Aquello le salvó la vida, sin nosotras ser conscientes de ello! –contestó Aída–. A continuación le metimos en su cama y, como es obvio, el pobrecillo se quedó dormido enseguida. Pero, gracias al Señor, no le ocurrió nada de nada. Sólo que, al día siguiente, se tambaleaba un poquito al andar. Mami se creyó nuestro cuento, secundado por la Amparo esa, de que se había caído mientras jugaba. Se le pasó muy pronto, la verdad…

–¡Uau! –consiguió exclamar Ramfis–. ¿Y todavía tu mamá no conoce esa historia?

–Se la contamos hace como un par de años y, si no nos mató, fue porque somos sus hijas. Pero bueno, ya el peligro había pasado y aquella niñera hacía tiempo que no trabajaba para nosotros.

–¡Madre mía! –volvió a exclamar Ramfis.

–Eso digo yo, papá… Si hubiésemos matado, aunque sin esa intención, a nuestro hermanito, él estaría muerto y nosotras con un trauma psicológico para toda la vida. ¡Imagínate!

—¡Gracias a Dios que no sucedió así! –gritó el doliente.

—Sí, papá. ¡Gracias a Dios que nos libró a todos de aquel mal que, sin quererlo, hubiéramos podido hacer! –contestó Aída.

—Eran inocentes –respondió él–, pero hubiese sido terrible.

—En efecto, papá… Pero, cambiando de tema y para que no te me pongas triste, porque eso ya pasó hace tiempo, te voy a contar otra anécdota "romana".

—¡No me digas que fue tan peligrosa como la que acabas de relatarme!

—¡Para nada, papá! Lo que hicimos en aquella ocasión fue ridículo, absurdo. A veces no comprendo lo que se les pasa a los niños por la cabeza.

—Yo pienso que ustedes, después de muerto tu abuelo, el divorcio de sus papás, el vivir en un país extraño en donde se hablaba un idioma desconocido, el que no estaban los seis hermanos juntos, la depresión de su mamá, etcétera, sin tener conciencia de ello, inventaban más de la cuenta para evadirse de la realidad…

—Además, papá –le interrumpió Aída–, por entonces todavía nuestra madre no nos había podido meter en ningún colegio. Eso nos encantaba, claro, pero no era bueno para nosotros el estar encerrados todo el día en casa. Y a ella, no hay que culparla, al contrario, se pasaba el tiempo haciendo recados o, como se dice en Dominicana, diligencias, para acelerar y normalizar nuestra situación. No sé cómo sacó las fuerzas, ahora que lo pienso. Pero consiguió muchas cosas a pesar de encontrarse casi sola. Gracias a que tío Enriquito le dejó a un amigo suyo, Luigi Guardigli, para que se encargase de ayudarla. Pero, obviamente, aquel hombre no podía estar las veinticuatro horas pendiente de nosotros. Tenía que ocuparse de su familia, de su trabajo, en fin, de sus cosas. Pero le recuerdo con gran cariño porque sé que nos apoyó mucho, en nombre de la amistad que le unía a mi tío.

–Y yo, inconsciente de nuevo, no me percaté de que, aunque les mandase su mensualidad, había demasiadas cosas, y bien complicadas, como para que las arreglase una mujer sola –respondió Ramfis, apesadumbrado.

–¡Deja eso, papá! No te sientas culpable, caray. Tú también tenías lo tuyo, que no era fácil. Eso ya pasó también, gracias al Cielo. Te voy a decir una cosa… Si te estoy contando todo esto es para distraerte, no para que te entristezcas –prosiguió la hija–. Y, aunque sea una falta de respeto, si te me vas a poner peor, voy a callarme y no te relato nada más. ¡Te lo advierto! Al fin y al cabo, papá, todos estamos bien. Fueron circunstancias de la vida. Mamá supo demostrar que, cuando tuvo que arreglarlas, a pesar de no estar acostumbrada, logró hacerlo. Quizás, de no haber sido así, hubiera entrado en una depresión muy grande como le ocurrió una vez que solucionó todo. ¡Estate tranquilo o no te cuento nada más! Y vuelvo a pedirte perdón porque eres mi padre y no tengo derecho a hablarte en este tono.

–No, no, mija… –pidió Ramfis–. Te ruego que sigas hablándome de lo que recuerdes. Me distrae de esto, de tener que estar acostado en la cama de una clínica. Además, así respeto más a tu mamá. Veo que no es tan pendeja como yo pensaba. Y, del mismo modo, conozco más de lo que ha sido la vida de ustedes. Muchas veces uno cree que con dar dinero lo da todo, mas me estoy dando cuenta de que no es así. ¡Y eso es bueno para mi espíritu!

Aída se acercó a su padre y le acarició la cabeza. Después se dirigió al cuarto de baño, cogió el frasco de su colonia preferida y regresó a su lado para refrescarle un poco. Él lo agradeció mucho, según le comentó. Estaba harto del olor de esa colonia fresquita, casi infantil, que se habían empeñado en ponerle cuando le aseaban.

–Bueno, bueno, papá, voy a seguir contándote cosas de las que recuerdo, pero sólo si me prometes que no te me vas a poner triste ni te me vas a alterar. ¡Te quiero mucho! –le dijo ella con gran ternura.

–Te lo prometo, mija, te lo prometo –pronunció él con aquella voz que cada vez se le iba debilitando más.

–Un día, en aquella primera casa en Roma, cuando todavía no íbamos al colegio, claro, se nos ocurrió jugar a que éramos mendigos, nada menos… ¡Jajajajaja!

–¿Mendigos? ¿Y por qué? –preguntó Ramfis, intrigado.

–Pues porque nos aburríamos, creo yo… Pero también porque, como siempre que podía, mamá nos llevaba a almorzar fuera de casa, al cine, etcétera, para distraernos, decidimos que teníamos que colaborar con ella en los gastos… ¡Ya ves qué tontería! La ropita de medio luto que nos había cosido abuelita, ya sabes que siempre le encantó la costura, la sacamos de un armario en donde mamá la había guardado. Le rompimos los bolsillos y otras partes, nos untamos con tierra de los tiestos de las plantas, tanto la ropa como la cara y el resto del cuerpo y bajamos, descalzos, a la calle, a pedir.

–¿Cómo va a ser, mija? ¿Hicieron esa barbaridad? Y entonces, ¿qué pasó? –preguntó Ramfis, con inmensa curiosidad.

–Nada, nada… A Dios gracias no ocurrió nada en absoluto porque, como aquel era un sector de alta categoría, desde el momento en que nos vio una señora, nos amenazó con llamar a la policía y, asustados, subimos corriendo a casa. No llegaron a darnos ni una lira, claro. ¡Jejejejeje! Y, a la Amparo de marras tampoco se le ocurrió contarle nada a mami. Yo creo que esa muchacha era un poquito subnormal.

–Sí, debía serlo o quizás tenía miedo. ¡Quién sabe! Hijita, los dominicanos son muy especiales. Nunca se sabe por dónde te van a salir. E imagínate, una pobrecita campesina que, de repente, se ve nada menos que en Roma.

–Es verdad, papá. Si para nosotros que teníamos cierta cultura era extraño encontrarnos en aquella ciudad, ¡para ella sería una auténtica hecatombe!

–Sí, mija, hay que entender a la gente aunque yo, en su momento, no supe hacerlo. Lo único que deseaba era complacer a tu abuelo y, después, vengar su muerte…

–¡No empieces otra vez, papá! –le gritó, irritada, Aída.

–No, no, mijita, sólo que no puedo dejar de pensar en esas cosas del pasado.

–Pues tienes que intentarlo. Además, sinceramente, cuando hablas de ese modo, no sé si lo que dices es cierto o si sigue siendo consecuencia de tu estado y de los medicamentos. Según me han informado, tanto la enfermera como los médicos, es normal que sufras alucinaciones. De modo que, cuando te hayas recuperado, tendremos tiempo de hablar de ello. Te vas a poner bien, mi querido papá, ya verás −continuó la joven−. Recobrarás tu lucidez perdida en ese trágico accidente. Vas a poder empezar a disfrutar de un nieto, con lo joven que eres, vas a comenzar una vida nueva. ¡Y no vas a regresar allí, a la República Dominicana! Sigue aquí, en donde te gusta estar, caray, papá. No dejes que nadie te hostigue, no dejes que nadie dirija tus pasos. Si ellos quieren hacer lo que les dé la gana, que lo hagan. Pero tú… quédate tranquilo aquí, por favor…

−¡Te juro que no voy a volver allí!

−Papá, cada vez que dices eso me provocas miedo −contestó ella.

−¿Por qué, Aida? −preguntó Ramfis.

−No sé, no sé… Pero lo dices con una convicción que me produce escalofríos y me hace sentir miedo por ti.

−No, hija, no te preocupes tanto. ¡Y menos en tu estado! Quiero ver nacer a mi primer nieto.

−¡Y lo vas a ver, en pocos meses, papá! Pero tienes que cuidarte, hacer lo que los médicos te mandan, olvidar esas pesadillas que tanto te perturban… Cuando salgas de aquí sano, si quieres, podremos, como te digo, conversar sobre ellas. Pero ahora no creo que sea conveniente. Lo único que importa es que te robustezcas, que descanses.

−Sí, Aída, tienes razón. Creo que me está entrando sueño y quisiera aprovecharlo.

–Claro, papá. Trata de dormir tranquilo. Yo voy a estar aquí, sentada a tu lado, leyendo… Si me necesitas, sólo tienes que llamarme al igual que a cualquiera de tus encantadoras enfermeras. ¡No estás solito!

–Gracias, hija… –musitó él mientras iba quedándose dormido, para gran satisfacción de su hija y de la enfermera de turno–. Y… hablando del tal Guardigli, ese italiano que tu tío Enrique encargó que les ayudase –retomó él antes de que el cansancio le venciera–. Comprendo que fuese como una especie de protector, pero… ¿no se habría enamorado de tu mamá cuando la conoció?

–Sinceramente, papá, entonces yo era muy niña, muy inocente. Pero, a pesar de ello, no lo creo. Gustarle le gustaría, ¿a qué hombre no le iba a gustar mi madre si estaba en todo su esplendor y más bella que cuando era una jovencita veinteañera? –contestó Aída.

–Pero, de haber sido así, cosa que no creo porque le unía una gran amistad y respeto a mi tío, nunca lo demostró. Al contrario, él fue quien nos llevó a conocer a su mujer, Antonietta, que hacía los mejores canelones del mundo, y a sus hijos… No sé, ya te digo, pero nunca le vi ni le escuché propasarse con mami. Además, ¿para qué nos quiso presentar a su familia si no era necesario ni tío Enrique se lo propuso nunca? Pienso que, lo que les unió siempre a nosotros fue su gran amistad y la pena que sintió por nuestra situación.

Previamente a que Ramfis conciliase el sueño, Aída le reprendió.

–Papá, no me digas que, "a estas alturas del partido", estás celoso todavía, cuando deberías desear que mamá encontrase otro marido y rehiciese su vida, como lo has hecho tú.

—Tienes razón, hija, pero no puedo evitarlo… ¡Soy así! —contestó él.

—Pues deberías intentar cambiar, papá, porque, de verdad te lo digo, tu exmujer me hace la vida imposible hablándome de ti todo el tiempo. ¡Yo estoy loca por que se case otra vez!

—Tienes razón, mija —repitió Ramfis con una voz muy leve—. Soy demasiado egoísta.

—No, pero ya que la abandonaste y no es por reprochártelo, desea tú también que ella rehaga su vida. Todavía es una mujer joven y preciosa, como sabes. ¡Déjala tranquila a ver si, de ese modo, ella logra también olvidarte! ¡Te lo juro, papá, los dos me tenéis harta! Perdona que te hable tan irrespetuosamente. ¡Es como que no os aclaráis! Y yo estoy cansada de vuestro juego que, para colmo, no va a ir a ningún lado. ¡Compréndeme!

—Es verdad —reconoció Ramfis—, Tantana debería rehacer su vida al lado de otro hombre. Pero, por favor, hijita, cambiemos de tema. Cuéntame algo divertido. Y no te enojes conmigo.

Fue cuando Aída tomó de nuevo conciencia de que su pobre padre estaba muy enfermo y ella le estaba reprochando cosas en vez de estar consolándole. Se sintió muy culpable y tuvo que hacer un gran esfuerzo para reprimir sus lágrimas de arrepentimiento.

—Te pido perdón, papá… —pronunció entristecida—. Tú ahí, postrado en esa cama y yo hablándote mal. ¡Perdóname, perdóname, por favor!

—Ya está olvidado, mija. Sigue con tus narraciones, que me hacen sentir mejor –contestó Ramfis.

—Bueno, bueno, pues te voy a contar una cosa que ocurrió, estando en el colegio de Roma, el de "Ancelle del Sacro Cuore", ¿recuerdas?

—Claro, hija. Sé perfectamente en los colegios que habéis estado todos mis hijos… ¡Los investigaba y pagaba yo!

—Sabes que siempre fui "muy buenecita", de modo que las monjas me consideraban y tenían confianza en mí pues era obediente y dócil.

—Mamá había dado órdenes de que no nos dejasen salir a ninguna parte sin ella. Tenía miedo a un posible secuestro. Ahora la comprendo, pero entonces… era duro no poder expansionarme un poco, ser como las otras niñas. Además, en aquella época yo ya había cumplido los once años y empezaba a rebelarme un poquito. Tan poco que nadie lo notaba pues procuraba no demostrarlo.

—¿Qué fue lo que pasó? –preguntó Ramfis.

—Bueno, papá, en realidad nada grave, pero mamá se enfadó mucho conmigo…. Había algunos fines de semana que ella no iba a buscarnos. Rafa permanecía con ella, jugando en casa. Él no estaba interno en ningún colegio. Creo que iban a comer a casa de Guardigli, o algún otro lugar. Pero, no sé por qué motivo, ella prefería, de tanto en tanto, dejarnos a Claudia y a mí a buen recaudo con las monjas.

Ramfis dijo a la enfermera, en aquel lúcido momento, que sufría de intensos dolores, sobre todo en la mandíbula. La enfermera, comprensiva y encantada de ver que no estaba delirando, le puso un calmante en vena. Un par de minutos después, él le confirmó que se sentía mejor. Pidió, entonces, a su hija que continuase con su relato.

—¿Estás seguro, papá? —preguntó ella— ¿No estás cansado?

—Al contrario… —respondió él—. Lo que cansa es el tener que estar descansando, todo un contrasentido. Y los dolores, claro. Pero con lo que me ha inyectado esta preciosa muchacha, se me han quitado, como por arte de magia. Sigue, por favor, contándome lo del colegio de Roma.

—Bien pues, como te decía, en ocasiones mami no nos sacaba. Y, en cierta ocasión, una amiguita me contó que los fines de semana, ella y sus padres, solían pasarlos en una granja que tenían, no recuerdo adonde. Dijo que tenían muchos animales. Pero lo que más llamó mi atención fue lo de que tenían gallinas que, para que comiesen más, llevaban gafas.

—¿Gallinas con lentes? ¡No, eso no puede ser! Je, je, je… —exclamó, incrédulo, Ramfis.

—Sí, sí, ella me aseguró que llevaban "occhiali", es decir, gafas en italiano. Yo estaba completamente intrigada con aquella historia. Quería verlas. Además, la idea de salir un sábado por la tarde con mi amiga, dormir en su casa, ver a todos aquellos animales y regresar el domingo por la tarde al cole me seducía enormemente.

—Y entonces, ¿qué hiciste?

—Como te comenté, al ser yo "tan buenecita", las monjas confiaban en lo que yo les decía. Entonces les conté que había hablado por teléfono con mamá y que ella me había dado permiso para salir en aquella única ocasión.

–¿Y no lo corroboraron con tu madre? –preguntó él.

–No, tuve suerte… Creyeron en mi palabra, por ser como era, y no lo hicieron. De modo que me fui a pasar un día inolvidable a casa de mi amiguita. Te confieso que sentía algo de miedo pero pensé que si no lo hacía en aquel momento no podría hacerlo nunca. ¡Y me apetecía tanto! Íbamos con sus padres, en su automóvil, directamente a la granja. Allí no había teléfono, lo que me aseguraba cierta, aunque corta, tranquilidad. Me costó, pero intenté y conseguí disfrutar de mi libertad por unas horas.

–Imagino que lo pasarías muy bien allí… Pero cuéntame eso de las gallinas con gafas… ¡Je, je, je!

–Aquella tarde, como ya empezaba a oscurecer, los padres de mi amiga se negaron a enseñármelas. Las tenían encerradas en un corral pero prefirieron que nos pusiéramos a jugar en la casa, que nos bañáramos y que, después de cenar, continuásemos un ratito con nuestros juegos. Después, a una hora conveniente, nos tendríamos que ir a la camita ya que, en la granja, se madrugaba y había mucho que ver. Recuerdo que "la mamma" de Diana, que así se llamaba mi amiga, había preparado una lasaña rellena de carne. Creo que es la mejor que he degustado en mi vida. Quizás, porque me sentía realmente feliz, como no lo había estado desde hacía mucho tiempo.

–Te comprendo, mija…

–El caso es que, aunque yo era ya muy glotona, cuando terminé mi ración, la señora, que era un encanto de mujer, me preguntó que si quería un poco más. Yo, como era tan educada, tan delicada, le dije que no, para no abusar. Pero ella, como madre al fin, vio en mis ojos que anhelaba el comerme otro plato de aquella delicia y, a pesar de mis tontas protestas, me sirvió otra porción, para gran deleite mío –comentó Aída, evocando aquellos bellos momentos de expansión.

–¿Y te la comiste toda? –preguntó Ramfis, divertido.

–¡Pues claro, papá, encima de que la deseaba, no iba a hacerle un "feo" a la señora que, con tanto cariño, me la había servido, obviando mi anterior respuesta. ¡Por pura sabiduría maternal, además! ¡Me supo a "Gloria Bendita"! Después de la estupenda cena, "la mamma" nos dejó jugar un rato para que "bajásemos" la comida, antes de irnos a acostar. Pero, como podrás imaginar, Diana y yo estuvimos charlando hasta bastante más tarde, en voz baja, claro, para que no nos descubrieran. Aunque estoy segura de que su madre se lo imaginaba. No sé qué hora sería cuando pudimos conciliar el sueño, pues era la primera vez que estábamos juntas fuera del colegio. ¡No creo que fuese demasiado tarde!

–¡Ja, ja, ja! –Se carcajeó Ramfis, viendo que, por fin, su hija había hecho alguna trastada–. ¿Y qué pasó al día siguiente?

–Nos levantamos muy temprano, serían como las 5 de la mañana. "La mamma" nos tenía preparado un desayuno bien copioso, típico de la gente que vive y trabaja en el campo, y nos dijo que nos pusiéramos la ropa del día anterior pues, con el recorrido que íbamos a hacer, nos íbamos a ensuciar.

–Como calzábamos el mismo número, nos hizo ponernos unas botas de agua de su hija. No hacía nada de frío aquella primavera. Nos vestimos y, acompañadas durante un rato por ella, lo primero que fuimos a ver fueron las famosas gallinas con sus gafas. No sé cómo se las sujetaban pero aquellos eran unos anteojos de plástico sin cristales. Impedían que los animales pudiesen ver y, según nos explicó Adriana, la "mamma", de ese modo las gallinas comían y engordaban más.

–La verdad es que nunca había oído hablar de ese método –comentó Ramfis–. Es interesante.

–Yo permanecí, embobada, observándolas durante un buen rato. Mi amiga se reía de mí. Finalmente, nos quedamos a solas. Pero antes, Adriana le dijo a su hija que me enseñase el resto de la granja y también los demás animales. Le ordenó que, como muy tarde, regresáramos a la casa a la hora de comer para que nos diese tiempo a dar, después, otra vueltecita. A las cuatro tendríamos que estar bañadas y vestidas para regresar al internado. Recorrimos el rancho en donde había vacas, toros, corderos, cabras, cerdos… Y un huerto enorme y precioso porque, además de las hortalizas, en los bordes habían plantado flores. Creo que aquel fue uno de los días más felices de mi vida, después del exilio, claro. Por la tarde, aunque lo seguí pasando muy bien, empecé a ponerme un poco triste. Comenzó a turbarme el miedo pues lo más probable era que ya mamá se hubiese enterado de mi escapada. Y así sucedió. Cuando arribé al colegio las monjas me amonestaron de forma muy fuerte. Nunca volverían a tenerme la confianza que habían puesto en mí, me dijeron. Mi amiga Diana y yo subimos a nuestras respectivas habitaciones para ponernos el uniforme. Después, a mi hermana Claudia y a mí nos llamaron para que acudiésemos a la sala de visitas. Mamá nos aguardaba allí. Yo estaba temblando, Claudia no, como es obvio… Recuerdo que teníamos guardadas unas caretas de carnaval con los rostros de Mickey y Minnie Mouse. Nos las pusimos. Claudia por diversión, yo para ocultar mi temor.

—¡Imagino la cara que tendría tu madre! –dijo Ramfis.

—Efectivamente, papá, pero no podrías jamás imaginar la que tenía yo debajo de mi máscara.

—¡Ja, ja, ja! –rio Ramfis y se quejó un poco del dolor de la mandíbula.

—¡Ay, papá! Si te vas a hacer daño riéndote con lo que te cuente, voy a dejar de hacerlo.

La enfermera intervino, pidiendo disculpas por su intromisión, y le dijo a Aída, en voz baja, que siguiera con sus cuentos, fuesen reales o no. Le explicó que la mandíbula de su padre estaba bien sujeta y que el reírse le hacía bien. Mientras ella le contaba aquellas anécdotas, él parecía olvidar todo aquello que le atormentaba. De modo que, mientras él se lo demandase, era mejor que ella continuase hablándole de sus infantiles vivencias.

—¡No, no, por favor, mija, sigue contándome! Aunque me duela la boca, como ya te he dicho, tus historias me hacen sentir mucho mejor –suplicó el enfermo.

—De acuerdo, si así tú lo quieres, papá. Claudia entró la primera, a la sala de visitas, saltando y riendo. Mami se puso contenta de verla y le hizo gracia lo de la careta. Pero, cuando yo entré, unos segundos más tarde, pronunció, dirigiéndose a Guardigli: "¡Mira a la otra!", lanzándome una de sus peores miradas de reproche e ira contenida.

–¡Conozco esas miradas! –pronunció Ramfis–. En un rostro tan bello como el de tu madre, no sé, como que se notan más. Pero continúa, ¡te lo pido, por favor!

–Bueno, pues poco más te puedo contar sobre aquello. Mamá me arrancó, literalmente, la máscara, me regañó enérgicamente, me dijo que para el siguiente fin de semana no saldría, aunque Claudia sí, y que las monjas me iban a poner una nota de mala conducta. Me eché a llorar y, aunque quería marcharme, tuve que aguantarme, permaneciendo allí hasta que fue ella la que se marchó, sin volver a dirigirme la palabra. Pero te lo juro, papá, a pesar de cómo fui reprendida, jamás me arrepentí de haber hecho aquella bribonada. Como te dije, hacía años que no me había sentido tan bien. Siempre en internados, después de lo de abuelito y el exilio, mamá triste, encerrada, ahora sé que por mi bien, en el colegio. Quería ser como las demás niñas. ¡Y me divertí tanto en aquella granja! ¡No puedes figurártelo!

–¡No juzgues mal a tu madre! Tenía miedo de que les pasara algo y, por aquel entonces, no era para menos…

–La comprendo, papá, ahora la comprendo. Pero, cuando tenía once años, la verdad es que su postura me parecía exagerada. ¡Y, además, ya no podía más! Recuerda que hasta nos inscribió, no oficialmente, claro, porque era imposible, en el colegio con el apellido Ricart.

–Claro que lo recuerdo, mija, y aquello me dolió pero entendí que era para protegerlos –contestó Ramfis.

–Tú habrás tenido, o no, celos de Luigi Guardigli –dijo Aída–. Pero, gracias a ese hombre, tan amigo de tío Enriquito, podíamos salir con ella los fines de semana. Él solía acompañarnos, aunque no se quedaba con nosotros todo el tiempo, como es lógico. Pero presiento que mandaba a alguien a vigilarnos desde lejos. De no haber sido así, imagínate, salir del internado para confinarnos en la casa, hubiese sido un infierno.

–¿Y qué solían hacer durante aquellos paseos?

–¡Ah! Sabes que siempre he sido muy tragona. Me encantó poder conocer al famoso Alfreddo, el de los "Fettuccini", todavía conservo una foto en la que estamos con él. Pude degustar los platos de los restaurantes "La Vigna dei Cardinali", "Giggetto er Pescatore" y otros cuyo nombre no recuerdo. Mami nos llevaba a comer a sitios deliciosos. En eso le estoy muy agradecida porque, hasta cuando pasábamos el día en casa de los Guardigli, aparte de que su esposa Antonietta cocinaba igual que los ángeles, como tenían hijos, también podíamos jugar con ellos. Ya sabes que mamá es cinéfila. También nos llevaba al cine muy a menudo. Había uno, cuyo nombre tampoco recuerdo en este momento, que me alucinaba pues, en medio de la película, cuando hacían una pequeña pausa, abrían el techo. Sí, sí, eso no lo he visto yo ni aquí en España ni en ningún otro lugar que yo haya visitado.

–¿Cómo que abrían el techo? –preguntó Ramfis.

–Sí, así era, mediante un mecanismo que desconozco pues sabes que la tecnología no es lo mío. Pero el caso era que, como por arte de magia, el techo se separaba, dejando al descubierto el cielo. Esto lo hacían cuando no llovía, evidentemente. Y era para que el humo de los que fumaban se evaporase.

–¡Qué buena idea! –observó Ramfis.

–Lo que sí recuerdo es que aquella sala de proyecciones estaba situada en unas galerías comerciales, creo que las llamaban "Le Colonne", porque tenía muchas columnas de mármol. Y allí estaba ubicada una cafetería en donde preparaban un chocolate caliente con nata por encima que estaba de rechupete. Merendábamos en aquel lugar en no pocas ocasiones.

–¡Pero qué hartona eres, mija! –rio Ramfis.

–Ya lo sabes, papá, ya lo sabes. Ahora es cuando, por el embarazo digo yo, no me gusta "inflarme" de cualquier cosa. Me he vuelto como más "exquisita" porque hay alimentos que me producen náuseas. Pero seguro que después volveré a ser la misma. Y, además, de las cosas que me apetecen, sí me atiborro. Pero, a pesar de ello, no estoy engordando demasiado. Dice el ginecólogo que es debido a que este es mi primer embarazo. ¡Je, je, je!

–Por favor, hija, sigue contándome. Ya sabes que no nos dio mucho tiempo para estar juntos. ¡Cualquiera te arrebataba de al lado de tu mamá! Por eso, de tus hermanos, conozco… Pero tú no querías dejarla sola, nos veíamos poco. Tuviste que enamorarte para que pudiésemos compartir más.

–Pero ahora vamos a hacerlo, papá. Aunque sabes que siempre estaré muy unida a mi madre y nunca voy a permitir que nadie le falte al respeto. ¡Ni siquiera tú! Pero, cuando salgas de esta clínica, te prometo que estaremos más tiempo juntos y que, si quieres, aunque esté casada, puedo volver a trabajar contigo. Siempre me gustó y no veo por qué no puedo seguir haciéndolo. Aunque tendré que llevarme al niño a tu despacho y, si sale muy llorón, nadie le va a aguantar, ¡jejejeje!

—Si es que llego a salir con vida de aquí –susurró Ramfis.

—Claro que vas a salir y te vas a poner fuerte y vas a tener que decirme que me lleve al muchachito de la oficina, ¡ya verás! ¡No quiero volver a oírte decir que no te vas a sanar! ¡Te lo prohíbo!

—De acuerdo, mija. No voy a volver a repetirlo. Pero sigue contándome tus cosas, por favor.

En aquel momento, Aída volvió a sentir aquella siniestra e invisible presencia en la habitación. Se estremeció pero, como no quería que su padre lo notase, le pidió disculpas diciéndole que tenía que ir al cuarto de baño.

Después, sin que él se percatase, salió un momento al pasillo y pidió a Víctor Sued el favor de que le trajese una infusión de tila de la cafetería.

El hombre, comprensivo, le dijo que así lo haría.

—Pero no le vayas a decir "ai generai" que estás nerviosa, ¿eh?

—En absoluto, Víctor… Voy a decirle que tengo náuseas, simplemente. Eso, si me lo pregunta…

—Ahora mismo bajo a buscártela, mija. ¿Quieres que te suba algo más?

—No, no, gracias. No tengo hambre y me temo que, si como algo, de verdad que voy a vomitar. Pero, eso sí, pídeles que te den el triple de azúcar. ¡Odio el sabor de la tila!

—No te preocupes, así lo haré.

Aída aprovechó el momento para preguntar a aquel hombre que, evidentemente, conocía muchas más cosas que ella sobre su padre.

—Otra cosa, Víctor…

—Dime, mija, ¿qué más necesitas?

—Todo eso de lo que habla papá, cuando se pone mal… ¿es verdad?

—No, no, yo le sigo la corriente porque ¿no te das cuenta de que, el pobre, está delirando? Además, muchachita, ahora lo importante es que él se sane y puedan darle el alta lo más pronto posible. Entonces, tú misma podrás preguntarle. Yo no soy quién para eso.

—Es verdad. Estoy siendo egoísta y curiosa a la vez. Él necesita cuidados y amor, no que se indague en sus pesadillas —contestó Aída.

—Así es, mija. Pero tienes que cuidarte tú también porque, si pierdes a tu muchachito, él se va a poner muy triste. Ya sabes que se siente muy orgulloso de que vayas a hacerle abuelo.

—Sí, lo sé, Víctor. Lo primordial es que él se restablezca lo antes posible.

Aída volvió a entrar en la habitación y le dijo a su progenitor, quien ya había notado su ausencia, que había salido a un momento a pedirle a su amigo que le subiese una infusión porque sentía náuseas.

—Pobrecita, mi hijita, tan jovencita y ya pasando por esto… —pronunció Ramfis.

—Bueno, papá, son cosas naturales y nadie me mandó a quedarme embarazada tan pronto.

—Es verdad —contestó él–, pero soy tu padre y me da pena tu sufrimiento.

—Y yo soy tu hija y me apena aún más el tuyo.

—Cambiemos de tema, mi amor. Si te acuerdas de algo más en este momento, cuéntamelo, por favor.

—¿Recuerdas que te dije que se me aparecían fantasmas o algo así, y que nunca me atreví a contároslo para que no me regañarais?

—Sí, lo recuerdo muy bien pero sabes que yo nunca he creído mucho en esas cosas. Aunque lo de la casa en donde tú naciste, la verdad, fue muy extraño. Pero estoy seguro de que existirá alguna explicación científica al respecto.

—No quiero llevarte la contraria, papá, pero la versión de mami es otra. Decidiste, después de vivir cierta experiencia, que cambiásemos de domicilio, aunque, como sigues afirmando, nunca dejaste entrever tu preocupación, tu duda —contestó Aída.

—Es verdad… cuéntame alguna más de las tuyas.

—En esa casa del Viso, papá, en esa casa…

—¿La de la calle Cinca? —preguntó Ramfis.

—Sí, claro, esa misma. Y hoy en día, cada vez que paso por delante con el coche, todavía me produce escalofríos.

—Pero si era muy bonita, mija. ¡Yo mismo fui a verla antes de alquilarla para ustedes!

—No digo que no lo fuese, pero nunca me gustó. Y mucho menos un cuarto que había en el último piso, por no hablarte del sótano al que únicamente bajé una vez y decidí no regresar. Esa habitación de la que te hablo, era muy grande. Mamá la convirtió en un cuarto de juegos para nosotros. Sólo podía estar allí si alguno de mis hermanos estaba conmigo, pero sola… ¡ni hablar! Yo notaba, sentía, que anteriormente había sido la alcoba de alguien pues tenía un baño al lado. Pero, no podría explicártelo con palabras, me producía temor… Siempre preferí el piso de la Generalísimo 30. Era liviano, agradable y allí nunca sentí miedo.

–Pero, como bien dices, era un apartamento, grande sí, pero era un piso, como se dice aquí y no tenía jardín… –contestó Ramfis.

–Pero me gustaba. En cambio esa casa del Viso…

–¿Qué te pasó para que le cogieras esa aprensión?

–Pues… la primera vez que subí a jugar yo sola, ya que allí guardábamos la mayor parte de nuestros juguetes, sentí que había alguien en la habitación. Pronuncié el nombre de mis hermanos y nadie me contestó. Se me erizaron los vellos de todo el cuerpo y me estremecí. Al rato se me apareció una sombra, que era, ¿cómo te diría yo?, difuminada, no tenía una forma concreta. Pero era oscura y me dio tanto miedo que salí corriendo escaleras abajo. Por supuesto, no volví a subir allí sola, pero tampoco se lo conté a mamá. No, sin duda alguna, aquella casa no me gustaba en absoluto. Es verdad que tenía un jardincillo en la parte trasera, pero no sé si te fijaste que estaba como "pelado", no había flores, no era alegre. Casi nunca íbamos allí a jugar, como si no existiese.

–¡Qué cosas, mija! –exclamó Ramfis–. La casa en donde naciste y todo lo que me cuentas… ¿Acaso eres una brujita disfrazada? ¡Jejejejeje!

–¡Quién sabe, papá! Pero, si lo soy, te aseguro que soy una bruja buena. No me gusta hacer daño a nadie.

Cuando Aída pronunció aquellas últimas palabras, la cara de Ramfis se tornó sombría.

–¿He dicho algo malo? –preguntó ella, preocupada.

–No, mija, al contrario… solo que…

—¿Qué, papá querido?

—Nada, nada, no te preocupes… cosas mías.

Tras aquella conversación que había resultado ser tan agradable para ambos, Ramfis empezó a inquietarse y a quejarse de dolores. La enfermera se le acercó, le inyectó un calmante y le aconsejó a Aída que descansase un poco. Si no quería abandonar la clínica, como ya conocía su terquedad, le sugirió que bajase a comer algo en la cafetería. De ese modo a él le haría un efecto más rápido la medicación y ella se alimentaría.

—Recuerda que ahora tienes que comer por dos —le dijo. Por entonces aquella era la creencia en España y siempre se les recomendaba a las embarazadas que lo hicieran.

Aída asintió, salió de la habitación, saludó a Sued y le comentó lo que le había dicho la enfermera. Le pidió que bajase con ella pues pensaba que, aunque él no estaba "embarazado", debía alimentarse también.

—Ya he comido, mija, no te preocupes. Ve y trata de cebarte lo mejor que puedas. Yo me quedo aquí —contestó el hombre.

—Está bien, Víctor, pero por favor no te me vayas a enfermar tú también. ¡Eso sería ya lo último que me faltaría!

Una vez en la cafetería, la joven se acomodó, lo mejor que pudo, en una silla situada frente a una mesa que estaba libre. Al rato se le acercó un camarero y le entregó la carta.

—Tenemos unos buenos "platos combinados" —le dijo—, pero, con todos mis respetos y si a usted le apetece, claro, yo le recomiendo el número 5 porque es muy completo.

–Es que mi mujer también está en "estado de buena esperanza"… –continuó emocionado–. Y deben ustedes nutrirse bien. Perdone mi intromisión, señora.

–¿Cómo que le perdone? Todo lo contrario, le agradezco su interés señor –contestó ella.

–Me llamo César y, Dios mediante, mi hijo, o hija, me es indiferente con tal de que venga sano, nacerá para el mes de mayo.

–Mi nombre es Aída, pienso lo mismo que usted y, si el Señor lo permite, el mío, o la mía, vendrá a este mundo para esas mismas fechas. Por eso se ha dado usted cuenta de mi embarazo ya que imagino que su señora estará, más o menos, igual de gordita que yo, ¿no?

–Sí, así es señora… Aunque creo que es un poco mayor que usted. Tiene veinte años.

–Yo tengo diecisiete… –contestó ella.

–¡Ay, Madre del Amor Hermoso! ¡Y yo que pensaba que la mía era demasiado joven! –exclamó César–. Y es que yo le llevo unos cuantos años, tengo veintiocho.

–Pues no son tantos, César. Lo importante es que ustedes se quieran y que, como usted afirma, la criatura venga sana. ¡Que vendrá, se lo digo yo! Mi padre, que el pobrecillo está ingresado aquí, me acaba de decir que soy una brujita. ¡Y estoy empezando a creerlo! De modo que le aseguro que su retoño va a nacer muy bien, sin problemas. En cambio, de la salud de papá, no estoy tan segura de que se recupere.

–Pues, no sabe cuánto lo siento, Aída, si me permite llamarla por su nombre.

–¿No acabo yo de llamarle a usted por el suyo?

–Sí, claro, pero no es lo mismo. Yo soy un camarero y usted una cliente y…

–¿Y qué diferencia hay, César? ¿No somos todos seres humanos iguales ante los ojos del Señor? Mire, le aseguro que su vástago, y el mío, a Dios gracias, van a nacer completamente sanos. Y no sé por qué lo sé, pero, como dice mi madrecita adorada, lo sé. De lo que no estoy segura es de que mi padre llegue a conocer a su nieto. ¡Ojalá me equivoque! –dijo Aída.

–Así lo deseo, hija… Espero que se equivoque y que el abuelo pueda conocer y disfrutar de esa bendición que debe de ser un nieto. ¿Es el primero? –preguntó César.

–Así es, César… Él, mi papá, sólo tiene cuarenta años de edad, pero tuvo un accidente en la carretera y…

–¡Vamos, vamos! No se ponga triste y confíe. Y ahora dígame si le apetece que le ponga el plato que le he recomendado…

–¡Póngalo, César! No tengo mucha hambre pero la enfermera asegura que "tengo que comer por dos".

–¡Esa es una verdad como un templo! Ahora mismo mando a que se lo preparen y se lo serviré con gran cariño, aunque acabe de conocerla. Me parece que es usted una persona persona…

–Gracias, César.

Después de engullir, literalmente, su almuerzo, Aída pagó la cuenta, volvió a dar las gracias al amable camarero, se levantó y regresó a la habitación de su padre. Cuando penetró en ella se encontró con la desagradable sorpresa de que él había comenzado a delirar de nuevo. Y, además, sufría.

¡Hay que ver qué jodona es Josefina también, Yuyo, igualita a Tantana! ¡Cómo nos estropearon mi fiesta de cumpleaños provocándose, ella misma, el parto anticipado de tu hija Gina para que tuvieses que reunirte con ella! ¡Jajajajaja! ¡Cómo se nota que son hermanas!

Aída recordaba aquella anécdota pues su madre se la había contado en más de una ocasión. De hecho, Gina, su prima, nació un 5 de junio, al igual que Ramfis. Eso la hizo sonreír. Y su padre, además, también había empezado a carcajearse. Pero la cosa duró poco pues, al rato, su rostro se ensombreció.

Pero, aunque reconozco que fue culpa mía, pues nunca debí llevarte a esa maldita base aérea, fue allí en donde tomaste conciencia de que no podías seguir siendo mi amigo. Te lo vi en la cara. No estabas preparado para ser colaborador mío. No habías querido unirte a Manolo, por nuestra relación amistosa y familiar. ¡Si yo soy hasta el padrino de Ucho, tu primer hijo! Pero, el ver aquellos fusilamientos logró que cambiases de opinión… ¡Metí la pata hasta el fondo y perdí tu amistad para siempre! Sé, por pura intuición, porque de aquello no me hablaste hasta más tarde, que decidiste adherirte a aquellos rebeldes en aquel preciso momento… ¡Los ojos son el espejo del alma!

Ramfis empezó, entonces, a revolverse, agitado, en la cama. A la enfermera no le quedó otra opción que volver a inyectar otro calmante en uno de sus sueros. Pero el doliente no se tranquilizó y continuó con su narración o su alucinación. Ninguna, ni la hija ni la sanitaria, podían distinguir cuándo el hombre pronunciaba verdades o si, de lo que hablaba, era producto de su estado y de los efectos de los medicamentos.

Cuando viniste a confesarme tu decisión, fui muy duro contigo, lo reconozco –prosiguió Ramfis–, porque podía haberme callado, como lo habías hecho tú durante tanto tiempo. Pero no. Te escuché hasta el final, sabía que tenías tus razones, y te reprendí agresivamente.

Yuyo, cuyo auténtico nombre era Guido D'Alessandro, había tenido el valor de enfrentarse a su poderoso amigo cuando a él se le había ocurrido el volver a querer llevarle a presenciar cómo mataban a los rebeldes. Se negó a acompañarle aunque sabía que aquello podía ser muy peligroso. Sin embargo, se sintió tan mal que no tuvo más remedio que hacérselo saber personalmente a Ramfis.

Recuerdo que me dijiste: "Ramfis, aunque te quiero mucho, y creo que siempre te lo he demostrado, no estoy de acuerdo con la dictadura. Eso siempre lo has sabido. ¿Por qué quieres meterme en cosas que no me incumben? Yo he sabido "separarlas", aunque me he sentido a veces como un traidor por dos lados. Pero tú quieres obligarme a que me incline hacia un lado que detesto. ¡No me parece justo y no pienso ir de nuevo a ver cómo se mata a gente por no pensar como ustedes!". Yo permanecí callado, sin querer dar crédito a lo que estaba escuchando, por mi propia conveniencia. Tú, nervioso, como es lógico, seguiste hablando y me dijiste que le servías a mi papá en el sector económico porque eras funcionario del Banco Central, al ser técnico de estudios económicos. Pero que no estabas, en absoluto, de acuerdo, en participar, aunque fuese como testigo, en crímenes, asesinatos ni cosas parecidas… ¡La verdad es que, diciéndome aquello, le echaste un par de cojones! Pero yo, en lugar de admirar tu valor, al enfrentarte directamente conmigo, te mandé a la cárcel para oficiales de San Isidro, en donde, después de haberte rasurado la cabeza, permaneciste durante cuatro días. Lo que no sabes es que, esos días resultaron ser un infierno para mí. Tunti Sánchez fue el que intercedió por ti y, la verdad sea dicha, aunque no creí ni una de sus palabras, estaba deseando que aquello ocurriese. ¡Pero no podía, no debía traicionar a papá! ¡Y reconoce que, lo que me confesaste había sido demasiado fuerte para mí con respecto y respeto hacia él! Total, Yuyo, tú mismo lo estás viendo… –prosiguió Ramfis como si aquel estuviese frente a él–. Estos políticos, el primero Balaguer, están usando el nombre y los hechos de Trujillo para hacer lo que les da la gana en el país… Papá resulta ser una buen "cortina de humo" para tapar sus fechorías. Sin embargo, está claro, las cosas no prosperan, porque la mayoría se dedica a robar descaradamente. Desde la muerte de Trujillo ha habido un triunvirato, ¿cuándo se ha visto eso en los tiempos que corren? Y al único que admiro, Juan Bosch, bien pronto que lo botaron. Ese hombre, aunque fuese opositor de papá, tuvo los cojones de demostrarlo mientras él estaba vivo. Y Trujillo lo admiraba por muchas razones que tú también conoces. Le acusaron de mantener una gran empatía con el régimen de Fidel Castro. Lo derrocaron, en el 1965, mediante un golpe de estado militar mantenido por las élites del país. Colocaron en su lugar a ese triunvirato civil que conoces tan bien, o mejor que yo. La excusa ideal fue el prevenir el regreso de los militares tradicionalistas, lo que provocó la intervención armada de los Estados Unidos. ¡Y hasta una guerra civil! ¡Por Dios! Pero, ¿qué es lo que está haciendo esa gentuza? Los norteamericanos van a volver a meter en deuda a la República Dominicana... Ya lo verás con el tiempo... Aquella contienda se cobró a millares de vidas, como también sabes. ¡No me digas que estás de acuerdo con eso, Yuyo! ¡Ah!, ¿que así es la democracia? ¡No lo dirás en serio! —respondió, a modo de pregunta, como si su excuñado se encontrase allí.

¡Papá, tranquilízate, por favor! Tío Yuyo no está aquí —exclamó Aída, agotada.

Ella había visto por televisión, cuando vivía en Barcelona junto a su madre y su hermana Claudia, que en su país se había desatado una guerra civil. Pero nunca entendió los motivos ni tampoco se atrevió a preguntar.

La enfermera le volvió a hacer un gesto para que guardase silencio. Ella obedeció.

Ramfis continuó con su monólogo.

Es cierto que el fin de la dictadura hizo que muchos de los que habían sido exiliados pudiesen regresar a su patria. No siempre estuve de acuerdo, en más ocasiones de las que crees, Yuyo, de esos exilios... Comprendo que, para ti, aquello fuese un alivio. También sé que pudieron restablecerse los partidos políticos, que, al igual que aquí, estaban prohibidos.

Sin embargo, cuando siendo presa de uno de los delirios de sus últimos días de vida, Ramfis se hizo la misma pregunta, Aída no pudo contenerse.

—Papá, aquellas eran sólo fotos... —se atrevió a repetir.

Ramfis continuaba monologando y repitiéndose la misma pregunta. ¿Se habría vuelto loco con todo lo que había tenido hacer durante los años de su mandato? ¿Qué sentido tenía que se me adjudicase a mí, un niño, un poder legal tan grande?

Aída no podía creer las palabras que salían de la boca enjaretada de su padre. Pero siguió escuchándole.

Así, entre la lucidez y los tormentosos delirios, transcurrieron los últimos días de vida de él en este planeta. En una de aquellas jornadas, cuya fecha Aída ya no lograba

recordar, Ramfis empezó de nuevo con una de sus pelia-
gudas retahílas.

Sí, señor Suárez, ¿José Suárez Núñez, no? Voy
a concederle la entrevista que me está pidiendo para la revista en donde trabaja. Es vene-
zolana y se llama "Élite", ¿no es así? Si lo hago
es porque creo que hay que aclarar ciertas cosas… Y ya estamos en el año 1966… –profirió
Ramfis, dirigiéndose de nuevo a alguien que
no se encontraba en la habitación.

Aída, cada vez que su padre pronunciaba un nombre
desconocido para ella, quedaba consternada. Pero ya se
había ido acostumbrando a ello. De modo que, con santa
paciencia, se acomodó en su sillón y se limitó a escucharle,
sin interrumpirle.

No, no, señor Suárez, el rostro de mi padre no
estaba desfigurado cuando le mataron. Sin embargo, el brazo y la mano izquierda se encontraban prácticamente desintegrados, creo que por
las ruedas de un carro –prosiguió–. No obstante, tenía una perforación debajo del mentón.
Creo que ese fue el "tiro de gracia" que le dieron, para asegurarse de su muerte… Además,
uno que considero altamente grave, lo recibió a
la altura del estómago. Todos saben que Antonio de la Maza fue el primero que disparó, destruyendo los planes de sus aliados. Después me
enteré de que lo había hecho con una escopeta,
especialmente recortada por Manuel de Ovín

Filpo. No obstante, la que creo que le causó la muerte fue una bala que penetró por la axila de su brazo izquierdo. Pero eso sólo lo podría confirmar un médico forense y, sinceramente, después de acaecida, ¿qué me importaba cuál fue la causa? Lo importante y doloroso para mí era que él había fallecido… y yo ni siquiera estaba en la República Dominicana, entonces… Eso me dolió mucho más de lo que nadie puede imaginar… A pesar de ello, según me contó Zacarías, su chofer, al que creían haber también abatido, el tiroteo continuó. Él estaba medio inconsciente y no le hicieron caso, aunque se percató de mucho de lo ocurrido; no movió ni un solo dedo para que no le matasen a él también… El conductor y mi padre salieron del carro con la intención de enfrentarse a los implicados. Mientras, Tejeda Pimentel y Cedeño llegaron al lugar en el vehículo que ocupaban. Si, como declaró ese hombre, mi padre seguía moviéndose por la parte trasera de su automóvil, Tejeda Pimentel y Cedeño pudieron vislumbrarlo a la perfección, ya que las luces del mismo estaban prendidas. Aquello también permitió y dio lugar a que a Antonio de la Maza e Imbert Barreras pudiesen verlo claramente desde el vehículo de ellos. El desgraciado ese de Imbert, el cobarde verdugo, compinche de Antonio de la Maza, quiso asegurarse de que había acabado con la vida de mi padre. En el fondo, lo que tenía era mucho miedo y creo que fue él quien disparó aquel "tiro de gracia", a sabiendas de que, si "El Jefe" no moría, muy mal le iba a ir... Tuvo suerte y hasta a mí se me escapó. Sigue "vivito y coleando", contando tonterías, como siempre... Hasta hoy en día, ese hombre no ha sabido aclarar lo ocurrido aquella noche. ¡No tiene argumentos! –continuó Ramfis.

Como le había indicado la enfermera, Aída permaneció callada y en su asiento, para no alterar a su padre, aunque cada vez se le hacía más dificultoso. Hubiese querido hacerle muchas preguntas pero, de todos modos, en el estado en el que él se encontraba, habría sido inútil.

Es comprensible que, como no calló en mis garras, no sepa esclarecer nada de lo realmente ocurrido en sus mediocres declaraciones. También es lógico que quiera atribuirse el haberle dado aquel "tiro de gracia" a papá, para colmarse de méritos. No estoy tan seguro de ello aunque, es posible que sea así, por el terror que le invadía... Pero, según va hablando, según va pregonando, hoy en día, ese hombre, cada vez lo hace de forma más confusa... Y ya hay mucha gente que solamente por el respeto de haber sido partícipe en la conjura, no le ha llamado embustero de forma pública, para no ganarse enemistades innecesarias... Sólo él y Amiama Tió lograron escapárseme de las manos...

Aunque Ramfis seguía hablando, pero estaba medianamente tranquilo, la enfermera decidió no inyectar en aquel momento más sustancias químicas en sus sueros.

La muchacha no comprendía nada de lo que decía, no tenía idea de la historia de la República Dominicana.

Con el transcurso del tiempo –continuó Ramfis–, muchas personas que se meaban con sólo oír el nombre de papá, muchos de ellos unos lambones, hipócritas y cobardes, hoy en día pretenden, arrogantes, diciendo, mintiendo, lógicamente, que habían luchado en contra de él mientras vivía… ¡Ja! Todavía, hoy en día, esenciales colaboradores de su régimen viven y muy bien. Tanto ellos como sus familiares tienen mucho poder y disfrutan de las fortunas que acumularon mientras él gobernaba el país.

Ramfis no paraba de monologar creyendo que lo hacía con aquel periodista al que había mencionado.

Y, por cierto, ¿nadie se pregunta en qué estaba ese "héroe" antes de que mataran a Trujillo? –continuó el doliente–. ¿A nadie le interesa conocer todos los "tiros de gracia" que dio a muchos habitantes de Puerto Plata cuando él y su hermano Segundo eran los mandamases de esa provincia? ¡Pero si asesinaban a todos los que, por lo que fuese, les caían mal! Pero no… ¡ahora, a Imbert lo han convertido en un "ídolo patrio", con la intención de salvaguardar sus propios intereses, claro!

Aída, sentada y en silencio, no dejaba de alucinar con lo que estaba oyendo.

Otros, a los que yo mismo mandé a matar, y es comprensible a mi modo de ver, por pertenecer al complot, fueron los hermanos Ernesto, Pablo, Mario y Bolívar de la Maza, así como a Segundo Imbert Barreras, hermano de Antonio, y a Papito Sánchez Sanlley. Ellos ya estaban presos en la cárcel de "La Victoria" desde mucho antes de la muerte de mi padre... ¡Por algo sería, digo yo! Aunque es verdad que ni yo mismo puedo negar que, para ejecutar una acción que era tan peligrosa, hacía falta tener mucho valor. Aquellos hombres, no sólo exponían su propia vida sino que se arriesgaron a desplegar sufrimientos a sus familias –prosiguió–. Además, otros de los conjurados que no estuvieron presentes en la emboscada murieron en prisión: Miguel Ángel Báez Díaz y uno de sus hijos. Pero, como todos saben, Modesto Díaz y Luis Manuel Cáceres Michel fueron asesinados personalmente por mí, corriendo la misma suerte que Tejeda Pimentel, Estrella Sadhalá, Cedeño y Pastoriza... ¡No lo niego y, como hijo y Jefe de las Fuerzas Armadas, aquella era mi obligación!

En aquellos momentos, Aída volvió a ver espectros que se paseaban por la habitación de la clínica. Decididamente, se dijo silenciosamente, se estaba volviendo loca.

Aquella noche, la del 27 de diciembre del año 1969, una vez recluida en su habitación, Aída sentía una inquietud y una gran tristeza. Una congoja inmensa y una enorme angustia le oprimían el pecho.

A pesar del frío reinante, sintió la necesidad de abrir una ventana para que entrase aire. Por entonces, en Madrid no estaba tan contaminado como hoy en día. El frescor de la noche consiguió aliviar un poco su desasosiego, aunque no podía quitarse la preocupación de encima. Y es que, aunque Víctor Sued le había asegurado que si había novedades él la llamaría, la joven no lograba conciliar el sueño.

El que en la época era su marido, se había quedado dormido plácidamente y ella aprovechó para levantarse. Ya no aguantaba el seguir dando vueltas en la cama. Haciendo el menor ruido posible, algo en lo que era una experta, se dirigió al saloncito contiguo al dormitorio. Se había acostumbrado a ser muy sigilosa cuando alguien estaba descansando.

Desde que era niña, cuando su madre cayó en los desafortunados brazos de una depresión, fue también presa de un insomnio que cada noche la torturaba. De modo que, como Aída conocía su padecer, cuando la desdichada mujer, por fin, caía rendida por el cansancio, la chiquilla tenía mucho cuidado. Para no despertarla, procuraba andar de puntillas y coger cualquier cosa con una delicadeza fuera de lo normal. A veces, ella misma se sorprendía de su destreza en evitar el hacer ruido.

Una vez en la salita, la joven se extendió en el sofá y puso las piernas en alto. Su todavía breve estado gravídico había provocado que se le empezaran a hinchar los pies con cierta frecuencia.

Cogió un libro, que tenía en una mesita contigua e intentó leer sin conseguir concentrarse en su lectura. Entonces, apagó la luz de una lámpara que estaba emplazada en la misma mesa. Realizó varias respiraciones profundas, intentando desechar sus funestas intuiciones. Trató de pensar en cosas agradables, retomar sus recuerdos con su padre y, durante unos instantes, pudo conseguir un poco del tan ansiado sosiego.

Sonrió al recordar que no se había atrevido a pasarle la factura de sus zapatos de novia. Le había dado vergüenza, ¿qué iba a pensar él si ella le pasaba un recibo? Pensaría que era una interesada, con seguridad, y eso hubiese sido lo último que ella hubiese deseado.

Ahora, que había recuperado la relación directa con su progenitor, no estaba dispuesta a estropearla por unos simples zapatos. No en vano, su abuela María le había referido, hacía un tiempo, que Ramfis le había comentado, sin venir a cuento y bastante orgulloso: ¡Qué poco interesada es Aída!

Ella se había sentido muy bien al estar al corriente de que su padre la consideraba y apreciaba esa virtud suya. Además, la madre de su papá también le había comentado lo complacido que se sentía de ella en su trabajo con él en su oficina. ¡No iba a estropear todo aquello por un par de zapatos! Él, como hombre que era, despistado para aquel tipo de detalles, ni se había acordado del tema. Su hermana María, sin embargo, la había llamado idiota, en más de una ocasión: ¿Qué representa el pago de esos calzados para papá? ¡Eres tonta, Aída! ¡Recuérdaselo!

Fue gracias a ella que él le compró ropa nueva cuando iba a casarse. María se encargó de decírselo personalmente y él pidió a su hija que acompañase a su hermana a algunas tiendas para que adquiriese lo que necesitase.

Cuando su hermana se lo comunicó, Aída casi se muere de vergüenza. Pero María le aseguró que aquello era lo normal y que no debía preocuparse porque su padre lo entendía a la perfección, sólo que estaba ocupado en otros menesteres. No iba a pensar mal de ella por algo que era necesario para una joven, su hija, que pronto iba a contraer matrimonio.

Por entonces, Aída sentía, de forma inconsciente, que conservar la etiqueta de "buenecita" para, del mismo modo conservar el amor de los demás, era imprescindible. Le producía temor el perderla, aunque tuviese que aguantar lo que fuese. ¡Una ardua tarea que logró que ella fuese, a lo largo de su vida, una persona bastante "perdedora"! Siempre le costó mucho el decir que no a cualquier cosa. Transcurrieron muchos años hasta que aprendió a hacerlo. De algún modo, siempre conservó esa forma suya de ser, a pesar de ser una "rebelde interior".

Mientras seguía recostada en el sofá, recordó, asimismo, aquella tarde en la que había ido decidida, a confirmar a su padre que no tenía intenciones de abandonar su trabajo. Pretendía mantenerse firme pues, en aquello, se jugaba mucho de lo que entonces le importaba.

Por su parte, aunque no se lo dijo en aquel momento porque quería atraerla hacia él, Ramfis no tenía excesiva confianza en que su hija reuniese las aptitudes necesarias para la labor que tenía que desarrollar en su despacho.

Eso sí, estaba decidido, a no involucrarla en temas que tuviesen que ver con la política. La consideraba demasiado inocente. Además, no le agradaba inmiscuir a sus hijos en aquellos asuntos.

Sin embargo, fue gratamente sorprendido por la eficiencia de Aída y así también se lo comentó a su madre. No sólo era una chica responsable y eficaz sino que, además, daba buen ejemplo a sus compañeros.

Ramfis, por el bien de ella, nunca le hizo concesión alguna por el hecho de que fuese su hija. De haberlo hecho, Aída no lo habría aceptado, de todos modos. Estaba convencida de que, cuanta más confianza se deposite en las personas, más responsables han de ser.

Otros recuerdos lograron sacar a la jovencita del estado de abatimiento que había sufrido unos momentos antes. Recordó que, como ella llegaba incluso antes de la hora impuesta por su padre, cuando salía con el que era entonces su prometido, él se sorprendía por su excesiva puntualidad.

Cuando Aída regresaba a la casa, mucho antes de la hora prevista, solía preguntarle: "¿Por qué has venido a hora tan temprana, mija? Son apenas las nueve de la noche y sabes que tienes permiso de llegar a las diez. Además, ahora que pronto vas a casarte, incluso puedes llegar un poco más tarde…".

Ella le contestaba: "Lo prefiero así, papá… Mañana hay que trabajar, hay que madrugar. De modo que, si tú no lo dispones de otro modo, cenaré alguna cosilla y me iré a la cama enseguida… Leeré un ratito y, cuando me entre sueño, me iré a dormir…".

Evocando aquellas agradables memorias, que habían pasado hacía apenas más de dos meses, Aída se sintió reconfortada. Sin embargo, prefirió permanecer recostada en el sofá del saloncito. En ocasiones, el acostarse en la cama le molestaba, quizás por su estado o por el de su progenitor. El caso es que, el lecho conyugal, le molestaba.

Se acomodó, ayudada por varios cojines, e intentó quedarse dormida. Pero, cuál no sería su sorpresa cuando, de pronto, lo que a ella le parecieron unos pajarracos, más oscuros que la oscuridad reinante, empezaron a sobrevolar alrededor y por encima suyo.

Aída se asustó y, paralizada por el miedo, no fue capaz de encender la luz, que era lo que hubiese deseado en aquellos momentos. Pero, una grande e inexplicable fuerza se lo estaba impidiendo.

Aquellos extraños seres que a ella le parecían una mezcla de pájaros prehistóricos y murciélagos, le rozaban la cabeza y hasta se le enredaban en el pelo. El terror la acaparó por completo. Pero no pudo proferir ni una sola palabra ni mucho menos lanzar un alarido pidiendo auxilio.

Al cabo de unos segundos, mientras ella los observaba ofuscada, los voladores entes empezaron a emitir sonidos guturales que enseguida se convirtieron en frases emitidas en español.

—¡Lo hemos conseguido! —repetían, uno tras otro, mientras seguían con su tenebroso vuelo.

Entonces, la joven, haciendo un esfuerzo casi sobrehumano, logró incorporarse. Necesitaba cerciorarse de que no estaba siendo víctima de una pesadilla.

Cuando por fin consiguió encender la luz, los "pajarracos" seguían allí, volando por encima de su cabeza y vociferando, repetitivamente, la misma frase. Superando aquel pánico que sentía, la muchacha se armó de valor y se atrevió a preguntarles:

—¿Qué es lo que habéis conseguido?

Los seres empezaron a desternillarse de risa y a planear, cada vez más rápido, en círculo por la habitación y por encima de ella.

Aída volvió a preguntarles, elevando el tono de su voz, como si estuviese dándoles una orden. Fue cuando ellos decidieron contestarle aunque ella no entendió, porque repetían lo anterior, a qué se referían.

—¡Lo hemos conseguido! ¡Ja, ja, ja, ja!

Pronunciaban nombres desconocidos para ella y seguían carcajeándose y burlándose.

La joven consiguió levantarse del sofá pues ya, lo que fuesen aquellos entes, no le causaba miedo sino curiosidad. Ellos le tiraban de la larga melena y del camisón, algo que parecía divertirles mucho.

—¿Qué quieren? ¿Por qué están aquí? —se atrevió a inquirir de nuevo.

Ellos seguían emitiendo nombres que a Aída no le eran familiares en absoluto. Hasta que escuchó uno que, algunos días antes, su padre había pronunciado mientras deliraba y que sí le resultaba conocido: Pupo Román.

Los otros apelativos no los recordaba, aunque le parecía evocar vagamente alguno de ellos que, mientras su padre, en sus pesadillas, o lo que fuesen, había mencionado.

—¿Qué significa esto? —preguntó en voz alta mientras, su recién estrenado marido seguía durmiendo tranquilamente, sin percatarse de nada.

Los pajarracos, o lo que aquello fuese, siguieron planeando en círculo y riendo hasta que, en un momento, todo aquel tormento despareció como por arte de magia.

Ella volvió a sentir la necesidad de abrir las ventanas de par en par. Tenía un muy mal presentimiento.

Serían las cuatro de la madrugada cuando decidió volver a la cama. Pero, a pesar de ello, no apagó la luz de la salita. Pasados unos minutos, la sombra que se le había aparecido la primera noche, regresó y volvió a tocarle un hombro.

—Pero, ¡por el Señor de los Espacios Infinitos, yo debo de haberme contagiado de los delirios de papá! ¡¿Qué haces aquí, de nuevo, si es que realmente estás aquí?! —preguntó mediante una exclamación que lo era más que una interrogación.

—Sí, estoy aquí —contestó la sombra— para advertirte que ya ha llegado la hora. Pero ha sido porque, tu propio padre se lo ha pedido a Dios… ¡Está cansado!

—¿Qué me estás diciendo? ¡Te pido que me confirmes esto, por la "Madre del Amor Hermoso"! De seguir así, voy a volverme loca de remate… ¡Por Dios, dime claramente lo que quieres transmitirme!

—¿Quieres que te aclare que ya ha llegado la hora? —contestó, sin inmutarse, el ente.

—¿La hora de que papá muera? —volvió a preguntar ella llorando.

La sombra no volvió a hablar y, como la primera vez que la había visitado, se esfumó.

—¡No, no, no! ¡Esto no puede estar sucediendo! —gritó ella, logrando despertar a su marido.

—¿Qué te pasa, Aída? —preguntó Paco, somnoliento, saliendo de la cama, al ver que su mujer no se encontraba allí pues, acongojada, había vuelto al saloncito, llorando—. ¿Te sientes mal?

—Nada, nada… —contestó ella—. Creo que he tenido una pesadilla, eso es todo.

—¡Normal! —dijo él—. Entre tu estado y el de tu padre… ¡Anda, intenta tranquilizarte y dormir un poco! Yo creo que no deberías ir todos los días a la clínica…

—Pero, ¿qué me estás diciendo, Paco? ¿Me estás pidiendo que no vaya a visitar a mi papá siempre que pueda? ¿Estás loco o qué? ¿Y si fuese el tuyo, actuarías así?

—No, claro que no… Sólo quiero que descanses un poco, pero no puedo meterme en eso.

—Voy a tomarme una infusión de tila —musitó ella.

—Creo que eso es una muy buena idea —respondió él y regresó a la cama.

Aída se tomó la infusión. Pero, por más que lo intentó, no logró conciliar más que un ligero, breve y agitado sueño, hasta transcurrido mucho tiempo después de haber decidido acostarse de nuevo en la cama.

Por la mañana, muy temprano, la llamó Víctor Sued instándola a que se personase urgentemente en la clínica. Su padre estaba muy mal, estaba realmente grave, le dijo.

Serían, aproximadamente, las siete de la mañana cuando sonó el teléfono. Aída temió lo peor y sus razones tenía para ello. La joven se puso un abrigo encima del camisón y unos zapatos deportivos. Bajó corriendo a la recepción, no saludó a nadie, se metió en su automóvil y arrancó, lo más rápido que pudo, hacia la clínica.

Aparcó el vehículo enfrente, encima de la acera y entró a paso veloz en el recinto. Sofocada, pero aliviada al mismo tiempo, comprobó que el ascensor estaba en la planta baja. Pulsó el botón del piso en donde estaba la habitación de Ramfis y salió disparada del cubículo.

Antes de llegar al cuarto, pudo escuchar, a través de los aparatos que allí había, cuyo volumen estaba al máximo, o eso le pareció a ella, los latidos del corazón de su padre. Aquellos serían los últimos que oiría en su vida.

Víctor Sued estaba en el pasillo, con el rostro desencajado. Todavía no había llegado nadie más.

Aída se apresuró y penetró en la habitación. Ramfis estaba completamente inmóvil y rodeado de médicos y enfermeras. Entre ellos, con cara de gran pesar, se encontraba el amigo Luis Morcuende. Cuando vieron a la hija, le abrieron paso para que ésta pudiese acercarse a su progenitor.

–Papá, papá… –le dijo ella suavemente, para ver si todavía él podía reaccionar, si aún podía escucharla.

Él, haciendo un inmenso esfuerzo, consiguió entreabrir ligeramente los ojos. Le lanzó una débil mirada que ella notó que era de amorosa despedida. A pesar de ello, reprimió las lágrimas y contuvo los quejidos lógicos del trágico momento.

Acarició con gran ternura la amada testa de su padre y le dijo:

–Papá, ¡te quiero mucho!

Sujetó una de sus manos, que aún estaba caliente. Los médicos la dejaron hacer.

Aída sintió, más fuerte que nunca, aquella funesta presencia en la alcoba. Casi podía palparla. Era como si hubiese acaparado todo lo que allí había.

Lento, pero inexorablemente, el calor que conservaba la mano de Ramfis, fue reduciéndose. Pero su hija no le soltó aunque se dio cuenta de que la vida se le estaba escapando.

En un lapso que ella nunca supo computar, aquella querida mano fue quedándose fría. Y llegó el momento en el que, Aída se percató de que aquella frialdad, era muy diferente a cualquier otra. Supo, entonces, que su padre había fallecido. No obstante, no le soltó.

Mientras, los médicos, ayudados por las sanitarias, fueron quitándole los aparatos que estaban sujetos a su cuerpo. Ya no se oían latidos, reinaba un sepulcral silencio.

Aída dirigió su mirada hacia Morcuende que, con un triste gesto, negó con la cabeza. La mano de Ramfis estaba casi helada. Aquella fue la primera experiencia de la joven de que, aquella clase de frío, no era al que ella estaba acostumbrada a palpar.

Empezaron a llegar hijos y otros familiares. Aída no distinguió quién llegó antes o después. Se quedó sujetando la mano sin vida de su progenitor hasta que la obligaron a soltarla. Nunca recordó quién lo hizo.

Mientras la habitación se llenaba de gente, la extraña presencia se esfumó. Ella notó su ausencia, salió al pasillo y, una vez allí, se derrumbó en un sillón de la sala de espera.

Fue entonces cuando pudo derrochar el llanto que había contenido mientras estaba en la alcoba, aunque lo hizo de forma silenciosa.

Víctor Sued, que también estaba allí, se puso a sollozar y, al cabo de unos momentos, consiguió levantarse, y dirigiéndose a ella le dijo:

–Mija, me gustaría acompañarte, porque ahora tienes que irte, pero no puedo. Hay algunos trámites que realizar y es preferible que no estés presente… Ya lo has hecho mientras era necesario y –prosiguió– vamos a trasladar el cuerpo de tu papá a su casa.

Aída asintió, completamente destrozada.

–Creo que es conveniente que cojas un taxi y dejes el carro adonde sea. Si quieres puedes darme las llaves y yo te lo llevo ahorita, cuando acabe aquí –continuó el hombre.

Ella se negó y le dijo que podía y prefería irse en su coche. A pesar de ello, Sued insistió en que su opinión era que aquel no era un buen momento para concentrarse en conducir un vehículo. Pero su consejo no sirvió de nada pues ella, sin mediar palabra, se levantó y, a paso lento, se dirigió al ascensor.

Una vez en la calle, se subió al automóvil y se encaminó hacia el Hotel Eurobuilding.

En esa fecha se celebraba el Día de los Santos Inocentes y, mientras recorría las calles de Madrid, le pareció ver a mucha gente riendo y de buen humor. Algunos llevaban, sin darse cuenta, monigotes de papel pegados en las espaldas de sus abrigos. Quienes iban detrás se desternillaban de la risa.

Aunque la Clínica Covesa no se encontraba a mucha distancia del hotel, a Aída aquel derrotado viaje se le hizo eterno. Recorrió calles que se le antojaron desconocidas, aunque las había recorrido no pocas veces en su vida.

Una vez en la recepción, el conserje de turno le dio los buenos días y le preguntó por la salud de su padre. Aída no le prestó atención, cogió el ascensor, entró en su habitación y le dijo a su marido:

—Papá ha muerto.

Pronunciadas aquellas palabras, se dispuso a llamar por teléfono a su madre. Al oír la noticia, la mujer no pudo contener el llanto. Pero la joven no tenía ni fuerzas ni ganas de consolarla. Se limitó a decirle que la llamaría más tarde.

Se acostó y, enseguida, se quedó dormida, ante la mirada atónita de Paco que no entendía las reacciones de su mujer. Nunca las entendió mientras su matrimonio duró.

Un lapso más tarde el teléfono sonó. Lo tomó Paco y, cuando comprobó que era Sued preguntando por su mujer, la despertó.

—Dime, Víctor —pronunció ella tristemente.

—Mija, te estoy llamando para decirte que ya tu papá tiene instalada la capilla ardiente en su cuartito privado, en su casa, claro. Puedes venir cuando quieras.

—Gracias, muchas gracias por todo… —consiguió musitar ella.

Se encerró, sin hacer comentarios, en el cuarto de baño y se duchó. Al salir se dirigió a su armario y rebuscó entre la ropa de color negro que tenía. Se vistió de estricto luto, no se maquilló en absoluto y recogió su larga cabellera en una trenza.

Curiosamente, poco tiempo antes del accidente que segó la vida de Ramfis, Aída había acudido a la peluquería para que le pusieran unas "mechas" blancas.

Al mirarse en el espejo, mientras se peinaba, se volvió a preguntar si aquello no había sido otra de esas premoniciones que la asediaban continuamente. Como tenía el pelo de color castaño oscuro, el peluquero, Durán, le había sugerido que mejor se las daría en un tono dorado suave.

–¡Vas a parecer una viejecilla de diecisiete años! –exclamó él, que era un reputado y gran profesional de la época, desaparecido a edad temprana.

–¡Las quiero blancas, Durán! –insistió ella.

–Bueno, bueno, mujer –contestó el hombre–, pero no te van a quedar bien, te lo digo yo. No van ni con tu edad, ni con tu tez, ni con…

–Por favor, Durán, no quiero ser descortés, ni mucho menos dudar de tu buen hacer en el que, como sabes, confío plenamente… ¡Quiero que sean blancas, blancas, blancas! ¡Como canas, vamos! Después, si me arrepiento, volveré para que me las vuelvas a teñir del color que quieras… ¿de acuerdo?

–¡De acuerdo, Aída! –respondió él, que ya iba conociendo que, a pesar de ser una jovencita más que amable y cariñosa, cuando se le metía algo en la cabeza, no había manera de hacerla cambiar de opinión.

Cuando ella llegó al hotel, aquel día, hasta el recepcionista se atrevió a preguntarle:

–Pero, ¿qué se ha hecho en el cabello?

De hecho, en las pocas fotografías en las que Aída apareció durante la exhumación del cadáver de su padre, se la ve con esas "canas" artificiales.

Cuando se estaba vistiendo para acudir al velatorio de su padre, se le antojó que, quizás aquel absurdo empeño suyo había sido como una especie de vejez prematura enmascarada, un presentimiento. Porque, ni ella misma entendía el motivo que la había inducido a tomar la decisión de teñirse el cabello de aquel modo.

Se encaminó, junto al que entonces era su marido, hacia el coche y se dirigieron a "La Moraleja". Se vieron obligados a transitar por el lugar en donde Ramfis y la Duquesa de Albuquerque se habían estrellado.

Aún quedaban algunos restos de ambos automóviles esparcidos en los lados de aquella fatídica curva que, desde hace años, ha sido eliminada. A Aída se le encogió el corazón al pasar por allí y no pudo contener el llanto. Conducía Paco sin pronunciar ni una sola palabra. La verdad era que el joven no sabía qué podía decir para consolarla.

Una vez que arribaron a la cancela de "La Cumbre", el vigilante, que había reconocido el coche y a sus ocupantes, se acercó a ellos y, dirigiéndose a la jovencita, dijo:

—¡Lo siento mucho, señorita! Ya sabe usted cuánto apreciaba yo a su padre…

Aída, que llevaba en el bolso una cajita de pañuelos de celulosa, se secó las lágrimas, bajó del automóvil y abrazó a aquel hombre a quien, cuando ella vivía allí, veía casi a diario.

Una vez dentro de la finca, ya se encontraban aparcados unos cuántos vehículos. El guarda les guio para que pudiesen dejar el suyo próximo a la puerta de la casa. Aquel lugar estaba reservado para los familiares más cercanos.

Al entrar a la vivienda, Aída permaneció paralizada durante unos instantes. Hacía tiempo que, cuando iba a visitar a su padre, lo hacía a su despacho. No concebía el estar allí, en su casa, por el motivo que lo estaba.

Se quedó, durante unos segundos, observando un lienzo de Murillo que estaba situado en el vestíbulo, justo enfrente de la puerta principal. Representaba a San Francisco de Asís y era bastante grande.

A la izquierda había una puerta que daba a un pasillo en donde se encontraba el dormitorio que ella había ocupado antes de casarse. Echó una mirada de nostálgica evocación hacia allí y, después, decidió que era hora de enfrentarse a la realidad subiendo al piso de arriba que era en donde se encontraba el cadáver de Ramfis.

De modo que, seguida por su marido, con paso lento y cansino, se encaminó hacia las escaleras que se encontraban a la derecha del famoso cuadro. Al llegar a la planta superior, escuchó el sollozo de varias personas que estaban velando a su padre.

La habitación en donde habían dispuesto lo necesario era una que a Ramfis le gustaba ocupar independientemente de la que compartía con su mujer. Ésta era más pequeña pero, en la misma, él tenía una camita, un pequeño despacho y alguna que otra mesita y butaca. Aquel era un pequeño refugio dentro de su propia casa y, cuando él se encerraba allí, se sabía que no había que molestarle. Si quería algo, él mismo se encargaba de avisar.

Nada más entrar en la alcoba, Aída vio la caja en donde yacían los restos mortales de su padre, pero no se acercó enseguida. Distinguió a Doña María, su abuela, que estaba derrumbada en una butaca y fue a darle un beso que ella no correspondió. Estaba totalmente bloqueada, fuera de sí misma y de este mundo y de lo que la rodeaba.

Aída reparó que había una multitud de personas en la estancia. Sin embargo, veía todo borroso. No reconoció a nadie.

Sacó el valor necesario y finalmente se acercó al féretro. Su padre estaba hermoso, bien vestido, con uno de aquellos elegantes trajes que le gustaban, incluyendo un pañuelo pequeño que llevaba, en un desordenado orden, en el bolsillo superior de la chaqueta.

Las lágrimas que durante los once días anteriores había logrado contener, brotaron de forma espontánea de los ojos de la joven. Ya no merecía la pena disimular. Ya él, su querido padre, se había ido para siempre.

Observó cómo su hermana María, que había regresado de los Estados Unidos, le cortaba un mechón de cabello a Ramfis y pensó que querría conservarlo como recuerdo. No recordaba en absoluto lo que Ramfis había comentado a la enfermera. Muchos años más tarde fue cuando se enteró y rememoró lo que la había motivado a hacerlo.

En cierta ocasión, bastante tiempo antes de ni siquiera haber imaginado que iba a sufrir aquel accidente, Ramfis había pedido a su hija mayor que, cuando él muriese y ella decidiese regresar a la República Dominicana, enterrase allí aquel mechón, junto a una fotografía suya. Estaba completamente seguro de que no iban a poder sepultarle en su país natal y deseaba que, al menos una pequeña parte suya, descansase allí.

Lita estaba descompuesta y, de vez en cuando, hasta decía cosas al cadáver de su marido que a Aída le parecieron obscenas.

Estaba aturdida y no hubiese podido asegurar a quién vio ni cuánto tiempo permaneció al lado del ataúd. Era la primera vez en su vida en la que había asistido a un velatorio y aquello le pareció más una fiesta de sociedad que un ritual de doloroso retiro.

En el piso de abajo se encontraba un desfile de camareros que se esmeraban en que, en la mesa del comedor, no faltase de nada. Habían dispuesto exquisitos manjares que la gente, como si no hubiese comido en su vida, engullía ávidamente.

Aída no entendía nada hasta que después alguien le explicó que aquello correspondía a una antigua usanza. Cuando alguien fallecía, se ofrecía de comer y de beber a los que venían a velarle. Quienes no tenían medios económicos suficientes, por lo menos, brindaban café.

Como es de suponer, a ella no se le ocurrió ni siquiera acercarse al comedor. Esa costumbre, por muy arcaica que fuese, le pareció deplorable. A su modo de ver, si alguien moría y uno iba a dar el pésame a sus parientes, lo que debía hacer era recogerse en algún lugar en donde no molestase. El que fuese creyente debía rezar y el que no lo fuese debía permanecer en silenciosa solidaridad y marcharse cuando así lo considerase oportuno.

Pero, bueno, se dijo en silencio, si las cosas estaban establecidas de aquel modo, ella, a sus diecisiete años, no era quien para discutirlas. Ya lo haría más adelante, cuando se presentase la ocasión.

De modo que decidió regresar al piso de arriba. Quería ver, durante los últimos instantes, el rostro de su padre, aunque yaciera sin vida en su elegante sarcófago.

Aquella era otra cosa que a Aída le parecía absurda. ¿Para qué gastar un dineral en una caja de madera cuyo destino era ser metida bajo tierra en un breve lapso de tiempo? Pensó que, cuando a ella le tocase su turno, pediría que le comprasen un sencillo y barato cubículo de madera de pino, el más barato posible. O mejor, que la incinerasen, aunque aquella no era todavía una costumbre de la época.

Recordó, asimismo, la letra de la canción que su padre había evocado cuando estaba en la clínica, aquella cuyo autor era Joseíto Mateo: "Cuando yo muera".

Era verdad que decía que él pedía que la gente se emborrachase, bailase y no se enlutase. Pero también decía "lo que me vayan a dar, que me lo den ahora…". ¿De qué le servía a su progenitor que, en aquellos momentos, le rodease tanto fatuo?

Además, estaba convencida de que, entre todos aquellos que se atracaban comiendo como bestias, había muchos que no eran auténticos amigos. Estaban aprovechando la última ocasión que Ramfis les brindaba para beneficiarse y sacarle el mejor partido a la situación.

De hecho, no vio a sus hermanos ni a Víctor Sued, ni a ningún amigo que ella conociese como tal, acercarse a la mesa del comedor. Ni siquiera la propia Lita se despegó del ataúd.

Tantana, su madre, se presentó, durante unos muy breves momentos, por respeto, para ver por postrera vez la cara de "su marido", como ella le seguía llamando. Después dio un beso a sus hijos y se marchó discretamente. Casi nadie se percató de su presencia. Su tío Radhamés actuó del mismo modo.

Aída creyó recordar que le habían presentado a sus tías Flor de Oro y Odette. Pero no logró después recordarlo con claridad.

Un tiempo después, Aída lamentó el no haber podido reconocer a los que se habían personificado en aquellos dolorosos momentos, pues era consciente de que muchos de ellos sí estimaban sinceramente a su padre.

Mientras duró el triste acto, el bebé que guardaba en sus entrañas apenas se movió. Era como, si de algún inexplicable modo, hubiera sabido que tenía que mantenerse tranquilo, por no decir silencioso.

Aída permaneció toda la noche sentada, sollozando o contemplando de pie a su progenitor metido en su mortuoria caja.

Cuando al día siguiente arribaron los de la funeraria con el fin de trasladarlo al cementerio y colocaron la tapa, a ella se le desgarró el corazón. Ya no iba a poder ver nunca más a su padre, ni vivo ni muerto.

Ese, pensó, fue un momento muy difícil, aunque obviamente necesario que, con el pasar de los años, al perder a otros seres queridos, siguió considerando del mismo modo. Al parecer, otras personas sentían igual que ella pues, al realizar su labor los empleados de la compañía mortuoria, pudo escuchar fuertes lamentos, gritos, llantos. No todos podían ser hipócritas, se dijo en silencio.

Introdujeron la caja en un coche negro, perteneciente a la empresa y especialmente diseñado para ello. Menos la parte delantera, el resto estaba acristalado. Aquella era una señal inequívoca de su función.

Una comitiva de otros automóviles, entre ellos el de Aída, se dispuso para, en el orden más posible, seguirle hasta su destino que se encontraba a no poca distancia.

El ataúd de Ramfis fue depositado temporalmente en un nicho en el cementerio de "La Almudena". La intención era que sus restos reposaran, más tarde, en el de la localidad de El Pardo, en donde hoy en día siguen estando, hasta que trajesen, desde el camposanto "Père Lachaise" de París, los de su padre. Aquel había sido uno de los últimos deseos de Ramfis.

Sin embargo, para ese fin, no había más remedio que realizar una serie de gestiones que no iban a ser inmediatas ni fáciles. Era necesario esperar unos meses, acatar lo que, tanto las leyes francesas como las españolas exigían para ello. En fin, una ardua y laboriosa tarea que no se podía perpetrar de inmediato.

El gran cortejo que acompañó a la familia hasta aquel funesto y enorme lugar, lo atestó de coronas de flores, de esas que se elaboran especialmente para estos casos.

Tantana, sola, en un taxi y siempre discreta, también estuvo allí. Pero nadie se percató de su presencia con la excepción de su hija Aída que fue a darle un abrazo. Las dos se despidieron, casi enseguida, con un "más tarde nos hablamos y nos vemos", después del cual, la mujer que siempre amó a Ramfis, abandonó el lugar, nuevamente en un taxi. A continuación, algunos rezos fueron realizados por un sacerdote que se encontraba presente. Subsiguientemente, tras permanecer en silencio algunos y otros sollozando, la gente se fue dispersando. Todo había terminado, no había nada más que hacer.

Algunas personas acompañaron a Lita hasta "La Moraleja". Aída decidió que no quería volver, por el momento, a aquella casa tan vacía para ella tras el deceso de su padre.

Después del sepelio, acompañada de su marido, la jovencita regresó a la habitación del hotel. Se desplomó en un sillón, extenuada y muy apenada. Mas, transcurridos unos minutos y de forma repentina, sintió un enorme apetito acompañado de un gran sentimiento de culpabilidad.

Se preguntaba, sin lograr comprenderse a sí misma, que cómo era posible el tener hambre en un momento como aquel. Acababa de llegar del entierro de su padre. ¿Cómo podía su cuerpo pedirle comida?

Lo lógico, pensó, hubiese sido que se hubiese sentido tan inapetente como triste y desvalida. Aquel pensamiento hizo que se considerase mala persona. ¡Su padre había muerto y ella quería, necesitaba comer!

Por más que luchó contra aquellas ganas de ingerir cualquier alimento, no pudo resistirse y llamó al "servicio de habitaciones".

La desolación asediaba su espíritu, pero su estómago reclamaba que se le embutiese. Es posible que aquello fuese la consecuencia del gran vacío emocional que sentía. Porque, al dolor de la pérdida, se había ensamblado otro desagradable sentimiento: el de haber sido vencida en una batalla cuando estaba a punto de ganarla. El que su padre la hubiese apreciado tanto como persona, en sus últimos meses de vida, suponía para ella algo muy importante.

Mientras esperaba que le trajesen su anhelado desayuno, a Aída le vinieron a la memoria aquellos extraños "pajarracos" que fueron a visitarla, diciéndole, antes de que Ramfis expirase su último aliento, que "lo habían conseguido".

Se estremeció ante aquel misterioso recuerdo que no lograba descifrar. Se le erizó el vello de todo el cuerpo y pensó que, cuando recobrase algo de fuerzas, hablaría de ello con su madre. No obstante, en aquel momento, la inmensa necesidad de comer prevalecía, poderosa, imperativa. A la joven le resultaba imposible deshacerse de ella.

Así es que decidió no seguir luchando y cedió a las ansias que le reclamaban que comiese en abundancia.

Mientras esperaba a que le subieran el ágape, se recostó en la cama y siguió con sus cavilaciones. El bebé que guardaba en su vientre empezó a moverse, algo que alivió en gran parte su dolor. Su quietud estaba comenzando a preocuparla. Era como si, de algún modo, él hubiese sabido que no debía molestar a su madre. Pero ahora lo hacía enérgicamente, como reclamando, él también, comida.

En poco tiempo, demasiado poco, pensó ella llorando en la cama, había conseguido que su padre llegase a admirarla por sus cualidades. Aunque la quería, y de eso estaba segura, para él, como para el resto de la familia, ella seguía siendo "la buenecita".

No era ni la más bonita, ni la más inteligente, si siquiera la más ocurrente... Era nada más que eso, muy, muy sensible, muy buena persona. Estaba tan cansada de aquella etiqueta que le habían colocado desde su más tierna infancia que, cuando iba a la peluquería, de tarde en tarde, solía exclamar: ¡No me hagas este peinado, Durán, que parezco una niña buena! ¡Y quiero dar la impresión de que no lo soy!

Entonces el hombre se reía por las ocurrencias propias de aquella clienta suya que estaba en plena adolescencia. Intentaba complacerla "despeinándola" de algún modo que pareciese un poco más "salvaje".

Además de que Ramfis había descubierto y apreciado sus otras virtudes, e incluso sus defectos, ella sería la primera de sus hijos que le iba a hacer el regalo de convertirse en abuelo. De eso, Aída se sentía enormemente orgullosa.

De modo que su pena se había multiplicado por dos, por mil, por millones… La tristeza y el pesar la invadían y, claro, necesitaba sustituir aquella invasión de dolor comiendo bestialmente. Sentía una gran necesidad de llenarse de lo que en tan poco tiempo había conseguido y perdido.

De lo que no era consciente era de que a partir de entonces, cuando la tristeza la volviese a embargar, sentiría el incontenible impulso de comer abundantemente.

Paco, el que a la sazón era su marido, no lograba entender aquel súbito e ilógico, a su modo de ver, apetito. Mas eso resultó ser igual que en otras ocasiones en las que no llegó a comprender la mayoría de los sentimientos que aquella mujer, demasiado "diferente", una extranjera, al fin y al cabo, albergaba en su alma. Inútil fue el que él la amonestase e intentase hacerla sentirse aún más culpable de lo que se sentía.

Cuando llegó el desayuno más copioso que engulliría en su vida, Aída se atiborró sin dejar ni una migaja de pan en la bandeja. Lo devoró todo sin apenas saborearlo. El hijo que llevaba en su vientre pareció sentirse satisfecho pues, tras aquel festín, dio unas patuditas en la barriga de su madre y después pareció volver a quedarse dormido.

Paco la acompañó, alucinado, tomando una taza de café con leche y al cabo de un rato se marchó a visitar a sus progenitores. Ella lo agradeció. Prefería permanecer sola.

Una vez apurada su comilona, Aída cerró las cortinas y se metió en la cama de nuevo. Creyó, y así fue, que el cansancio emocional, junto a todo lo que había ingerido, le ayudaría a conciliar el sueño. Apagó la luz de la mesilla de noche y se abrazó a su almohada, como era su costumbre.

De pronto apreció como una mano amorosa e invisible le acariciaba la cabeza. No solo no sintió ningún miedo sino que fue invadida por una indescriptible emoción de ternura. Acto seguido, antes de entregarse a los brazos de Morfeo, Aída escuchó, claramente, la voz de su padre que murmuró: ¡Adios, mija!

Era 29 de diciembre y el cansancio y la tristeza invadían a los hijos de Ramfis, que decidieron reunirse al día siguiente. Necesitaban compartir su pesar, hablar de él y, además, tratar sobre el tema de lo que iban a hacer la noche del luctuoso día de fin de año. Era un reto que su padre les había impuesto pero que no sabían ni tendrían ganas ni fuerzas de cumplir.

Aída permaneció encerrada con su dolor entre la cama y el sofá. Discurrió sobre todo lo que, en aquellos once días había acontecido. Recordó aquella sombra que se le había presentado antes de que le avisaran del accidente. Evocó la otra presencia que, cuando Ramfis falleció, se disolvió de la habitación de la clínica. Asimismo, se acordó de aquellos "pajarracos" que se le habían enredado, riendo, en el cabello.

La joven necesitaba, más que nada en el mundo, el ver a su madre. La llamó y en poco tiempo Tantana se presentó hecha un mar de lágrimas. Aída le suplicó que dejase de llorar y que se compadeciera de ella. Había pasado once días a la cabecera del lecho de muerte de su padre, había aguantado el velatorio y el entierro. Le recordó que estaba embarazada.

Como madre al fin, Tantana, comprensiva, enjugó su llanto y se dispuso a ocuparse de su hija.

—Es verdad, pobrecita mía… —dijo con inmenso amor al tiempo que le daba un beso y la abrazaba.

Tantana le preguntó si había comido algo y ella le comentó que había engullido un copioso desayuno y que ya no tenía hambre. Su madre la obligó a que se vistiese para bajar a la cafetería del hotel a tomar alguna cosilla más.

—Aunque sea una sopita, mija. No olvides que estás en estado y que, como se dice aquí, "tienes que comer por dos…". Además —añadió—, es bueno que salgas un poco de este ambiente triste y pesado en el que tu habitación se ha tornado.

Las paredes, aunque no eran de ese color, habían adquirido un tono gris oscuro. Era necesario llenar un vaso con agua, encender una vela, pidiendo paz a Dios, y abrir alguna ventana.

—¿Tienes incienso, hijita? —le preguntó amorosamente.

Aída negó con la cabeza.

—Pues, como he visto que aquí al lado hay una tienda en la que los venden, voy a buscarlo ahora mismo… ¡Ve vistiéndote!

Al ratito Tantana regresó portando el incienso y una ramita de romero que encendió y paseó por toda la habitación al tiempo que decía:

—Romero, romero, que salga lo malo y que entre lo bueno…

Lo de aquella planta, de aroma delicioso, lo había aprendido en España. Aída le preguntó y ella le dijo que se fiara de ella, que eso era bueno, era obra de Dios.

La hija se encogió de hombros y dejó hacer a su progenitora. Aunque le había costado mucho, ya se había vestido, había abierto una ventana, había encendido una vela y estaba preparada para acompañarla como ella le había pedido.

Tantana, a pesar de su tristeza, en aquel momento decidió que tenía que sacar fuerzas para cuidar a su hija y, tras aquel inocente ritual, mandó a que cerrase la ventana y apagase la vela, para evitar que se produjese algún accidente.

Después bajaron a la cafetería y, aunque Aída no tenía apetito, contrariamente a aquella mañana, su madre la obligó a ingerir una sopa.

—No olvides que, como bien se dice en este país, ahora tienes que "comer por dos…" —repitió.

—Ya me lo han dicho quinientas veces, mami. Pero no estoy tan segura de eso —contestó ella.

—Bueno, mija, te voy a contar algo: cuando yo tenía tu barriga, Dulce, nuestra querida cocinera. ¿La recuerdas?…

—¿Cómo habría de olvidarla, mamá? Siempre la quise mucho y creía que se llamaba así porque preparaba unos dulces de rechupete… Bueno, y todo lo que yo recuerdo que nos cocinaba, con tanto cariño, estaba delicioso.

–Pues bien, aquella adorable mujer me preparaba unos platazos de comida gozosa y, cuando estaba en estado, me obligaba a comérmelos enteritos… Así es que, mija, ¡come! ¡Tienes unas ojeras que me preocupan!

–Sí, recuerdo que algo me has comentado sobre ello –dijo Aída, triste y desganada, mientras revolvía con la cuchara su plato de sopa.

–Y tú naciste preciosa, fuerte, sana, con más de cuatro kilos y medio, gracias a ella –evocó Tantana.

–Sí, mamá, me lo has contado una infinidad de veces. Y también que tardé tres días en nacer. Espero que Carlos, porque se va a llamar así y va a ser niño, estoy segura, no haga lo mismo.

–No, mija, hoy en día no dejan a una parturienta estar tres días seguidos con dolores. Las cosas han cambiado y más aquí en Europa –contestó Tantana.

–¿Y por qué estás tan segura de que va a ser niño? –preguntó.

–Porque me lo aseguró papá antes de morir. Porque me pidió que le pusiera el nombre de Carlos Gardel, y porque lo sé. No me preguntes el por qué, pero sé que va a ser un varoncito.

–Bueno, bueno, hijita, si así lo crees, así será. Pero come para que tu bebé se reponga de todo lo que le has hecho padecer en estos días. No es un reproche. Es un halago. Siempre has sido una buena hija. Aprende a ser una buena madre y aliméntate para poder hacer lo mismo con él, cuando des a luz.

—Mami, te quiero consultar una cosa que tengo que hablar mañana con mis hermanos. ¡La verdad es que estoy muy ofuscada y confundida! No sé qué es lo que debo hacer.

—Dime, mi amor.

—En una de las pocas veces en las que él estaba lúcido, creo que fue el día antes de Nochebuena, papá nos pidió, no, más bien nos exigió una cosa. Nos dijo que teníamos que celebrar las fiestas como si él estuviese con nosotros y que, además, de algún modo lo estaría. ¡Pero no tenemos ganas, imagínate!

Tras haber pronunciado aquellas palabras, la joven empezó a sollozar. Tantana la abrazó, acunándola en sus brazos como cuando era una niñita.

Dejó que se desahogara aunque después, disimulando para no dar el espectáculo en la cafetería, ella misma entró en el cuarto de baño y lloró calladamente para que ni su hija ni nadie más lo notasen. Se enjugó el llanto, se maquilló un poco y, cuando se sintió con fuerzas, salió.

—Mira, mija bella —le dijo—, no quiero que te me vayas a poner más triste de lo que estás pero, si ese fue uno de sus últimos deseos, van a tener que complacerlo, por mucho que les duela. Ese es mi consejo, díselo a tus hermanos. No tienen que celebrar un gran festejo. Puedes decirles que vengan aquí, pedir al servicio de habitaciones que les suban algo del restaurante, tomarse una copita de champán en nombre de tu papá y ya.

—Tienes razón, mami. Así lo haré. Es verdad que ese fue uno de sus últimos deseos, al igual que le pusiera Carlos al niño.

—Pero hay más cosas de las que quisiera conversar contigo, preguntarte. Papá, durante sus delirios decía cosas horribles como que él era un asesino. Nombraba a personas cuyo nombre no reconozco pero sí el de Pupo Román porque tú me has hablado de él que, si no… ¡Habló de una manera en la que yo ya no sabía si tenía terribles pesadillas o si eran realidad! Todo aquello me entristecía, y sigue entristeciéndome, día tras día.

—Mija, es verdad que en el pasado han acaecido muchas cosas que ignoras. Pero tú eres muy jovencita, casi una niña. Si no quieres seguir sufriendo, y menos aún en tu estado, espera unos años. Olvida todo lo que tu papá dijo. Algunas cosas serán verdad y otras no. Ese es otro de mis consejos.

—¡Pero, mami, ya no soy una niñita! ¡Tengo derecho a saber! —contestó Aída.

—Ya te he dicho, mi amor —prosiguió Tantana—, que puedes indagar lo que quieras. No seré yo la que se oponga. Solo te he aconsejado que esperes un poco. Te he dado un consejo y recuerda siempre una cosa: los consejos son regalos. Uno puede hacer con ellos lo que quiera… Pero sí te voy a decir una cosa y te pido que me respetes.

—Díme, mami.

—Lo que es a mí, hasta dentro de mucho tiempo, cuando yo considere que estás preparada para ello, no vuelvas a preguntarme nada de nada. ¿De acuerdo? Prefiero olvidar ese pasado, al igual que me gustaría el poder desprenderme del amor que le tengo y creo que le tendré siempre a tu papá… ¡Pero no puedo, no puedo!

—Claro, claro, mamá. Sabes cuánto te quiero y te respeto aunque, con lo de Paco haya sido un poco…

—¡Deja eso ya! No es el momento de hablar de ello, mi amor. Lo que tienes que hacer es tomarte tu sopa antes de que se enfríe. Y, si no tienes ganas de comer un segundo plato, pídete un postrecito. Sé que te encantan los dulces y seguro que eso sí lo admites bien. Tu hijito, en la barriguita, también te lo agradecerá.

—Está bien, mami.

Tras aquella conversación con su progenitora, Aída se sintió más tranquila. Una vez terminada la frugal cena, Tantana la acompañó a su habitación, se aseguró de que, después de asearse y ponerse su camisón, se metiese en cama y encendiera la televisión. Le preparó una infusión de tila y la obligó a tomarla.

—Es mejor que veas cualquier pendejada en "la tele". Te distraerá más que si te pones a leer. Me iré cuando vea que te está entrando sueño. Y, si me necesitas, por favor te lo pido, mija, llámame, sea la hora que sea.

—No te preocupes, mamita querida. Así lo haré. ¡Te quiero con toda mi alma! ¡Cuídate mucho y llámame mañana cuando te despiertes!

—Mejor hazlo tú, no vaya a ser que yo me levante antes e interrumpa tu descanso. ¡Lo necesitas, mi amor bello! ¡Ah! Di a tus hermanos que no voy a venir cuando se reúnan. No quiero intervenir en lo que ustedes decidan. Después me cuentas, mija.

Una vez que Tantana vio que su hija se comenzaba a relajar delante del televisor, sin hacer ruido, se fue hacia su casa. Allí se puso a llorar amargamente por la muerte de "su marido". Pero ocurrió algo extraño en ella, algo que quizás no todo el mundo pueda comprender. Su crónica depresión empezó a disminuir paulatinamente a partir de entonces.

Con el tiempo, Aída llegó a comprender que, el saber que no dormía en brazos de otra mujer, alivió a su madre del pesar que tenía desde que él la había abandonado por esa "starlette" de poca monta.

Aquella noche no ocurrió nada digno de mención. La joven durmió apaciguada por la cena, la infusión que le preparó su madre y, sobre todo, por haber disfrutado de su presencia.

Al amanecer, despertó temprano, triste pero descansada. No quiso llamar a Tantana por si era ella la que seguía durmiendo. Al arribar una hora que consideró razonable, marcó su número de teléfono.

–¿Ya te has levantado, mija? –pronunció Tantana al escuchar la voz de su hija.

–¡Uy!, hace mucho, mami, pero no quería despertarte.

–Yo también hace rato que estoy despierta pero, a las dos, nos ha pasado lo mismo… ¡Je, je!

–Mami, ¿de veras que no quieres venir a reunirte con nosotros, tus hijos, hoy? –preguntó Aída.

–No, no, mi amor. No quiero inmiscuirme, como te comenté, en cosas que son ustedes los que tienen que decidir… Después hablaremos, si te apetece, por supuesto.

–¡Claro que me va a apetecer, mami!

A eso de la una del mediodía se presentaron los hermanos para debatir sobre la tremenda promesa que su progenitor les había obligado a hacer. Pidieron que les subieran unos refrescos y, mientras, guardaron silencio. Ninguno sabía qué decir. Ninguno tenía ganas de celebraciones.

Una vez que el "servicio de habitaciones" trajo lo que se le había solicitado, Aída rompió aquel mutismo.

—Bueno, mis queridos hermanos, estamos aquí para decidir si mañana por la noche hacemos algo o no… Papá lo exigió delante de todos. Creo que deberíamos respetar el deseo de alguien que estaba en su lecho de muerte, aunque nos duela…

—¡Sí, claro! —contestaron al unísono todos–. Pero, ¿a quién le apetece celebrar?

—A mí no, desde luego… pero… Anoche estuvo aquí mamá y le pregunté. No olviden que "más sabe el diablo por viejo que por diablo".

—¿Y ella qué te dijo? —preguntaron.

—Pues me dijo que eso es algo que tenemos que decidir nosotros, no ella. Al fin y al cabo, somos sus hijos. Pero también me dijo que si esa era una de sus últimas voluntades, deberíamos cumplirla, aunque nos entristezca. Me propuso una idea –continuó–: Si decidimos "celebrar" el fin de este desgraciado año que se llevó a papá, venid todos aquí. De ese modo nadie tiene que ponerse a preparar cosas en su casa. Creo que resultará menos doloroso. Se pide algo al room service, se toma un poquito de champán, en nombre de papá, sabéis que personalmente a mí no me gusta el alcohol, y no hay que trasnochar ni armar una juerga, sólo acatar lo que él solicitó. De modo que, si estáis de acuerdo, mañana os espero aquí sobre las diez de la noche, cenamos alguna cosa, tomamos algo, nos comemos las uvas y, cada uno a su casa. ¿Qué os parece?

Durante unos minutos se produjo un silencio que Aída comprendió porque, del mismo modo que ellos, se sentía ella. No tenía ganas de hacer nada más que de dormir, intentar aliviar su pena mediante el sueño, si lograba conciliarlo con su infusión de tila. ¡Cómo le hubiese gustado el poder tomar algún somnífero! Sus hermanos, por lo menos, sí podían hacerlo.

Tras un lapso que se les hizo eterno, Mercedes, algo menor que Aída, tomó la palabra, de forma enérgica.

—¡Si eso es lo que papá quería, hay que hacerlo!

Alrededor de las diez de la noche del 31 de diciembre del año 1969, los hijos de Ramfis se encontraban reunidos, junto a su dolor, en la habitación del hotel Eurobuilding que ocupaba Aída.

Como se puede deducir, para aquella señalada fecha, la carta del restaurante gozaba de muchas y ricas variantes. Desganados, pero decididos, cada uno de los jóvenes fue eligiendo lo que pensaban que mejor podrían consumir. Era una obligación que se habían impuesto tras lo que Mercedes había expresado.

Llamaron al "servicio de habitaciones" y pidieron, cada uno de ellos, un plato, una botella de champán para compartir, además de las tradicionales "uvas de la suerte", doce per cápita. Por lo menos, pensaban, con ellas empezaría un nuevo año, dejando atrás el que siempre recordarían luctuosamente.

Encendieron el televisor, que les ayudaría un poco a disipar sus mentes, y que retransmitiría las famosas campanadas de la Puerta del Sol.

Después de cenar, como es costumbre en España, irían engullendo doce uvas por cada una de aquellas doce campanadas, beberían un sorbo de champán y se abrazarían llorando.

Pero apenas unos minutos antes, cuando habían terminado de comer, se produjo un apagón que duró apenas un minuto. Todos se estremecieron y recordaron aquello que su padre les había dicho, "yo estaré con ustedes de algún modo".

Una vez reintegrada la luz, con los rostros pálidos al máximo, se fueron observando, interrogantes, sorprendidos pero sin hacer ningún comentario. Se sirvieron más champán, obligando a Aída a tomarse otro sorbo, pues no le apetecía en absoluto, diciéndole que aquello la ayudaría a dormir.

Por fin, el reloj de la emblemática Puerta del Sol comenzó lo que se denomina "la cuenta atrás". Una vez concluido el rito, los chicos se abrazaron y se despidieron de su hermana, que presentaba signos de auténtico agotamiento. Paco, su marido, con la excusa de acompañar a sus progenitores en aquella señalada fecha, les había dejado solos.

A pesar de su cansancio, su ligera borrachera, propia de quien no está acostumbrado a la bebida, y de su deseo de acostarse lo antes posible, Aída decidió llamar a su madre. Los teléfonos estaban colapsados, como suele ocurrir todavía hoy en día. Ella insistió, sin éxito.

Entonces aprovechó para asearse, ponerse su camisón y volvió a marcar el número de Tantana. Sabía que estaba sola, que no habría aceptado ninguna invitación y que era muy probable que estuviese desvelada, recordando a su único y gran amor.

Transcurridos unos instantes Aída consiguió comunicarse con ella. Aunque la madre intentó disimularlo, la joven se percató de que había estado llorando. No le expresó su tristeza al encontrarla así ni le pidió que no lo hiciese, al contrario. Pensó que el desahogarse le haría bien. Se limitó a decirle, con voz blanda y trémula:

—Mami, feliz 1970. Quiero que sepas que te quiero con toda mi alma y que te deseo lo mejor.

—¡Y yo a ti, mi amor! —contestó ella, haciendo un gran esfuerzo por no demostrar su constricción—. No olvides que este año va a nacer Carlos, como tú misma me dijiste que se va a llamar mi primer nieto. ¡El primero de tu papá y mío! ¡Cuídateme mucho, mija! ¿Te reuniste con tus hermanos?

—Sí, mi querida viejita bella y preciosa. Seguimos exactamente tus consejos. Hace solo un rato que se han marchado… Lo que ocurre es que, aunque intenté llamarte antes, no lo conseguí. Ya sabes cómo se saturan las líneas telefónicas.

—Lo sé, lo sé, mija, no te preocupes… Mañana, si el Señor quiere y tienes ganas, voy a verte y me cuentas. Ahora trata de descansar.

—Bendición, mamá —pronunció Aída, como era su costumbre desde niña—. Que duermas bien, que sueñes con los angelitos y si me necesitas me llamas.

—¡Que Dios te bendiga, mi amor! ¡Y cuídateme!

Aída se acostó y logró conciliar el tan anhelado sueño. Pero, antes de que su marido llegase, volvieron a tocarle el hombro.

—Soy Inconsciencia —pronunció una dulce voz.

Pero aquella vez, el extraño ente que se le presentó no era sombrío como el anterior sino que iluminaba, con su presencia, parte de la habitación. Sus contornos eran suaves y femeninos. Aída la percibió como a una segunda y hermosa madre, una que no era de este mundo.

La esencia se sentó en la cama, a su lado, y Aída pudo observar su hermosa transparencia, de colores suaves e indefinidos.

–He venido a hablar contigo pero, no te inquietes, lo que voy a decirte no va a desvelarte, todo lo contrario. Cuando me haya marchado, dormirás apaciblemente, como no has podido hacerlo durante mucho tiempo.

La joven hizo el intento de incorporarse pero Inconsciencia se lo impidió.

–Quédate tranquila, no te muevas, relájate... –dijo.

–¿Estoy soñando o, de nuevo, alguien del más allá viene, como la otra vez, a darme un mensaje?

–No, no estás soñando, hija de Dios. Él me ha enviado para pedirte que no hagas más preguntas a tu madre aquí en la Tierra. ¡Bastante ha sufrido ya! Y recuerda que ella misma te dijo que aún no estás preparada para saber, conocer, muchas cosas que nada tienen que ver contigo.

–Sí, es verdad... Pero necesito salir de grandes dudas que me asaltan sobre lo que expresó papá mientras deliraba. ¡Muchas eran terribles, increíblemente crueles y duras! Ese hecho me tiene la cabeza loca. Nunca había escuchado tantas barbaridades que pudiesen estar tan vinculadas a su vida y, por lo tanto, a la mía.

–Tú lo has dicho, hija: vinculadas sí, pero no son tuyas sino de otras personas que, aunque muy allegadas a ti, han ejercido su libre albedrío. Pero eso no es tu responsabilidad ni tiene que pesarte en el alma, como te está pesando desde hace unos días –contestó la amable y hermosa entidad.

–Sí, sí… pero es que…

–Guarda silencio unos instantes y escúchame.

–Viniste a este mundo en el seno de una familia supuestamente "acomodada". Pero eso sólo lo perciben los seres humanos que no han querido ir más allá de lo material. Te encarnaste en las entrañas de una mujer que también ejerció ese libre albedrío del que te hablo, pero de forma inconsciente y a través de un amor de pareja que le hizo mucho daño… Eso lo sabes ¿verdad?

–Sí. Eso lo sé. Papá hirió considerablemente a mamá y ella sigue empeñada en amarle, a pesar de que la abandonó, después de aguantarle tantas cosas, con seis hijos… –respondió Aída. Pero –prosiguió–, él habló de crímenes, de asesinatos, de sangre en sus manos. Y no sólo en las de él sino también en las de mi abuelo a quien siempre he considerado como una persona adorable, un buen gobernante, y a quien quiero mucho…

–Bien, bien, Aída… A eso he venido… Has soportado una infancia alejada de tu familia, interna en un estricto colegio de monjas. Sufriste la desaparición de ese abuelo que significaba tanto para ti, por el amor que te regalaba. Tuviste que soportar la separación definitiva de tus progenitores y un exilio que, por tu edad, no entendías.

–Después, aguantaste estoicamente la natural depresión de tu madre, el desarraigo, el que te dijesen que "no tenías patria". También, el constante cambio de país, el que aquí te mirasen como a un bicho raro por estar tus padres divorciados, el que se te privase de jugar como a cualquier niño, libremente, sin ser vigilado constantemente "por si te secuestraban", algo que tampoco podías comprender, dada tu corta edad. Ahora, has estado sufriendo la agonía de tu padre, has estado junto a él hasta sus últimos días en este planeta y has soportado el escucharle decir todas esas horribles cosas de las que me hablas. Y un sinfín de cosas más que no tengo por qué recordarte, las conoces muy bien —prosiguió.

Aída estaba alucinada pues, aquel precioso espíritu, ya que no podía ser otra cosa, con una naturalidad y una seguridad increíble, iba enumerándole hechos que habían acaecido a lo largo de su vida.

—Pero debo decirte que todo ello forma parte también de tu libre albedrío. Es mi deber indicarte que lo elegiste para cumplir con el karma que arrastrabas de otras vidas. Fuiste tú, o más bien tu esencia espiritual, quien lo escogió.

—¿Cómo? ¿Que fui yo misma la que elegí todo este sufrimiento? —preguntó, incrédula, Aída.

—Así es, hija de Dios, aunque todavía no puedas comprenderlo. Sólo tienes diecisiete años, si bien crees ser ya toda una mujer. Hay muchas, muchísimas cosas que aún te quedan por aprender. Pero todavía no estás preparada para ello. Por eso estoy aquí —continuó el ser, dulcemente—. Cuando yo desaparezca olvidarás todo lo que has escuchado durante estos tristes días. Ya te lo he dicho: soy Inconsciencia. Te voy a acompañar durante unos años. Vas a seguir creyendo en la bondad de tu padre y de tu abuelo hasta que yo vuelva para despedirme. Entonces te verás obligada a enfrentar esa realidad. Te aseguro que no te resultará fácil. De modo que no intentes adelantar los acontecimientos. Por ahora, quédate tranquila, haz tu vida lo más normalmente que te sea posible. Ya llegará ese momento del que te hablo, en el instante que sea adecuado.

–¿Vas a estar a mi lado? ¿Te podré ver como lo estoy haciendo ahora? ¿A qué realidad te refieres, Inconsciencia? –preguntó Aída, inmensamente intrigada.

–Haces demasiadas preguntas pero sólo contestaré a lo que yo crea conveniente. Es mi misión. No, no podrás verme, en absoluto. Solo que el peso que sientes ahora desaparecerá, no indagarás, no harás preguntas, vivirás, dentro de lo que es tu karma, el tuyo, una vida "corriente". Eso no significa que no vas a sufrir y a gozar de lo que te corresponda. Todo ser humano tiene sus sufrimientos y sus gozos. Unos más, otros menos. Pero esos serán tuyos y sólo tuyos, hasta que yo me marche.

Aída estaba perpleja y despejada pero se sentía bien junto a aquel Ser de Luz que ella percibía como tal.

–El Todopoderoso te envió, mediante la que parecía ser la decisión de tu padre, a este país en donde también existe una férrea dictadura. Te han enseñado a respetar y a estar de acuerdo con la forma de gobernar de tu padrino Franco. Lo tomas como algo natural, al igual que hiciste con tu abuelo, porque entonces eras una niña, y aún sigues siéndolo. En España la gente no se atreve a hablar mal de él, por miedo. Pero ya te llegará el momento de abrir los ojos. Tendrás que enfrentarte a cosas que te harán mucho daño. Serás repudiada, rechazada, incluso por personas que hoy en día dicen amarte.

—¿Y cuándo llegará ese momento? —volvió a preguntar Aída, sin poder reprimirse.

—Llegará el día, en el que menos lo esperes…

—¿Puedo saber, al menos, cómo lo sabré?

—Lo sabrás porque, estés en donde estés, volveré a presentarme ante ti para despedirme. De momento, cuando creas que me he marchado, aunque como te comenté voy a quedarme contigo, vas a dormir, vas a sufrir por la pérdida de tu padre, vas a estar pendiente del inminente nacimiento de tu primer hijo… Olvidarás esta conversación.

—¡No te vayas todavía! —suplicó Aída.

—No, no, tranquila. Aunque no me veas, no me rememorarás, pero estaré junto a ti hasta que corresponda.

La joven se quedó tranquilamente dormida, sin darse apenas cuenta de que el sueño la había vencido. Ni siquiera se percató del momento en el que llegó su marido.

A la mañana siguiente, al despertar, bastante tarde, no recordó aquella inesperada visita y decidió, únicamente, que deseaba llamar a su madre para invitarla a almorzar. Ella también necesitaba consuelo y Aída era muy consciente de ello.

Era el primer día del año 1970.

FIN

Ramfis Trujillo cantando. A su lado Gilberto Sánchez Rubirosa y Joseíto Mateo al fondo a su derecha.

Ramfis y Octavia Ricart (Tantana), su primera esposa, en Boca Chica, año 1948.

Billetes de 20 pesos de la "Era", parte anterior y posterior.

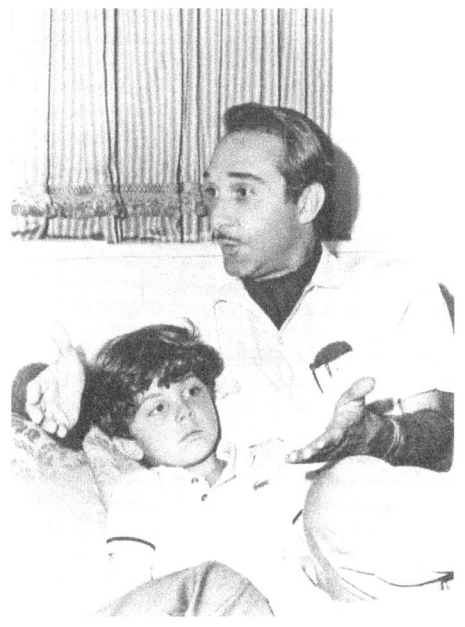

Ramfis con su hijo Ramsés, en Madrid (España).   Ramfis, a los 8 años, vestido de militar.

Ramfis y su esposa Octavia en Paris.

Monumento dedicado a Trujillo hoy en día inexistente.

Ramfis, Balaguer y Rodriguez Demorizi.

Porfirio Rubirosa, una joven desconocida y Ramfis Trujillo.

Rafael Leonidas Trujillo Molina con sus hijos Ramfis y Flor de Oro.

Foto de Ramfis dedicada a Octavia Ricart (Tantana) en el 1947.

Ramfis Trujillo junto a Olga Guillot, la gran artista cubana.

Ramfis en la boda de su hermana Angelita con Luis José León Estévez
y a su derecha, su abuela, Doña Julia Molina de Trujillo.

Ramfis Trujillo con 4 años de edad.

Ramfis en la Base Aérea
de San Isidro.

REPUBLICA DOMINICANA
EJERCITO NACIONAL

Membrete del Ejército Nacional de la "Era".

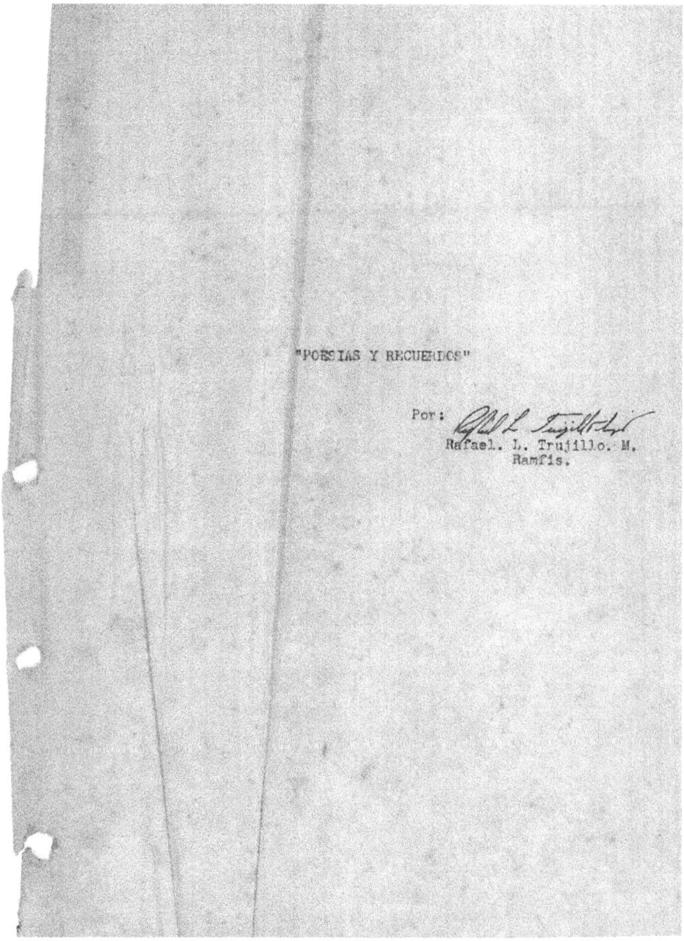

"POESIAS Y RECUERDOS"

Por:
Rafael. L. Trujillo. M.
Ramfis.

Primera página, desgastada por el tiempo, de un cuaderno de "poesías y recuerdos" de Ramfis Trujillo.

PROPIEDAD DE
RAFAEL L. TRUJILLO. HIJO

CIUDAD TRUJILLO, D.S.D.
REPÚBLICA DOMINICANA

IV

~~PLAYA DEL RECUERDO~~ ...

a Boca Chica

Oh hermosa playa de tantos recuerdos!..

tus mares azules los llevo en mi mente

y es que tu encierras hasta en las arenas

los dulces pasados que aun siento latentes.

Ya que todo eso sólo es un ayer,

quiero con mis versos recordar mis penas...

porque cuando paso por el viejo almendro

y cuando en las noches veo las arenas,

siento que en mi pecho sufro los recuerdos.

!Vuelvan,tiempos de alegria!

!Vuelvan,tiempos de tristezas!

Porque cuando pienso en aquellos días,

sólo pido:Vuelvan,vuelvan,vuelvan!...

Membrete de la "Cuadra Haronid" con una oda a la playa de Boca Chica
escrita por Ramfis Trujillo.

Doña María Martínez de Trujillo, madre de Ramfis.

Foto de la actriz María Montés dedicada a Trujillo y su esposa, felicitando el año nuevo 1942.

Ramfis y su primera esposa, Octavia Ricart, en República Dominicana.

Ramfis y Víctor Sued a su izquierda en segundo plano.

Sus primeros 5 hijos sentados en el automóvil que regaló Francisco Franco
a Aída por su Bautizo.

Ramfis Trujillo Ricart, primogénito de Ramfis, en su entierro, junto a su segunda esposa, Lita Milán.

Yuyo D´Alessandro y Josefina Ricart.

Víctor Sued Recio, durante el primer entierro de Ramfis, en el Cementerio de la Almudena de Madrid.